回　响

你能勘破你自己吗

东 西
著

人民文学出版社

图书在版编目（CIP）数据

回响/东西著. —北京：人民文学出版社，2021（2025.3重印）
ISBN 978-7-02-016004-4

I. ①回… II. ①东… III. ①长篇小说—中国—当代 IV. ①I247.5

中国版本图书馆 CIP 数据核字（2021）第 080234 号

选题策划　刘　稚
责任编辑　黄彦博
装帧设计　刘　静
责任校对　杨益民
责任印制　苏文强

出版发行　人民文学出版社
社　　址　北京市朝内大街 166 号
邮政编码　100705

印　　刷　北京盛通印刷股份有限公司
经　　销　全国新华书店等

字　　数　211 千字
开　　本　850 毫米×1168 毫米　1/32
印　　张　11　插页 1
印　　数　295001—305000
版　　次　2021 年 6 月北京第 1 版
印　　次　2025 年 3 月第 22 次印刷

书　　号　978-7-02-016004-4
定　　价　59.00 元

如有印装质量问题，请与本社图书销售中心调换。电话：010-65233595

目录

第一章	大坑	1
第二章	缠绕	34
第三章	策划	68
第四章	试探	102
第五章	借口	141
第六章	暗示	177
第七章	生意	214
第八章	信任	258
第九章	疚爱	296

后记		347

第一章 大 坑

1

冉咚咚接到报警电话后赶到西江大坑段，看见她漂在离岸边两米远的水面，像做俯卧撑做累了再也起不来似的。但经过观察，冉咚咚觉得刚才的比喻欠妥，因为死者已做不了这项运动，她的右手掌不见了，手腕处被利器切断。冉咚咚的头皮一麻，想谁这么暴虐？

岸边站着六个人，他们是从附近聚拢的垂钓者。报警的走过来，说他是看着她从上游慢慢漂下来的。早晨，他以为她是一截树干。中午，他以为她是一只死掉的猫狗。下午，他才看清楚她是人，而且是一个女人。冉咚咚朝他指着的五百米开外的上游看去，江面平坦，平坦得就像水在倒流。岸边密密麻麻的树绵延，一直绵延到河流的拐弯处。她问他什么时候开始在这里钓鱼？他说退休以后，差不多两年了。她说我问的是今天。他说九点。

"有没有看见可疑的人在这一带闲逛？"

"在这一带闲逛的人就是我。"

他们正说着,法医和两位刑侦综合大队的技术员赶到。他们边跟冉咚咚打招呼边脱皮鞋,然后一步一试探地走进水里勘查。冉咚咚分别询问六位垂钓者,该问的都问了才让他们离开。

勘查一个多小时,法医把尸体拉走了。冉咚咚回到局里,被局领导指定为该案负责人。局领导相信从受害者的角度来寻找凶手更有把握,而且女性之间容易产生共情或同理心。虽然冉咚咚认可这一说法,但心里一直有不适感。她不适应一个女人在光天化日之下一丝不挂,更不适应一只好端端的手被人砍掉,有那么几个瞬间她的脑海竟不合时宜地闪过女儿和丈夫的面容。总是这样,每当遇到危险或压力陡增,她高速运转的大脑就会闪现他们,生怕他们跌倒或磕断牙齿或发生什么更为严重的坏事。于是,她赶紧转移注意力,让不祥的念头一闪即灭。投入工作是转移念头的最好办法,她用地点"大坑"命名本案。助理邵天伟举手反对,说坑太大会填不平。她说填不平就跳进去,我们不能为了好听而更改地名吧,假如取个"一帆风顺"你不觉得别扭吗?说完,她的脑海迅速浮现一个巨大的坑口,深不见底。

媒体发布了"大坑案"消息,寻求知情者提供线索。安静了几分钟,刑侦大队的座机便断断续续地响起来,时而像遥远的自行车的铃铛声,时而像近在耳畔的手机闹铃,有时急促有时缓慢,一会儿让人身心收缩,一会儿又让人浑浑噩嚣,总之,除了嘈杂都没响出什么名堂,它们像一根根慌乱的手指戳着她的脑门。五个小时了,她还不知道死者是谁。她突然想抽烟,但立即为这个想法感到惭愧。等到二十二点,她忽地坐直,听到话筒里传来一个男声:"也许是她……"

她和邵天伟赶到半山小区,找到打电话的房东。房东说三年前我把房子租给她,对我来讲她就是每月十五号手机上的那声"叮咚"。只要这天一"叮咚",十有八九就是她把租金打到我卡上了。但是今天已经十七号,我的卡上一直没进钱。我拨她的电话,电话不通。我按门铃,没人开门。我想难道她死了吗?没想到她真的……房东抹了一把眼眶,仿佛在为自己不善良的心理活动自责。冉咚咚让他把门打开。这是一套八十平米的两室一厅,每间房都很干净整洁,没一点好像要出事的迹象。冉咚咚叫来技术员勘查一遍,未发现可疑物或可疑处,但他们带走了办公桌上那台红色笔记本电脑和书架上那本《草叶集》。《草叶集》的扉页上写着赠送者的名字——徐山川。

综合各方信息,得知遇害人叫夏冰清,二十八岁,无固定职业。法医发现尸体的后脑勺处有钝器击打的痕迹,附近的头发里夹着细小的木头碎片。但解剖调查后发现,死者大脑没有受到致命损伤,但肺部进水,喉咙处发现细小的沙子和藻类,真正的死亡原因应该是溺亡。根据尸体出现的尸斑推测死亡时间大约是在四十小时之前。冉咚咚想象:她被敲晕了,被丢进江里,水把她泡醒,可她没有力气从水里爬起来,哪怕是把头抬起来。她耷拉着脑袋浮沉于水面,在意识清醒的状态下被水一口一口地呛死。而凶手就站在一旁看着,直到看不见水里冒泡才将她拉到岸边,砍下她的右手……难道她手上戴着什么贵重饰品?冉咚咚从手提电脑里调看她不同时期的照片,她的手腕子分别出现过手表和不同材质的腕链,但都不是奢侈品。那么,凶手为什么要砍掉她的右手呢?

2

当冉咚咚把夏冰清遇害的消息告诉他们时,他们都来不及反应,好几秒钟面无表情。他们是夏冰清的父母,住在江北路十号第二医院宿舍区。他们都退休了,退休前她父亲是二医院工会干部,母亲是二医院妇产科医生。几天前,他们曾听旁人说过江边出现浮尸,甚至为无辜的生命叹过长气,但万万没想到他们为之叹息的那个人竟然是自己的女儿。这很残酷,分明是在为自己叹息却以为是在叹息别人,明明是在悲伤自己却还以为是在悲伤别人,好像看见危险已从头顶掠过,不料几天后又飞回来砸到自己头上。他们被砸蒙了,认为冉咚咚百分之百搞错。

冉咚咚带他们去认尸。他们看了看,脸色沉下来却摇头,似乎摇头就能改变事实。夏母背过身掏出手机戳了戳,手机里传来"该用户已关机"。她不服气,又戳,每戳一次就传来一声"该用户已关机",仿佛她的手机只会这一句。

"看看你的设备,就是一个摆设,信号从来都没满格过。"夏父说着,掏出一部新手机,"这是冰清从北京给我寄来的。"他用冰清买的手机拨冰清的号码,连续拨了三下也没拨通。他的双手开始微颤,眼看着就要颤抖不止了,手掌立刻变成拳头紧紧地攥着,就像坐飞机时遇到强气流紧紧地攥住扶手,直到飞机平稳为止。

"这里信号不好,"他说,"怎么可能呢?一星期前我还跟她通过电话。"

一星期多长呀,冉咚咚想,许多大事情发生都不过几分钟而已。她想安慰他们,却担心不恰当的安慰反而会变成伤害。每次办案她最不愿面对的就是受害方,好像他们的痛苦是她造成的。她说要不你们先回吧,等DNA检测结果出来再签字不迟。他们转身走去,脚步越走越涩,甚至变成恋恋不舍。到了门口,他们都走不动了,仿佛有人死死地拉住他们的双腿。他们不约而同地蹲下。

"到底是或不是?"他说。

"好像是又好像不是。"她说。

"你说呢?"

"你说呢?"

他们相互问着就像相互责备,又像相互安慰或壮胆,最后再也蹲不稳了,都坐到冰冷的地板上。

在他们眼里女儿是这样的:她漂亮聪明听话,四年前从本市医科大护理系毕业,在二医院妇产科,也就是她母亲所在的科室做护理。她不喜欢这份工作,从选择读这个专业时开始。她喜欢唱歌跳舞,幻想将来做演员,哪怕做个配角也行,所以读表演才是她的第一志愿。但父母认为靠脸吃饭不可靠,而且那未必是人人都能抢得到,人人都能端得稳的饭碗。于是她读什么科、填什么志愿父母连意见都不征求便代替她做了决定,甚至母亲还帮她决定每天穿什么衣服和鞋袜。她曾经抵触过,比如在房门贴"闲人免进",故意考低分,假装早恋……可她所有的抵触情绪都被父母打包,统统称之为青春期叛逆,仿佛错的是她而不是剥夺她选择权的他们。"我没离家出走是还想做你们的女儿。"这是她说得最重的一句话,但也仅仅跟他们说了一次。在父母的思维里只说一次的都不重要,重要的必须说 N 次,这就是他们为什么总爱唠叨的原因。她不想跟母亲待在一个单位,更何况还在一个科室。三年前,在她一再坚持并扬言断绝关系的情况下,父母才不得不抹着眼泪同意她辞职北漂,仿佛这是她对他们多年来代替她选择命运的一次总报复。这一漂,只有重大节假日她才从北京飞回来,而平时代替她问候父母的是每月寄回来的工资,以及各式各样的物品。物品每周都寄,有吃的穿的用的,但本周暂时还没寄……

他们坐在西江分局的询问室里,一边讲述一边翻出手机里的照片,说这是她上班的连锁酒店,这是她的住房,这是她的同事。再咚咚一边听一边点头,一边点头一边责怪自己不应该点头,因为她知道他们说的不是事实,事实是他们的女儿就住在离他们不到五公里远的半山小区,却假装人在北京。"她有男朋友吗?""她平时跟什么人交往?"貌似了解她的他们一问三不知,好像把她交给首都后就不需要他们再为她操心了。

"那么,你们最后一次见她是什么时候?"冉咚咚问。

"清明节,她回家待了三天。"夏母回答。

"她的情绪有什么不对吗?"

"和平时一样,有说有笑还唱歌。"

再往下问,他们又摇头了,好像他们只懂得这个动作。他们生活在她的虚构中,凡是发生在北京的他们说得头头是道,凡是发生在本市的他们基本蒙圈。他们似乎患了心理远视症。心理远视就是现实盲视,他们再次证明越亲的人其实越不知道,就像鼻子不知道眼睛,眼睛不知道睫毛。

"最后一个问题,你们知道徐山川吗?"

"不知道。"他们异口同声,就像抢答。

3

监控显示:案发当天十七点十五分,夏冰清从半山小区大门前乘一辆绿色出租车离开。十七点四十三分,出租车出现在蓝湖大酒店门前。夏冰清下车后进入酒店,在大堂吧临湖的落地玻前坐下,点了一杯咖啡,要了一份甜点,坐了一个多小时,其间不时低头查看手机,十多次左顾右盼,三次久久凝视玻璃外那片树林。她似乎在等人,等谁呢?她等到十九点一刻钟,便结账出了酒店大门,向左,往湖边步行道走去。当时夜幕已经降临,她进入步行道之后就再也没出现在四周的监控里。从离开酒店到她遇害只有四十五分钟,也许她就消失于这片树林。冉咚咚从通信公司后台查看她的手机运动轨迹,很遗憾,她的定位是关闭的,而且长期关闭。她不愿意暴露自己的位置,可能是怕父母发现她在骗他们。

警员们带着警犬把湖四周搜了一遍,没有搜到任何有关物件,也没发现疑似现场。西江大坑上游尸体浮现地段他们也地毯似的搜了,什么线索也没找到。由于蓝湖与西江是连通的,冉咚咚派人排查夏冰清遇害后四十小时内所有途经蓝湖的船只,没有一只船承认运送过尸体,也没有人看见过夏冰清。作案现场在哪里?令冉咚咚头痛。

夏冰清出门前曾给徐山川发过信息:"晚六点老地方见。"徐山川回复:"今天没空。"夏冰清再发:"如果你不来,会死人的。"徐山川复:"哪个老地方?"夏冰清回:"能不能不装?"徐山川:"我确实没空。"夏冰清:"别逼我。"徐山川:"我不是吓大的。"

徐山川被定为头号嫌疑人。此人三十有六,头大身小,据说他之所以有这种身形,是因为在成长期喝了太多他爸生产的饮料。另一种说法,他是被网络游戏喂养的一代,由于长期宅而不动,所以四肢瘦小脑袋肥硕。冉咚咚看过预测,知道这是人类未来体形抑或外星人体形。事实证明,这颗外星人脑袋不简单。他创办了迈克连锁酒店,虽然投资是他爸给的,但他的管理却井井有条。他爸做凉茶起家,三十年前出产一款饮料,至今仍畅销南方各省。他夫人沈小迎,比他小两岁,家庭主妇。他们有两个孩子,男孩五岁,女孩三岁。

冉咚咚传唤他。他一坐下来就说夏冰清不是他杀的,并掏出一张快递签收单和一个U盘。签收单签于案发当晚,时间与夏冰清遇害只差半小时。太巧了,冉咚咚不免怀疑。但那个U盘马上就给她的怀疑浇上一盆冷水。U盘里的影像是他家的监视器拍摄的。因为要监督保姆带孩子,所以他家的监视器二十四小时都开着。影像证明案发当晚徐山川一家四口都没出门。

"可是,我并没有告诉你夏冰清遇害的具体时间。"她说。

"媒体不是天天在报道吗?"他回答。

"你准备得很充分。"

"那是为了不让你们浪费时间。"

"你跟夏冰清是怎么认识的?"

他想了一会儿,说有点模糊了,但他的表情告诉她,他不仅不模糊而且还十分清醒。她觉得有必要提醒他,说夏冰清讲的老地方是什么地方?他立刻警觉,问什么老地方?她说出发前夏冰清不是给你发过短信吗?这下他明白了。他不是没想到他们会查他的通信记录,但没想到他们查得这么快。他的肢体开始动摇,先是前倾,随即后靠,如此反复两回才吞吞吐吐地说蓝湖大酒店。她说你们是在蓝湖大酒店认识的?他咬住嘴唇,仿佛进入了时间隧道。邵天伟敲了敲桌子,说问你呢。

"她有自杀倾向,她一直都想自杀。"他答非所问。

"好好看看,"她把三张照片丢到他面前,"她的后脑勺被重物击打,右手被人割走,像自杀吗?"

他拿起照片仔细辨认,脸色渐渐凝重。忽然,他爆了一句粗口,说谁他妈的这么残忍?她说这也正是我想问你的。他摇着头说不知道,我真的不知道,我要知道是谁干的我都想把他杀了。她问你爱她?他沉默了一会儿,说这是个人感情问题,与案件有关吗?

"当然,如果案件是由感情引发的话。"她说。

"那我只能说谈不上爱,充其量就是个喜欢。"

"说说你对她的喜欢。"

他再次沉默,但这次没咬嘴唇。她想也许他在积攒勇气,应该启发启发他。她拿起那本《草叶集》读了起来:"我相信一片草叶不亚于行天的星星,/一只蚂蚁、一粒沙子和一个鹪鹩蛋同样完美,/雨蛙是造物主的一件杰作,/匍匐蔓延的黑草莓能够装饰天国的宫殿……"他听着,却没有任何反应。

"你喜欢惠特曼的诗?"她的目光从书本的上方看过来。

"从来不读。"他好像因此而感到特别自豪。

"那你为什么送给她这本诗集?"

"因为美国总统克林顿曾送了一本给莱温斯基,我读初中时看电视知道的。"他舔着干燥的嘴唇。

"呵呵……没想到如此庸俗。"她把诗集叭地拍到桌上。

他吓了一跳,不是因为突如其来的响声,而是因为从她骨子里透露出来的鄙视。

4

徐山川说三年前的四月下旬,准确地说是二十二日下午,我在蓝湖大酒店二楼的十二号包间面试应聘者。一共来了十几位,应聘迈克连锁酒店北京分店的管理员。夏冰清是其中一位,她进来时拉着行李箱。我问她为什么拉着箱子?她说只要面试合格可以立即出发。这话把我的胸口狠狠地戳了一下,但也仅仅是戳了几秒钟,我便怀疑这是她的设计。不得不承认她是个聪明人,可聪明在这个时代常常又会被误认为耍心机。所以我要验证,问她是不是走到哪里都拉着箱子?她惊得嘴唇微微张开,像被切开的草莓,停了至少两秒钟才说怎么可能呢,人家这是第一次。

面试结束,我划掉了她的名字。我不喜欢明显使用策略的人,尤其是在小事上,因为那些小小的策略常常会误大事。我承认在划掉她名字时心里曾咯噔一下,就像骨折时发出的声音,把自己都吓了一跳。那是良知在作怪,是打压人才后余音绕梁的内疚。为此我坐在包间里久久不忍离去,仿佛需要一点时间来卸掉好不容易才产生的那么一丁点惭愧。

没想到,当应聘者和工作人员陆续离开后,她又拉着行李箱回来了。她说她回来主要是想听听我的意见,了解自己到底差在哪里,以便今后面试新岗位时吸取教训。但说着说着,我就发现她在跟那些被录取的比,比智慧比相貌比口才,明显不是回来听意见而是示威。我说一个骄傲者是不会录用另一个骄傲者的。不会吧?她忽然脱掉上衣,一屁股坐到我的大腿上。她的身材确实撩人,尤其是坐在一个老婆已经生了二胎的丈夫的大腿上时,以至于我不得不怀疑自己不录用她是因为嫉妒。别的男人也许当场就犯错了,可我却是个即使想犯错也要先拍着脑袋想三天的人。因此,我把她推开了。推开不要紧,关键是伤了她的自尊。她噘嘴跺脚摔笔,用一系列过激的动作迅速弥补自己的心理创伤,最终失望到哭。

有一种女人越哭越娇艳,她就属于这种。她哭得像一朵正在被摧残的鲜花,哭得好像鲜花插在了牛粪上,哭得整个包间都弥漫着美妙的气息。我差点就动心了,但一想到老婆子女,想到家族企业的总资产与净资产,我便把正在膨胀的欲望像捏核桃那样硬生生地给捏碎了。像我这样有一定资产的人,对主动靠近的异性尤其警惕,不得不一次次咬紧牙关拒绝艳遇。夏冰清也不例外,她被我推出了包间……

"停。"冉咚咚打断他。凭多年的讯问经验,她知道一旦说话像念讲稿,那假话的比率就会飙升。真话总是慢慢讲,谎言才会跑得急。其实,一开始她就发现他有撒谎,没立刻打断他是想捕捉更多的信息,但听着听着她就发觉他不是在配合调查,而是像享受回忆,享受一种基于真实情感却对事实进行改装过的回忆。虽然她提醒自己忍一忍,可如果再忍就真要被他当傻瓜了。她最讨厌把别人当傻瓜的人,所以果断地叫停。她问你到底把夏冰清推没推出包间?

"推了。"

"可据我们了解,当时你不但没把她推出去,而且还关门跟她在包间里待了三小时。"

"谁说的?"他有点猝不及防。

"你先回答这是不是事实?"

"我把她刚推到门口,她又返回来。她的力气还真不小。"

"美妙的气息是指什么?刚才你说包厢里弥漫着……"

他迟疑一会儿:"只是随口一说,可能有点夸张。"

"你形容她哭得像一朵正在被摧残的鲜花,为什么是正在被摧残?"

"这句表达得不准确,我要求更正,没想到你还死抠字眼。"直到现在他才认真地打量她,仿佛要对她进行重新评估。她迎着他的目光:"我们还了解到夏冰清不是你的唯一,你还有小刘、小尹等等。"

他停顿了许久:"我和夏冰清是订过合同的。"

"合同呢?"

他没马上回答,但他知道不得不回答,只不过在回答前他想再拖一拖,仿佛多拖一秒就能多赢回一点尊严。

5

　　两小时后,冉咚咚看到了那份合同。合同是邵天伟跟着徐山川回办公室取来的。内容是甲方徐山川每月给乙方夏冰清一笔钱,但乙方必须随叫随到,且不得破坏甲方家庭。"这哪是合同,分明是歧视。"她一边说一边克制心中的怒气。"没有谁强迫她。"他指着合同右下角那个红色手印。她注意到签订日期是四月二十二日,也就是面试当天。"难道你的合同随身携带?是不是一碰见想要的女人就像掏器官那样掏出来?"这一次她没压住怒火。

　　"合同是在酒店里打印的。"

　　"你们出包间后就直接离开了,包间里有打印机吗?"

　　他偷偷瞄了她一眼,这一眼被她看在眼里。她知道他在察言观色,在想如何解释。果然,他马上更正:"我想起来了,合同是一周后签订的,写这个日期是为了从那天开始给她发工资。""工资?姑且称之为工资吧……"她冷笑,实在是不愿意把这种酬劳等同于她所理解的工资,"你们从什么时候开始有性关系?"

　　"是她主动的。"

　　"我问的是什么时候?"

　　"当天,就在包间里。"

　　"这么快,不需要培养感情吗?"

　　"都培养两个多小时了。"

"Shit……既然她主动,为什么你还要订这份合同?"

"因为我知道有时免费的比付费的贵。"

"你这么做,对得起老婆孩子吗?你不是说一想起他们就咬牙拒绝艳遇吗?"

"你是办案还是办道德?"他脸色突变,抓到了一次反击机会,"能不能别装?好像比谁都高尚,其实很低俗。你先学会尊重我,再来跟我要情况,否则,我拒绝回答,除非你们换人。"

"你可以选择性回答。"她试图缓和。但他闭紧了嘴巴,就算她把自己变成一把起子也撬不开。房间里只有呼吸声,他的,她的,邵天伟的。邵天伟拍了几次桌子,告诉他有义务配合调查,结果连他的呼吸声都变小了。这是他的策略,她想,表面上是攻击我,其实是想换一个不那么让他难堪的人来问,而更本质的是他想通过换人满足他的控制欲。如果他的要求得逞,那下一步就更难问出真话。因此,她不能退让。他沉默,她也沉默,他闭目养神,她也闭目养神,反正他做什么她就跟着做什么。一开始她的动作较为隐蔽,渐渐地被他觉察。他不知道她为什么要模仿自己,简直像个小丑,但他马上怀疑小丑是不是也包括自己?因为他讨厌她的所有动作都是她跟他学的。她竟然把自己变成了他的镜子。如此相持了一个半小时,他忽然说你有病啊。她没吭声,继续假眠,眼睛甚至比刚才闭得还紧,仿佛在向他宣示她有的是时间和耐心,且打得起消耗战。他说我绝对不是凶手,准确的身份就是嫌疑人,你们不能像对待凶手

15

那样对待嫌疑人。合同是夏冰清撕毁的,她像烧毁敌国国旗那样把她手里那份合同烧掉了。但我仍按月给她发工资,可她假装推辞,说钱算什么呀,关键是对我产生了多少金钱也买不来的爱情。她要跟我结婚,怎么可能,我越说不可能她就越想有可能,像相信谣言那样相信自己的想法,每天她都打电话约我见面,如果我不见她就用自杀威胁。

"她有过自杀的表现吗?"她慢慢睁开眼睛,生怕睁快了会吓着他。

他说有。第一次是在半山小区的卧室,她用水果刀割手腕子,割的就是被凶手砍断的右手腕子……说着,他的眼眶湿润了。他说她那么柔弱的手腕子,竟然被自己割了一次又被别人割了一次,就像在同一个地方犯了两次错误,想想都觉得剧痛。这是他被询问后第一次动感情。约五分钟,他微颤的身体才慢慢平静。他说第二次是在江北大道,她想把车子开进西江,幸亏我手脚麻利及时把方向盘抢了回来。第三次是在日本札幌"白色恋人"饼干工厂参观,她悄悄跟着维修工爬上院子里的钟楼,张开双臂想往下飞,惊得院子里的游客都面向她比画心形图才把她止住。她每次企图自杀都当着我的面,好像要用这种方式给我上课。因此我越来越不敢见她,也越来越不想见她。

"你妻子沈小迎知道你跟夏冰清的关系吗?"

"不知道,她们不认识。如果你们慈悲,请对我妻子保密。"

"这得看破案的需要。"

"我不想两次伤害家人,做了一次,再讲一次。"

她很想说既然你知道会伤害当初为什么要做?但话到嘴边她就咬住了。有了前面的教训,她不想再出岔子。他的反感提醒她,当务之急不是道德审判而是找到凶手。

6

"你认识她们吗?"冉咚咚把三张照片摆在沈小迎面前,照片分别是夏冰清、小刘和小尹。她在测试她的态度,如果她不碰照片,那就说明她知道她们且内心排斥。没想到她把三张照片都拿了起来,为了能够仔细辨认竟然快拿到鼻尖前了,好像她患有近视,但她的眼睛并不近视啊。她神情专注,看上去挺漂亮,比小刘、小尹都漂亮,虽然身材略略显粗,却丝毫掩盖不了她与生俱来的良好坯子,就像厨师的手艺掩盖不了食材。

"一个都不认识。"她把照片放下。

"你关注这个案子吗?"

"看过一些报道。"

"其中有一张是被害人,你能认出来吗?"

这次她没碰照片,说明心里开始排斥了。她把照片隔空又看了一遍,然后摇头。冉咚咚指着其中一张:"就是这位,她叫夏冰清。"

"没印象。"她说。

"知道我们为什么传唤徐山川吗?"

"是不是他跟这个女的认识？"

"他们好了三年多。"

没有出现想象中的惊讶，她比刚才似乎还冷静，脸上没有风吹草动，身上没有肢体语言，仿佛在听别人的故事。原以为会对她造成心理冲击的再咚咚倍感诧异，略感失望。安静一会儿，她说我不想知道这些破事，我的一贯原则是只要他对我么么哒，别的都不管。结婚八年，如果他不出门应酬，每天晚上都会帮我按摩，有时还帮我按脚。我想买什么他就买什么，包括买房子。我想要多少 Money 他就给多少 Money，甚至都不用我开口。一旦他主动给我打款或者把我按摩得特别舒服的时候，那就是他的"外交"取得重大胜利的时候。我一面享受他的侍候一面承受他的背叛，表面看那是爱恨交织，但深层里却是相互催化。有时你需要爱原谅恨，就像心灵原谅肉体；有时你需要用恨去捣乱爱，就像适当植入病毒才能抵抗疾病。结婚前我就想清楚了，否则根本不敢结婚。我知道如果一个人想出轨，另一个人是管不住的，就算你是 GPS 也有信号打闪的时候。

"也就是说你不在乎别人跟你分享他的爱。"

"爱……爱是生理学，最多能持续三年，所谓爱情就是在双方接触时大脑分泌多巴胺，但保鲜期一过，彼此都懒得为对方分泌……谁都不敢保证只有唯一的爱。"

"怪不得他那么滥交，原来是你放任，他也这么放任你吗？"

"我们是平等的。"

冉咚咚想他们就像两朵奇葩,脑子都被烧坏了,一个是被钱烧坏的,一个是被知识烧坏的。她想反驳她的观点,但现在的目标不是讨论爱情。她举起合同:"这是徐山川和夏冰清签订的,请你看看。"

"为什么要看?除非看能改变事实。"

"你没有面对现实的勇气。"冉咚咚放下合同,仿佛放下一片被拒绝的好意。

"没兴趣,我的心思全在孩子身上。"

"另外两位,也是他经常约会的人。"

"是吗,为什么要告诉我这些?"

"这是他们的开房记录。"冉咚咚把装着打印记录的纸盒推过去。

"我不想给自己添堵。"她不看那个纸盒。

"你认为徐山川有可能是凶手吗?"

"即便我希望他是,他也未必就是。"

"请你回忆一下,最近一段时间他有没有什么反常的举动?"

"没有,也许是我迟钝。"

询问了八小时,冉咚咚也没从沈小迎嘴里掏到有价值的信息。她想要么是沈小迎太狡猾,要么是自己太笨,但邵天伟说她已经问得不可能再完美了。其实她锁定的嫌疑人是两位,明的是徐山川,暗的是沈小迎。他们都有动机:徐山川有可能为摆脱夏冰清的纠缠而作案,沈小迎出于嫉妒或者保卫家庭也有可能出手,但问题是他们均无作案时间,邻居、快递员和保安都证明案发当晚他们在家。邵天伟认为沈小迎连作案的动力都不足，因为她对徐山川出轨是真不在乎，而且徐山川给她存的钱买的房多到足以抵消任何怨恨。冉咚咚说小心贫穷限制了你的想象。仿佛针戳似的，邵天伟感觉到了内心里埋藏的那根刺。他从警校毕业两年多，还是租房户，偶尔他会忘记自己的农村身份，尤其是在紧张或放松的时候。

7

沈小迎真的不在乎徐山川跟别的女人好吗？冉咚咚想，如果是我或者任何一位稍微正常一点的女性恐怕都做不到。除非她不爱徐山川抑或自己的感情生活也像徐山川那样放荡不羁。但从目前掌握的情况来看，她是传统的贤妻良母型，没有出轨对象。她爱家庭，连买一个红酒杯一张枕巾哪怕一双筷条都像挑丈夫那么严格，每逢节假日下厨做菜，家里美食不断，鲜花不断，音乐不断，以及嘎嘎嘎的笑声不断。她爱孩子，老大上幼儿园她亲自接送，孩子们的吃喝拉撒也都"亲自"。两间小卧室里，凡有棱角的地方都包上了海绵，生怕他们被磕痛磕伤。要是含在嘴里也能成长的话，那她准会天天都把他们含着。保姆说她只看见他们夫妻吵过一次架，就是徐山川跟孩子做游戏时不小心让孩子跌破了膝盖，她气得原地连续跳了好几次，脖子上的青筋一根一根地冒出来，简直可以用暴跳如雷来形容，好像孩子只是她的而与徐山川无关。她爱自己,每天都到健身房健身,平时打扮得漂漂亮亮,哪怕不出门也打扮,好像是专门打扮给徐山川一个人看似的。她爱徐山川吗?保姆说他们就像一坨嚼烂了的口香糖,撕都撕不开。他们经常一个喂一个吃冰淇淋或者水果什么的,只要孩子不在身边他们就搂搂抱抱,亲嘴,隔三岔五他们的卧室里会传出愉快的呻吟,就像谁被谁杀了。

他们相识于北京举办奥运会那年。她是奥运会的志愿者。他在奥运村举办的推广会上认识她。当时她是女子射箭运动员的引导,而女子射箭比赛是他爸赞助的冠名项目。本来他的目标是一名韩国运动员,但他在奔向目标的过程中脱靶了。他发现她不仅比那名运动员漂亮,而且素质还高出一大截。于是,他当即放下《中韩词典》,把累了好几天的舌头重新伸直,熨平,回归母语,开始对她巧舌如簧的攻势。单看相貌他们是不般配的,他一直没有外形优势。他的优势是有钱,口头禅:"不信砸不晕你。"认识刚两天他就递给她一张六位数存款的储蓄卡,她不接,仿佛那不是卡而是一张咬人的嘴巴。他终于碰上了传说中对钱不感兴趣的女子,自尊心受到了小小的打击,就像给某慈善机构捐款遭到了拒绝似的打击。他想没有人会与钱结仇,如果非结不可那一定是捐赠的方式不对。他决定把这张卡里的钱变成排场,最排场的就是把她的偶像请到了饭桌上,当场为她献唱两首代表作。她高兴,高兴得眉毛都舒展了,眼神里满是善意。如此表现,她除了发自内心也包括对他的配合,因为她知道她越高兴他就越高兴,他越高兴就越觉得花出去的钱值了。但事后她告诉他,这是她见到的最糟糕的安排,没有之一。他不仅毁掉了她的偶像,也暴露了他的急于求成。她说如果一个人连谈恋爱都没有耐心,那他又怎么有耐心跟你生活一辈子。

她在新加坡南洋理工大学读了四年本科,毕业后进某公司任公关经理。仅仅干了两年,她就被北京奥运会敲锣打鼓的气氛感召,辞职回国寻找发展机会。机会还没找到,人就像导弹那样被徐山川拦截了。他带她参观他爸的饮料公司,她只看了五分钟便离开。他带她参观迈克连锁酒店总部,一坐下她就仿佛没起来过,准确地说她被公司的管理模式吸引了。她没想到公司会把鼓励职工提意见放在第一条,只要敢提就有奖金,只要提得好就有巨额奖金。这在当时的私营企业里甚至所有的企业里都是离经叛道的异类,简称"卖企贼",就是到了现在,"第一条"也仍然是其他企业的传说。公司每出台一项重大决策都会征求职工意见,并经全员不记名投票,票数过三分之二方可执行。凡在公司工作五年以上者均有股份,无论高管或职员见面都要行鞠躬礼。她被这种在中国堪称奇葩的模式惊着了,但没有盲目相信,而是自带警觉。她选择到清廉部工作,实地验证他的条文到底是不是拿来哄鬼的?然而,在这个岗位上干了三年后,她终于心服口服,答应了他的求婚。也就是说她嫁给徐山川不仅仅是嫁给钱那么简单,也包括嫁给了制度、智慧等综合实力。他们是有感情基础的,是经过时间考验的。

冉咚咚拜访沈小迎的爸妈。她爸妈退休前都是有级别的公务员,住在竹园的独栋里。她妈说她从小就有上进心,只要每次考试在班里不进前三,她就会惩罚自己一天不吃饭,甚至关起门来不上学。冉咚咚想这不就是极强的自尊心吗?她妈说她从幼儿园开始上的都是名校,她天资聪慧,老师和同学们经常夸她。她没受过什么委屈,也不缺钱花,唯一的缺点就是性格内向,不喜欢说话。冉咚咚想这不就是清高或高冷吗?她妈说这孩子运气不错,嫁了一个好老公,但自从结婚以后她就变了,变得一点上进心都没有了。冉咚咚想这不就是躺赢吗?多少人梦寐以求。一个从小被人捧着宠着自尊心如此之强的人,怎么就变成了无欲无求不悲不喜云淡风轻的佛系?唯一的解释就是"装"。她读的是心理学专业,虽然她一再强调毕业后就改行了,现在全身心做家庭主妇,知识全部还给了老师,但她毕竟系统地学习过四年的心理学,以她所学加她智商,装一个佛系还不是"洒洒水"?

冉咚咚派邵天伟查她的社会关系网,派凌芳查她的账务往来。虽然她没有作案时间,但她要查她有没有作案帮手。

8

因为没有证据支撑,冉咚咚在询问徐山川夫妇八小时后予以释放。但她向局里要求对他们进行二十四小时监视。王副局长问理由。她说直觉。在西江分局只有她能享受直觉,因为她曾破过两起棘手的案子,而且还是老资格,自从警察学院毕业后她就没换过单位,已经十六年了。

徐山川和沈小迎一如往常,连生活节奏都没打乱,好像那案件是一团不小心沾到外套上的灰尘,拍一拍就拍掉了。沈小迎基本上是四点一线:家庭、幼儿园、购物中心和健身房。她的行踪很有规律,规律得像一只闹钟。而徐山川的行踪则毫无规律可言,除了待在办公室还外出会客,还应酬,还游泳……冉咚咚以为他不喜欢锻炼,没想到他每两天游一次泳,五十米的泳道一百个来回不休息。而让冉咚咚惊掉下巴的是,他被监视后还见缝插针分别约会了小刘和小尹。她以为他会为夏冰清暂停一切娱乐活动,没想到他不仅没停止反而加倍娱乐,仿佛夏冰清只是他手里的一根香烟,抽掉了便忘了。

她秘密传唤小刘。小刘是迈克连锁酒店西江分店总经理,三年前在总公司人事部任部长,夏冰清面试当天的部分信息就是她提供的。这次传唤,冉咚咚主要是想跟她了解徐山川的近况。小刘说徐山川变了,变得紧张焦虑,动不动就骂人,骂得很凶。一天到晚嘴里都嚼着口香糖,连开会发言、骂人和做爱都嚼着。他在打听到底是谁出卖他,就是出卖他跟夏冰清在包间里单独待了三个小时这件事。他说只要弄清是谁出卖的,他就弄死谁。

为什么徐山川对包间里的三个小时如此在意?冉咚咚

请小刘再想想,看有没有漏掉的细节。比如夏冰清走出包间时脸上是什么表情？小刘说她戴着墨镜,她只记得她戴着墨镜。比如他们是谁先走出包间,两人在走廊上有没有说话？小刘说夏冰清先走出包间,徐山川跟着出来,手里拉着她的行李箱。冉咚咚说我需要这样的细节,徐山川帮她拉行李箱,你想想这信息量有多大。又比如,他们是怎么离开酒店的？小刘说夏冰清站在大堂门口等,一直等到徐山川把车开上来,她才上车。再比如,是谁开的车门？开的是哪扇门？小刘说是徐山川开的,开的是副驾的门。再比如,那三个小时包间里有什么动静吗？小刘说我在大堂,离得太远。她一边说一边东张西望,生怕被人发现似的。冉咚咚说你别紧张,这里是公安局,我们会保护好证人。她为她倒了一杯咖啡,两人闲聊起来。一直聊到下班,冉咚咚开车送小刘。在车上,小刘问你们怀疑徐山川是凶手？

"你觉得他像吗？"冉咚咚反问。

"不像,其实他人挺不错的。"

"仅仅是了解一下情况。"

"那就好。"

小刘想只要徐山川不是凶手,那她提供的信息就不会对他造成太大的伤害,否则她会寝食难安。凶手如果是他,迈克公司就完了。迈克公司完了,她的工作也就没了。没了工作她得重新找,重新找的工作会有现在这么高的收入吗？也许有,但一定没有现在这么好的工作环境。现在多好,做一个分店总经理,既有小小的股份,又可以直通董事长,谁都不敢欺负。所以,每次回答冉咚咚的时候,她的内心都充满了矛盾,既不敢不讲实话又害怕讲实话,一边讲一边想把讲过的咽下去,一边想咽下去一边又讲出来。

"我该怎么办?"她问。

"你是指哪方面?"冉咚咚说。

"我要不要拒绝徐山川的约会?"

"做第三者肯定是不道德的。"

"可道德能给我工作吗?要是没有他,我能有今天体面的生活吗?如果你是我,你该怎么选择?"

"如果……如果你是沈小迎你会怎么想?"

"那我会把我杀了。"

"这不就是答案吗,有时你换个位置站一站,就不纠结了。"

冉咚咚把车停在西江分店后门。小刘没有立刻下车。冉咚咚知道她还有话想说,但她没催她,甚至都不看她,有意给她让出更宽阔的目视空间。车里忽然百倍地安静,连轿车的引擎声都好像消失了。冉咚咚说你可以选择沉默,也可以在解除压力之后再讲,我们有的是时间。她在犹豫,她已经憋了三年多了,再憋下去就要憋成内伤了,仿佛手里攥着大把的钱却不还欠债似的。她说我听到过哭声……当时,我拿录用人员名单去找徐山川签字,走到包间门口忽然听到夏冰清在里面哭。我没敢敲门,转身走了。

"谢谢!"冉咚咚发觉自己好久没说谢谢了。

9

网民给市局领导压力,市局领导给分局压力,分局给冉咚咚压力,冉咚咚给自己压力,压力一层层传导,像电流电得冉咚咚的手都麻了。网民们着急,恨不得明天就把凶手缉拿归案,否则他们就留言"菜鸟""脑残"或"吃干饭"什么的,一句比一句刻薄。局里召开了三次案情分析会,冉咚咚详细汇报了本案情况。专家们听了都觉得棘手,但迫于民意,局领导要求侦破提速,要不然就换人接管。冉咚咚是破案高手,她当然不希望出现被别人换掉的局面。

她对夏冰清父母进行第二次询问,地点夏家,记录员邵天伟。夏冰清父母说话躲躲闪闪,就像吝啬鬼花钱,明明一句话非得掰成两句来说,而且大部分时间夏母在哭,一边哭一边求冉咚咚为女儿报仇。冉咚咚说凶手是哭不出来的,只有真话才能帮助我们破案。"这次我一定说真话。"夏母忽然停止哭泣。冉咚咚请他们重点回忆夏冰清离家之前,尤其是三年前四月二十二日面试那晚她有没有什么异常行为?夏母说她高兴得哭了一天一夜。冉咚咚问她怎么个哭法?

"她关起门来哭。"夏母说。

"哭怎么是高兴?"

"喜极而泣,"夏父插嘴,"因为她终于可以去大城市工作了。"

"后来她还在你们面前哭过吗?"

他们都不回答,好像回答是天底下最难的一件事。冉咚咚发现夏父的右手一直放在右边的裤兜里,一会儿往外抽,但只抽了三分之一便停住,一会儿往里插,但插到兜底又马上回调,手指在裤兜里蠢蠢欲动,像急着数钱又不好意思当面数似的。冉咚咚说拿出来吧。夏父说拿什么?她说你兜里的东西。夏父的手又来回抽了两次,才抽出一个颤颤巍巍的信封。冉咚咚掏出里面的信笺,看见上面写着:"抱歉,我没能成为你们想要的女儿,如果我出意外,请找徐山川。冰清。"

"为什么不早把这封信交给我们?"冉咚咚问。

"因为她没成为我们想要的女儿。"夏父说。

"这话什么意思?"

"她把我们的脸丢尽了,而我们还以为她在为我们争光……"

原来他们知道,冉咚咚想,原来他们像我的父母,哪怕衬衣破了一百个洞,也要确保领子干净挺拔。她气得想拍桌子,但手举了一半便意识到欠妥,悬在空中好久才轻轻地放下。她说都死人了,你们还在说假话,哪来的底气?

夏父说今年清明节她回家住了三天。第一天晚上我就发现她的眼眶红了,问她出了什么事?她说爱上了一个有妇之夫,现在不知道该怎么办。我说离开他,重新找一个。她说离开他就便宜他了。我说我们家可不帮别人培养小三。她说她正在逼他离婚。我说我们家不要二手女婿。她说那你要我的命吧。我气不打一处来,有失望有绝望有恨铁不成钢,就扇了她一巴掌。我不知道她会遇害,我要是知道,宁可扇她妈也不会扇她,现在我后悔得都想把这只手剁了。夏父看着自己的右手,仿佛手上还留着夏冰清的脸蛋。

夏母说冰清把自己关在房间哭了一整天,门反锁了,我怎么敲也敲不开。我隔着门劝她,发短信劝她,说只要她高兴,爱谁我们都支持,甚至有感情没婚姻我们也鼓掌通过。冉咚咚想这都是被逼到墙角了才放宽的政策,但凡还有一丢丢谈判空间,哪个母亲都不会这么没底线。夏母说可是,无论我怎么劝,她就是不冒泡,直到第三天中午她才打开门。我们以为她想通了,心里那个狂喜就像死了的人重新活了过来。没想到她不吃不喝直接出门,在院门口打了一辆的士。我和她爸也打了一辆的士,追到蓝湖边。她下车,我们也下车。她站在湖边的石头上,身子虚得就像一张纸。我们怕她出事,冲上去把她拉下来。我们越拉她她越要往水里扑,也不知她哪来的力气,眼看就拉不住了,我扑通一声跪下。我说我们就你一个女儿,你看着办吧,你前脚跳下去我们后脚就跟上,如果你没了,那我们活着看谁?她好像听进去了,一头扑到我怀里哭了整整两个小时。她说妈你放心,我会陪着你们活着。

冉咚咚听得鼻子发酸,她抹了抹湿润的眼眶,说第一次我问你们,你说她清明节回家没什么异常,有说有笑还唱歌。你知道你报喜不报忧误了多大的事吗?你们把我们破案最宝贵的窗口期给耽误了。夏父说抱歉,当初没说实话是因为我们不服气,我们不服我们的这个命呀。冉咚咚说但你们帮凶手赢得了时间。

他们来到蓝湖边。夏母指着那块巨石,说冰清当时就站在这儿。这是个小湾,巨石旁是那片树林,树林挡住了左右后三面视线。冉咚咚想也许夏冰清就是在这里被人用木块敲到水里的。

10

冉咚咚站在石头上看着湖面,想象六月十五日晚八点,夏冰清站在自己现在站着的位置,凶手用木块从身后敲击她的后脑勺。她被敲晕,一头栽进水里。为躲避视线,凶手把她拖到巨石下。她醒了,凶手把她按在水里,直到她窒息而死。巨石下垒着中石头和小石头,凶手可以坐在中石头上休息。等到夜深人静,游船上没人了,凶手从停靠在不远处的船上偷来一个救生圈,不,应该是两个救生圈,凶手套一个,死者套一个。就这样,凶手拖着死者从巨石下游到西江口,直线距离三公里,把尸体系在靠岸的草丛中。三十多个小时后,系着死者的茅草断了,尸体漂向江面。

但是,痕检专家在这块巨石周围劳动了三个多小时,连一瓣木屑一点血迹都没发现,也没在周围水域找到死者的手机和钥匙。冉咚咚想也许夏冰清是在树林的木道散步时被凶手敲晕的,然后凶手把她拖到隐蔽处,她醒来,凶手用毛巾或者衣服捂住她的嘴巴。等到夜深人静,凶手才把她从树林转移到蓝湖，再把她拖到西江。他们又勘查了一遍树林中的木道，还是没有找到可疑点。难道蓝湖边不是第一现场？

为了验证自己的推理，冉咚咚派人调查有没有游船丢失救生圈，结果蓝湖六号游船承认丢了两个。丢失的具体时间不详，但船主是在十八日中午发现丢失的。十五日晚蓝湖六号停泊在离巨石五百米远的岸边，船上无人。该船每边挂着三个救生圈，主要用于防撞。那么，救生圈丢到哪里去了？冉咚咚派人到西江下游寻找，果然，他们在罗叶村找到两个，救生圈上写着"蓝湖六号"。他们是从两个光屁股孩子身上脱下来的，当时有七个孩子在江里游泳，其中两个套着救生圈。孩子们说救生圈是他们二十天前在江里捡到的。很可惜救生圈被水冲刷，被多人身体摩擦，已无法从上面提取嫌疑人和死者的DNA。推理再次沦落为推理，冉咚咚仿佛做了一场白日梦。

夏母提供一段夏冰清发送的音频，接收时间今年四月十日，也就是夏冰清在蓝湖巨石上被父母拦截后的第三天。先是咚咚咚的敲击声，一听就知道是手指敲击木板的声音，但声音很闷，像是在封闭的空间里。接着夏冰清说第一句："喂，有人吗？喂……"她仿佛在呼救，或者刚刚醒来？第二句："这里好黑呀，放我出去，放我出去。"显然灯被人关了，而且有人阻拦她。第三句："我听到有人在笑。"是不是门外有人在笑？第四句："别把我留在这个盒子里，我好害怕。"她仍在噩梦中？又是一阵咚咚咚的敲击。第五句：

"喂喂,我不喜欢这个地方,没人知道我死了。"她把一次被伤害当作一次死亡?第六句:"让我出去,我要和大家待在一起。"她在恳求谁?第七句:"哎……我逃不掉了,逃不掉了,再见吧,再见……"她终于妥协?

专案组集中听了这段音频,都想到三年前面试时的那个包间。冉咚咚和邵天伟到那个包间里,把夏冰清说过的话以及敲击声学了一遍,两段录音听上去颇有几分相似。大家分析案情。冉咚咚认为这段音频就是夏冰清跟徐山川单独待在包间那三小时录的。当时,包间里的灯被徐山川关了,夏冰清从昏沉中醒来感到恐惧,急着想要逃离。虽然音频里没有别人的声音,但感觉得到有人在阻止她。也许当时徐山川把夏冰清强奸了,所以小刘才听到包间里有哭声,夏冰清的父亲才会说她"喜极而泣",即她回家后哭了一天一夜。据小刘说最近徐山川跟她打听谁是"那三小时"的告密者,说明他害怕我们知道这件事。三小时后,夏冰清走出包间,徐山川像个小跟班似的帮她拉行李箱,亲自驾车送她,还在登车时亲自为她开车门。可小刘小尹都说,从来没见他帮她们提过行李,开过车门。她们在他面前身份相同,为什么他独独帮夏冰清?因为他做了亏心事,害怕夏冰清告他。

"遇害人为什么不报案?"邵天伟问。

"钱。"冉咚咚说,"徐山川用钱把她搞定了,就是后来的那份合同,也许他还给了她一些口头承诺,甚至包括婚姻。否则,她没有理由对徐山川不依不饶,他们是订过协议的。当然,也有可能是在后来的交往中,徐山川给了她某些暗示或者希望。"

"我们的主要任务是抓凶手。"凌芳说。

"强奸也许是谋杀的起点,如果没有强奸,夏冰清的纠缠就显得有些突兀。一定是有巨大威胁,徐山川才会痛下杀手。什么是他的巨大威胁?是夏冰清要破坏他的家庭吗?不是。他夫人沈小迎不在乎他交女朋友,只要他坦白,夫妻联合对抗夏冰清,家庭就破坏不了。但是,如果夏冰清告他强奸,那威胁真的就来了。因此,我认为先攻破他的强奸,再攻他的谋杀。"冉咚咚说。

"都是推理,证据呢?要是徐山川咬紧牙关,那你怎么定他强奸?夏冰清已经闭嘴了,谁来证明?"王副局长说。

"如果我出意外,请找徐山川。"冉咚咚展示夏冰清留给父母的那张字条,"这是不是暗示徐山川就是凶手?"

"也可能是叫她父母找徐山川要钱,指向并不明确。你们赶快找到铁证,最好一击致命,不要只干打草惊蛇的事。"王副局长说。

案件陷入停顿。大家都感到压力山大,尤其是冉咚咚,她感觉整个身体仿佛浇灌了水泥,全都板结了。

第二章　缠　绕

11

这天晚上,冉咚咚回到家已是凌晨一点,唤雨和慕达夫都睡下了。唤雨是女儿,十岁,就读于附小。慕达夫是丈夫,西江大学文学院教授。他们结婚已经十一年。她洗漱完毕,摸黑走进主卧躺到床上。忽然,一只手搭到她的胸口。这只手一个多月没碰她了,原因是她早出晚归让它几乎没有机会。而她对它的态度就像阿尔茨海默病患者的记忆,大多数时间把它忘了,偶尔会想起它,但如果被它触碰,记忆就会满血复活,身体会随着它的引导侧过去,靠过去,扑进他的怀里,来一次多少带点义务又渴望产生新意的撞击。可是今晚,她不仅没有响应反而把它从胸口掰开,就像驱赶一位擅闯私人领地者。它不觉得她是真的想拒绝,便重新搭过来,比刚才更热情更放肆。没想到叭的一声,它被她狠狠地拍了一下,只好飞快地缩回。他说干吗呢,是不是每次碰你都得请人看日子?她说好烦。他问是具体的烦还是抽象的烦?她一时答不上来。表面上她烦的是一两件事,但这一两件又诱发了她大面积的烦,就像被虫子咬了一小口却引发全身过敏似的。

他睁开眼睛,在黑暗中寻找她的脸,那是一团模糊的黑,看不见表情,但他依稀看见她的眼睛睁着,就像二十四小时都开着的摄像头。他说是不是案件办得不顺利?或是因为女儿这次考试成绩不理想?领导骂人?车子剐蹭?网购被骗?生理周期?健康原因?父母生病?抑或我做错了什么?……他把能想起来的有可能让她烦恼的都问了一遍,仿佛问得越全面就越体贴。可惜他的问没有一条能解决她的心理故障,反而让她烦上加烦。

她本想对他使用询问技巧,可她担心如果使用,他极有可能会因为紧张而撒谎。人一旦撒了谎就像跟银行贷款还利息,必须不停地贷下去资金链才不至于断。她不想让他难堪,说我们办案时无意中发现你在蓝湖大酒店开了两次房,一次是上个月二十号,一次是上上个月二十号,两个月连开,准得就像来例假。他忽然笑了,说原来你是烦这个呀,房是开来跟小胡他们打牌的。

"你确定?"她问。

"不信你可以查监控。"他信心十足。

"监控查不了那么长的时间,"她连自己都不知道为什么要把这个秘密告诉他,"假如你没把握,可以再回答一次。"

"你喜欢听我重复吗?"

"喜欢,但小胡上个月二十号不在本市。"

"哦,我记错了,小胡参加的是上上个月,上个月是小贺、小鲍和老夏。"

"又骗我。"

"我骗你了吗?"

"上个月二十号老夏开了一整天的会。"

"怎么,你连我的朋友都监视?"

"用得着监视吗?只要看看他们的社交媒体就知道了。"

"那就是小谢,反正就这么几个牌友,时间久了我也忘了。"

"好好想想,投案自首可以从轻处理。"

"我是你的老公,不是你的案犯。"

"老公不说实话就是案犯。"

还能说什么?他已气得无话可说,心里竟然涌起一股鲁迅式的悲哀,好像天底下竟然没有说理的地方。为表示自己心里没鬼,他率先打起了呼噜。她知道他没睡着,他知道她知道他没睡着,她知道他知道她知道他没睡着,但他还是假装睡着。这一夜两人都翻来覆去。他不高兴她调查他。她不高兴他骗她。

次日,他做了一桌丰盛的早餐,她一口都没吃。他用眼角的余光扫她,她的脸上残留着昨晚的情绪,只是不想影响唤雨才勉强保持多云转晴。因为她没吃,所以他也没吃,两个人坐在餐桌边看着女儿。唤雨吃好了,他们每人牵着女儿的一只手下楼,好像什么也没发生。她去上班,他送女儿上学。在楼下分别时,她朝唤雨挥挥手,脸上露出一抹笑容,但他知道这抹笑容与他无关。他第一次发现笑容是有方向的,哪怕你跟笑容站在一条直线上。

12

他知道这一关必须过,否则她的疑心会越来越重,甚至有可能异常扩展,弄不好癌变,最有效的办法就是一刀切。怎么切?他不得不停下正写着的《论贝贞小说的缠绕叙事》一文,在书房里走来走去,仿佛走能解决问题,但双脚终究帮不上脑袋。他想,说打牌是肯定过不了关,即便摆一桌酒席,把另外三位叫来向她证明,她也不会相信,谁都不会相信,反而会怀疑我收买他们做假证。说会情人吧,她肯定相信,傻瓜都信。现如今凡是中性的答案都没人信了,能让人信的必是极端。但相信不是唯一目的,最好的答案是既能让她相信又不至于伤害她,否则相信又有何意义?再说情人在哪里?她是谁?什么时候认识的?约会多少次?怎么分的手?……这得需要多大的想象力才不会露出破绽,My God,我只不过是个教授又不是小说家。

她两天没回家了,说要突击办案,就睡办公室的沙发。但他认为除了"突击"多少还有一点跟他赌气的因素。第三天晚上,他带唤雨到局里去看她。本来他给她装了吃的喝的,可临出门一样都没拿,因为他怕她认为他巴结她。唤雨一进办公室就扑上去,母女俩抱了好久。等她把脸从唤雨的脸上抬起来,他发现仅仅两天不见她就憔悴多了,都长熊猫眼了。他的心真切地痛了一下,准确地说是怜惜。他说如果办案压力太大,是不是请求领导换人?"除了破案我还能干什么?我天生就是干这个的。"说着,她把唤雨放到电脑桌前,为她点开了一部动画片。他看着墙上的被害人和嫌疑人,觉得那几个女的都长得不错,以至于多盯了几眼。"你认识她们?"她坐在长沙发的这头。他回过神来,坐在长沙发的那头,抽了抽鼻子:"怎么会有烟味?"

"讨论案件时他们抽的。"

"你没抽吧?"

"没抽。"

他们呆坐着,只有看动画片的唤雨不时发出咯咯咯的笑声,使室内的气氛显得更加肃穆。表面上他们都无话可说,实质上各自心里都挤满了争先恐后的语言,却都不知道该说哪一句,或者都知道这个时候不说才是最好的说。两人都看着窗帘,都发现窗帘的右下角有一块水渍,天花板上也有水渍,左上角有一个小小的蜘蛛网,就在窗帘上方十厘米远的地方。虽然他们没有语言交流,但目光所及却惊人的一致,不知道是他带着她看还是她带着他看。她天天在这里上班,却从来没时间如此仔细地观察过这个房间。透过门框,他们看向停车场,那里停着三辆警车以及她的车和他的车。他们一致看着门外却不看彼此,但彼此都能感知对方的一举一动。十分钟,二十分钟,三十分钟……他们不觉得时间漫长,好像这么无声地坐着才是生活常态。茶杯和水壶就在他们面前的茶几上,她不为他倒水,他自己也不倒,仿佛谁动一动就会打破此刻的平衡。她知道他关心她。他知道她还惦记着那件事。从声音判断,唤雨看着的动画片马上就要结束了。"如果你方便,我就把开房的事顺便交代一下。"说完,他才发现仓促,因为他还不知道该怎么交代才能让她相信。

"回家再说吧,我现在没精力跟你扯那些。"

他暗暗松了一口气:"你太累了,应该放松放松。"

她当然知道自己累了,全身肌肉尤其肩周都是酸痛的,可她没时间放松。自从接下本案,她的整个脑袋仿佛都塞进了冰箱,连头皮都是木的,连思维都像患上了便秘,不仅跟家人的语言流量少了,而且跟他们待在一起时走神的次数越来越多。她没法对他们集中精力,因为脑海里全是案件。动画片结束,她说你们先回去吧。他说要不再陪你坐一会儿?她说别影响唤雨明天上学。

第二天下班,她刚钻进轿车就收到慕达夫的短信:"蓝湖大酒店2066号房,速来。"她想他是不是发错了?如果发错了,倒是个抓他现场的好机会。她把车开到酒店地下停车场,上电梯,直奔2066号。门是虚掩的,她一脚踢开,看见慕达夫和一位女子正在滚床单。"不许动。"她习惯性地大喝一声。慕达夫说你发神经呀。这时她才看清他穿着睡衣躺在靠窗的那张床上一动不动地看着她,眼睛里全是问号。屋里没有女子,她知道自己想多了,但话却没收住:

"我没打扰你吧?"

"赶快把睡衣换上。"

"干什么?"

"请人给你放松。"

"你还舍得花这个钱。"

"废话。"

门铃叮咚一声,进来两位小姐。她们分别给他们全身按摩。小姐每按一下,她就喊一声,为颈椎喊,为肩周喊,为腰肌喊,仿佛要喊出它们的全部委屈,但喊着喊着她就睡着了,等小姐按完才醒过来。这下,她感觉全身舒爽,肌肉不再那么紧张,连心情都好了许多。她说没想到你这么会享受。他说情况就这么个情况,你知道这几个月我一直在做课题,腰酸背痛,所以就到这里开房按摩了两次。

"为什么不去负一楼?"

"那环境,你愿意去吗?"

"为什么说是打牌?"

"说别的,怕烧坏你的脑子。"

"早坦白呀……"说着,她滚到了他的床上。他们情不自禁地摩擦起来,比平时都投入,环境换了兴趣大增。忽然,她用力一推,他还没反应过来就被迫中断了。"每次你按摩后是不是也有这个项目?"她好像发现了一个真理。他觉得扫兴也觉得狼狈,一个合法的丈夫忽然产生了不合法的疑虑,所有的雄心壮志顿时萎缩,下垂,以至于怀疑自己还有没有能力重振雄风。她凑过来,说告诉我,你来这里有没有这个项目？他说人家是正规按摩，更何况我这个身份……

"身份不是挡箭牌，比你身份高的我们都抓到过。"

"糟糕，你能不能在做这事的时候不办公？"

"谁叫你那么可疑……"

13

他没有说真话，她想，其实要知道真相不难，只要查一查他开房时间是哪位技师上门，再问一问技师在帮他按摩之后加没加其他项目就明白了。但查还是不查？她像遇到了比"大坑案"还要难的难题。"本我"要求她一查到底，"超我"提醒也许他现在的解释不失为最好的解释，"自我"说既然你们意见不统一，那就先搁置搁置。可是，"自我"在不停地摇晃，就像谣言四起时全球股市那样摇晃。她发现自她把他从身上推下来的那一刻起，他就拥有了绝对的心理优势，仿佛天底下最受委屈的是他，哪怕他假装不计较她也看得出来。

比如，她还在期待他的答案时，他已经抓起内裤。她以为他只是做做样子，只要回答完毕他会重新回到床上，继续未竟的事业，没想到他竟然真把内裤穿上了，还压了压裤头，好像要在那儿加把锁。她张开双臂，做了一个重启的暗示，但他不解风情或假装无视，竟然把衬衣也穿上了，硬是不给她改正的机会。她抬脚敲了敲床铺，就像网络上流行的"敲黑板画重点",可他竟然连长裤也穿上了,还说回吧,我先下去买单。她说做不完的事你干吗要做?他说怪谁呢?你吓得我全身都软了。她承认他是软过一会儿,可现在又雄赳赳气昂昂了。她想把他拉过来却伸不出手,仿佛自己主动会掉份似的,也许不仅是掉份还要付出否定怀疑的代价,甚至连对他的调查都会显得不那么理直气壮。他起身走了,席梦思上他坐出的凹痕还没复原就传来了关门声,虽然他尽量控制力度,但那声急促的"嘭"还是泄露了他的情绪指数。

又比如,他剥夺了她做家务的权利。他把菜刚一丢进盆里,她就挽着衣袖要洗,他说一边待着去,语气里充满了讨好的不耐烦。吃完饭,她说我来洗碗。他说你破案那么辛苦,哪能让你干这种低智商的活。话还没说完,他已经在水槽里洗了起来。她说唤雨,妈妈今晚给你辅导作业。他把头从厨房里伸出来,说辅导是个系统工程,你就别添乱了。她拿起吸尘器准备给地板吸尘,可怎么也打不开。他夺过吸尘器,轻轻一按便呼啦啦地响起来。他一边吸尘一边说你太忙,我们家的工具都不认识你了。她想他在用家务惩罚自己的同时,也在贬损她的家庭地位。虽然她免去了体力之累,但脑子却一刻也不轻松,当你在这个家庭里再也插不上手或他故意不让你插手时,那是不是就意味着你正在被这个家庭或者他排斥?好在她懂得切换频道,姑且把这一切都当成是他对她的体谅。

再比如,他在竭力避免触碰她。拿吸尘器的时候,他的手刻意回避她的手,好像她是一枚病毒。两人迎面过门框时,他的肩膀躲她的肩膀,哪怕她故意放大自己,他也能缩身而过。她故意拍他膀子,故意用膀子撞他,他都吓得及时闪开,好像碰他的是一位陌生人或者吸血鬼。忙完家务,他又坐在书房里写那篇"缠绕叙事"。她泡了一杯茶端到他面前。他埋头看着电脑,她把茶杯递过来,故意测试他接还是不接?他没接,说放那儿吧。到了晚安的时间,他即便洗完澡也迟迟不上床,似乎在等她先入睡。这次轮到她假装呼吸均匀,甚至响起微微的不失斯文的鼾声。他轻轻地躺下,躺在远远的床边,用足了"距离语言"。她把手伸过去,就像上次他把手伸过来那样。几乎是"对称反应",他把她的手掰开,就像上次她把他的手掰开。

她想难道是我错了吗?明明是他开房说不清,现在怎么变成他有理了?转折点就在2066号房,她把他从她身上推下去的那一刹那。即便那一刹那他有理,但那也是局部有理,却掩盖不了他的整体错误。她的"本我"再也按捺不住,就像才华似的非跳出来不可。她说你离开后,我去了负一楼按摩店,情况我已全面掌握,但还是想给你一次改口的机会。

"这个问题我已回答过了。"他冷冰冰的,似乎连话跟话都想保持距离。

"但那不是标准答案。"她一边阻止自己一边情不自禁,思维和语言发生了分歧。

"如果非得回答出轨你才相信,那你就当我出轨了。"

他孤注一掷。

"真的吗?"她的心里打鼓,第一次害怕真相。

"这不就是你心目中的标准答案吗?"

"对不起,我没有调查,我是吓你的。"

"那我就最后说一次,只是去按摩。"

"真的吗?"

"你有完没完?"他忽地坐起来,叭地把灯打开。卧室里一览无余,包括他的微表情。她想慕达夫呀慕达夫,你千不该万不该把灯打开,你忘了我是干什么的了。你用心理优势阻止我的怀疑,生硬地重复对话,假装生气,还耸肩摸鼻子目光闪躲,你所有的表现以及肢体语言都在拼命地出卖你,也许我们都得为你今晚的开灯付出代价……她再也不敢往下想,叭的一声把灯关上。他说为什么害怕灯光?叭地又把灯打开。她知道自己怕什么的人就喜欢说别人怕什么,心虚者往往拿弱点当武器。但她没有说破,定定地看着他,直到他自愿把灯关掉。

14

他受不了她的目光,就像 X 光机,仿佛连骨头都看得见,可当初她的眼神不是这样的,要是一开始就这样谁还敢娶她?

第一次见面,她的目光像柔软的指头,在他脸上轻轻一按便飞快地缩回,似乎不是看他而是在测试他面肌的弹性。

那是在她家里,她爸请他喝酒。喝酒只是借口,她爸的真实意图是想请他写一篇评论。她爸冉不墨是位资深报人,赶在退休前把一辈子写的新闻报道合成集子出版,急着找人吹捧。而他的博士生导师正好与她爸是朋友,于是就推荐他。

当时,他在博士圈以狂出名,狂就狂在他敢批评鲁迅和沈从文的小说。他用鲁迅小说的思想性来批评沈从文小说的不足,又用沈从文小说的艺术性来批评鲁迅小说的欠缺,就像挑唆两位大神打架然后自己站出来做裁判。如果非得选一位现代文学家来佩服,那他只选郁达夫,原因是郁达夫身上有一种惊人的坦诚,坦诚到敢把自己在日本嫖娼的经历写成文章发表。他认为中国文人几千年来虚伪者居多,要是连自己的内心都不敢挖开,那又何谈去挖所谓的国民性?但是,就在他快要狂出天际线的时候,有人出来指证他佩服郁达夫其实是佩服自己,因为他们同名,潜意识里他恨不得改姓。

他当然看不上冉不墨的那本集子,之所以答应来喝一餐是想跟导师有个交代,证明自己认真考虑过他的意见,之后再认真拒绝。没想到正准备上桌,门忽地打开,进来一位年轻的女子。她的目光在进门时轻轻地按了他一下,然后就再也不看他,就像他看了一眼冉不墨作品集的封面后再也不看内容。冉不墨介绍她是他的女儿,在西江公安分局工作。来之前他真不知道他有这么一个女儿,而且未婚,否则他会仔细读一读他的作品。好在他有知识储备,自从被他女儿温柔地看了一眼,他就决定要表扬他。他说他的作品冷静客观,既有活力又有内涵,既有感性又有理性,文笔细腻优美,仿佛他表扬的不是他纸上的作品,而是他和他妻子共同完成的人类杰作。冉不墨嘿嘿地笑,但笑得比较含蓄,也可以理解为谦虚。但他的妻子和女儿似乎无感,好像她的丈夫或她的父亲本来就配得上这些形容词。

慕达夫发现没效果,喝了几杯后当场表态要为他写一篇评论,准备把他的作品拿来跟美国作家杜鲁门·卡波特的非虚构作品进行比较。"卡波特是谁?"她终于和他说话了。他说就是《冷血》的作者。她说不知道。他说就是《蒂凡尼早餐》的作者。她说哇,这个电影我看过,奥黛丽·赫本主演的,我爸的作品有那么好吗?他说具有那种气质。"真的?"她的目光里充满了对她爸的崇拜。那是他第一次看到崇拜的眼神竟如此之美,而在这之前,他把所有的崇拜统统称之为媚俗。

一周后,她打电话说想见见他。地点是她定的,在锦园书吧。他刚一坐下,她就把《冉不墨报告文学集》《冷血》以及他写的评论打印稿一字摆开。他以为她要声讨,且做好了被声讨的心理准备。没想到她突然来了一句:"你好厉害。"这一刻,他看到了她崇拜她父亲的那种眼神,但她越崇拜他越紧张,生怕这是一个先扬后抑的圈套。她指着《冷血》,说这是一本好书,感谢你的推荐,然后指着《冉不墨报告文学集》,说这一本不敢恭维,感谢你让我重新认识父亲。他被她说得忽冷忽热,都不知道该用什么样的表情配合。她说她从小就佩服她父亲能写那么多文章,但这次重读她发现父亲的文章除了时间地点人名站得住脚,其他都好像站不住了,文笔既不优美又不细腻,作品既不冷静也不客观,尤其是跟《冷血》一比,简直不忍卒读。她说得他的脸红到了脖子根,手心都冒出了细汗,好像那本作品集不是她父亲写的而是他写的。

"不过,这丝毫不影响我对你的佩服。"她话锋一转,"你能把这两本风马牛不相及的书扯在一起,就像挑着一头重一头轻的担子从上海走到了北京,不仅没让它失去平衡,而且还到达了目的地。你一头挑棉花一头挑铁,真了不起。"没想到她能说出这么生动的比喻,原来还是个聪明人,这次轮到他佩服她了。他们确认过眼神,都觉得遇到了对的人。这时,他们仿佛同频共振,都意识到这是冉不墨的有意为之,冉不墨压根儿就不是想找人写评论而是要给自己找女婿。

他在心里暗笑了两声,仿佛是给自己打赏。甜蜜似乎还挂在嘴角,即便现在伸伸舌头也能舔得到。"你笑什么?"她的声音忽然从漆黑的床那边传来。原来她没睡着,他想,那也不至于知道我心里的暗笑。他以为是幻听,没有理会。她又问你刚才笑什么?他一惊,说我哪还有心思笑呀。"我明明都听见了。"她把身子侧过来,床铺跟着晃了几晃。

"我只不过是在回忆。"他说。

"是不是在回忆我们第一次见面?"她说。

"你怎么知道?"他感到毛骨悚然。

"我能进入你的意识。"

"那你意识到了什么?"

"你抱怨我不像从前那么温柔了。"

"是的,就连目光也变凶狠了,看我就像看犯人。"

"我的目光没变,你觉得变是因为你心虚。"

"是吗,为什么总这么犀利?以前你好温柔。"

"以前你没欺负我……"说完,她开始啜泣。不管她说的这句是真是假,此刻听起来都那么令人伤感,仿佛他对她从来没好过抑或一直在欺负她。他心里顿时腾起一股浓浓的愧疚,包括平时说话大声,饭菜做得不好吃,没有把女儿的成绩搞上去等愧疚都奔涌而来。即便没有灯光,他也能想象她啜泣的样子:她的脊背在震颤,嘴唇在抖动,泪水从眼角滚出很快便打湿了枕巾,鼻尖和眼眶都揉红了……他心痛,侧过身去拥抱她。她没有拒绝,像一只小动物在他怀里瑟瑟发抖。他紧紧地搂着她,想稳住她的颤抖也想给她些许力量。他知道她没有她表现出来的那么坚强,她和所有普普通通的女子一样需要保护。

15

以前他不是这样的,她想,以前他多诚实。就在他们确定关系准备结婚前,她问他除了我你吻过别的异性吗?他说吻过。谁?他说师妹。为什么吻她?当时我们在恋爱,结果我留在南方她去了北方,吻就结束了。一共吻了多少次?十一次,吻第十次时我就知道好像要出事了。为什么?因为我闻到了她的口臭。你们有过性关系吗?没有。骗人。骗你是小狗。都吻了那么多次还没发生性关系?不是不想发生,都开房了,但因为我心里紧张没做成。为什么?因为我受我爸妈观念的影响,他们是特别保守特别胆小特别听话的知识分子,经历过饥饿,写过检讨书,看见过别人因作风出问题而被处分。从我懂事开始他们就一直贬低"性",就像贬低自己身份那样贬低"性",让我觉得"性"天生就像低端物种,是低级趣味者乐于从事的堕落行为。我爸妈一再强调我能上大学能读博士是党和政府关怀的结果,千万不要做违法的事,他们指出如果没有结婚就发生性关系,那不仅不合法还不道德。

她问他跟师妹的事情只是想试探一下他诚不诚实,并不是要跟他计较,谁又能把认识之前的旧账本捋得清楚。但他的这套说辞却说服不了她,直到结婚两年后的某天,她在他准备出售的废旧书籍里发现了一本他读博时的日记,里面有他与师妹交往的详细记载。她数了数他们的接吻次数,果真是十一次,而且他在日记里不时提醒自己不要婚前发生性行为,否则面对父母的时候会觉得自己像个叛徒,甚至他还引用了郁达夫《雪夜》一文中失身后的悔恨来告诫自己:"太不值得了!太不值得了!我的理想,我的远志,我的对国家所抱负的热情,现在还有些什么?还有些什么呢?"看完他的那本日记,她被他的诚实感动得鼻子酸了好几回。

　　结婚这么多年,他什么事都不隐瞒,包括感情上的事。就在两年前,他的一位女硕士毕业后患上了非理性单向相思病,每天都给他发十几条信息,意思再明显不过,就是要跟师母竞争上岗。这事他只要悄悄搞定,按说没必要跟她汇报,但他说他心里藏不住事,只要一秒钟不汇报就一秒钟不自在,连动作都变形,就像过海关时身上携带违禁品似的紧张。所以从硕士生发第一条信息开始,他就条条上报,让她知情,并求教于她。她说谁身上的虱子谁抓。于是,他每天都写一封长信劝女学生悬崖勒马,其中写得最长的一封是——"从茨威格的《一个陌生女人的来信》谈单相思的不现实性"。那哪是一封信,分明就是一篇疑似论文,摘要如下:茨威格在这篇小说里塑造了一位暗恋的楷模,她十三岁起就暗恋那位作家,成人后找到机会跟他相处了几个晚上,并背着他生下了他的孩子,可直到她临死那位作家也没记起她是谁。虽然作者赋予她希望与同情,然结局却极其悲惨。希望你引以为戒,别进这个坑。

　　没想到他的信写得越长硕士生就越疯狂,甚至威胁要亲自找师母谈判。怎么办?他向她报警。她把他所有的回信都看了一遍,问他真断还是假断?他说假断我何必惊动你?她说那好,请把手机和电脑交出来,然后去跟冉不墨先生谈非虚构,一周之内别回家。他二话没说照办。七天后,他的手机和信箱都安静了,安静得都有些失真,像飞机下降时耳膜被气流挤压造成的突然听不见。他问她怎么做到的？她说什么也不用做，只需要七天隔离期。他说你没威胁她吧？她说你是不是有点失落？他点头承认。他越是承认她越觉得他可爱不虚伪。她越觉得他坦诚他就越主动反省。他说之所以跟硕士生没能做到快刀斩乱麻，那是因为自己很享受有人暗恋，一边想断一边还想保持联系，一边劝她别打扰一边渴望她的来信。她说原来你清楚呀，我还以为你自恋到不知道自己姓什么了。

这么多年来，她已适应了公开透明的慕达夫，因此任何一丝一毫的隐瞒都会被她无限放大，大到仿佛环境被污染自己被欺骗了似的。她想他把我惯坏了，但人一旦习惯了就像习惯游戏规则，要改变太难了，仿佛慕达夫经常引用的鲁迅先生的名言："可惜中国太难改变了，即使搬动一张桌子，改装一个火炉，几乎也要血；而且即使有了血，也未必一定能搬动，能改装。"我能改变吗？她想，我能不能把对他的要求降低一点？比如只要他承认事实而不计较后果，许多时候，尤其是破案的时候我对真相的兴趣不是经常大于惩罚的兴趣吗？

她把他摇醒，说慕达夫，我保证不生气，但需要听你说句真话。他说你觉得哪句更像真的？只按摩和按摩后加了项目。她说后一句。他说那就后一句吧，对不起，按摩后我确实加了项目。她感觉眼前一黑，尽管眼前本来就是黑的。她没想到要自己不生气竟然有那么难。

16

答案揭晓,尽管这不是一个好答案,但她的心里安定了数天,就像被重力撞击后肢体会麻痹一阵那样,她正处于发麻期,在痛感还没恢复前竟有一丝莫名其妙的病理性的欣快。她的欣快来自他终于不隐瞒,终于说出真相并承认错误。

第四天,她的脑海隐约响起一声抗议,像从很深的水底闷出来的一个小小气泡,很弱,但仔细分辨是慕达夫的声音。他的声音怎么会串到了我的脑海?一定是近距离接触时脑电波互侵了。自从那晚承认出轨之后,他冷笑和撇嘴的次数多了,饭菜做得没以前好吃了,尤其是菜,每一盘都咸得发苦。交谈时,他使用"嗯哼哈"的频率增高,表情也由晴朗转为阴天多云。分明是他想坦白从宽,但现在看上去却像是她逼供的结果。冤枉,不服,写在他的额头,也回荡在她的脑海。

这天下班,她把车停稳了才发现是蓝湖大酒店停车场。奇怪,出发时脑子想着的是回家,但开着开着,竟下意识地拐到了这里,仿佛身体的自动导航。惊讶或假装惊讶了几秒,她把错误的导航归结为肌肉记忆。她来到按摩中心,做了一次全身按摩。肌肉、穴位以及经络都满足了,可她的心里还不满足,觉得仍有任务没完成。什么任务?她假装现在才想起来,仿佛是一件副产品或捎带办的事。于是,她捎带查阅了前两个月按摩店的出勤表,捎带询问了领班和有关技师。答案出乎意料,原来慕达夫那两次开房竟然都没叫按摩师。坦白是假的,她的欣快顿时消失,痛觉瞬间涌上心头。

那他开房到底用来干什么?唯一的可能就是约会。约谁呢?她首先想到了贝贞。近五年,他每年都给贝贞写评论文章,有时评论比原作还长,就像辩解比原话还多。在他笔下,贝贞的文字饱满,诗意,灵性,妩媚。她无法把这些词跟文风想在一块,却很容易想到人。她见过贝贞一次,那是三年前她专门到家里来拜访慕达夫。贝贞的身材确实饱满,眉宇间真还有那么一股灵性,举手投足算得上妩媚,诗意嘛,外行觉得缥缈,但权威说有就有了。她想这哪是评价小说,明明是赤裸裸地夸人。他认为贝贞的叙述缠绕就像在迷宫中探路,山环水绕或山重水复,小说中有小说,梦里有梦,现实与非现实纠缠,贝贞深入贝贞,故事在螺旋式上升中走向缠绕的高潮。这些评价不仅没能让她产生对贝贞小说叙述的向往,反而让她联想到贝贞那双修长白皙的手臂像南方疯狂的植物越伸越长,以至于缠绕到了慕达夫的身上。他指出贝贞的小说主题虽然看似大胆奔放,甚至经常涉及勾引,但那绝不是简单的情欲而是女性主义的自觉。她想贝贞自觉到什么程度,会不会自觉到一碰就倒?据她统计,慕达夫在写贝贞小说的评论文章里,平均每篇使用十一次缠绕,八次饱满,七次妩媚和亢奋,五次勾引和高潮,以及三次湿润和一次挺拔。

她读过贝贞的几篇小说,不喜欢,不觉得有慕达夫说的那么优秀,但有一篇她印象深刻,题目叫《一夜》,内容如下:我和一群作家到海边采风,景色很美,人很陌生,在经历了半小时尴尬之后,彼此就开始说段子了。我说请各位今天晚上留门,我会一一去推。晚上,别人留没留门不知道,反正我是留了。我之所以这么说是想测试这群人里有没有谁逆向思维?凌晨,我的门吱的一声被推开,闯入者说不许开灯。本来我就没打算开灯。两人缠绕摩擦,过了一个多小时没有语言的生活。第二天继续采风,我不知道他是谁,既像甲又像乙,既像A又像B。他唯一留下的证据就是高潮时叫了一声"美"。次日晚,又有人扭门,但我已经把门锁上了。因为我想保留一夜的美妙,而不是两夜。我不想他是某个被确证者,而仿佛是所有被怀疑的人。这种不确定性既能满足我的无限想象,又不会给我带来任何后遗症。

她读这篇小说时曾产生过怀疑,也曾向慕达夫求证,但他说小说的第一特征是虚构,第二特征还是虚构。她被他的"两个特征"绕蒙了,虽然她的脑海也曾预警:虚构怎么会有两个巧合?比如她和他过夫妻生活时也不喜欢开灯,又比如他在关键时刻也会叫一声"美"。可那是在两年前,她对他不要说怀疑就连怀疑的念头都没有,仿佛年轻的皮肤上没有一丝皱纹,空旷的原野没有一丝风。她一直信任他,直到这次发现他开房不报。人一旦开启信任模式,多少疑点都会忽略不计,一旦怀疑模式启动,那些不成为疑点的疑点,就会像他论文里的敏感词前赴后继地跳出来,在她脑海里嗡嗡地回响。

在侦办"大坑案"的空当,她查到贝贞发表这篇小说前半年,慕达夫曾到过某海边城市参加某杂志的采风活动,而这次采风活动的人员里就有贝贞。她在慕达夫的书柜里找到了那年的某期杂志,封二封三刊登了十幅采风图片,其中有五张是慕达夫和贝贞参与的合影,每张合影里都仿佛暗藏玄机。她再翻看贝贞近期的社交媒体,惊奇地发现上个月二十号即慕达夫开房那天,贝贞在本市有个新书推介会,对话嘉宾就是慕达夫。既然贝贞来了,那他为什么不告诉我?

17

周末,慕达夫有个聚会。冉咚咚负责接唤雨并做晚饭。炒菜时她反复提醒自己少放点盐,可吃的时候她还是觉得味道不对。她问唤雨菜咸吗?唤雨说不咸。她说你吃惯了你爸做的重口味。唤雨说爸爸做的菜好吃,但妈妈的数学课比爸爸讲得好。她想女儿真乖,小小年纪就懂得在爸妈之间搞平衡。

晚十点,侍候唤雨上床睡觉后,她从梳妆盒底层抽出一支香烟,躲到主卧的阳台上悄悄地抽了起来。白日的噪音消退了百分之七八十。对面高楼的窗口已黑去一半,最明亮的是北门外的路灯。远处,橙色的粉色的绿色的招牌闪烁在楼宇之间。风从西江方向吹来,轻拂脸颊,爽极了。她貌似漫无边际地浮想,而其实什么都不想,彻底进入休眠状态。忽然,阳台的门被推开,他站在门框里。她走神得有点离谱,竟然没听到他进卧室的声音,手里夹着的香烟被他抓了个正着。她赶紧把香烟掐灭,说抱歉,最近办案压力太大,没忍住。婚前,她因为办案熬夜偶尔也抽几口,但他受不了香烟的味道,也不喜欢自己的配偶抽烟。她看在眼里记在心上,二话没说就把烟给戒了。结婚十一年,她像回避别的男人那样回避香烟,没想到这几天破戒了。他说如果你觉得好受就抽,但别让唤雨看见。她说不,我不能言而无信。"你确定你能行吗?"他用奇怪的眼神看着她。她果断地点点头。

他回到书房,看见桌上摆着一本旧杂志。翻开一看,封二和封三的采风合影都画上了线条,每条线都是一个箭头,从贝贞的眼睛开始到他的脸部结束。他说冉咚咚,你什么意思?她听到他的声音,走过来靠在门框上,说什么意思你还不明白?他说我百思不得其解。她冷笑,说为什么她的目光总盯着你?不管站在什么位置。他苦笑,拿起尺子和笔重画。他画出来的五条连线比她画的更直更短,每条线连着的都不是他,而是他旁边的另一位男士。他把杂志摔到桌上,说好好看看吧。她走进来,低头看了一会儿,指着他旁边的男人,问那么,他是谁?他极不耐烦地回答贝贞的丈夫。

她想这是对他多么有利的证据,他应该高兴才对,可他为什么反而表现出不耐烦?她决定进一步试探:"贝贞的表情像是在看情人。""是吗?"他笑了一下,"不管她什么表情,反正不是看我。但照片上的人物都是静止的,你又怎么分辨得出她是看情人还是看丈夫?"

"直觉。"她说得斩钉截铁,好像直觉是怀疑的签证。

"拉肚子的人千万别相信屁。"说完,他又笑了一下。如果说前一次笑是质疑,那这次笑便是嘲讽。

"你的所有表现都是防御。你防御,说明你心里有鬼。"

"我防御什么?我有什么鬼?"他摊开双手,仿佛在接庞然大物。

"你和贝贞……"她盯着他,像钉子钉住木头。

"神经病。"他骂了一声,忽地站起来,在书房里急躁地徘徊。

"你越生气越证明我猜中了。"

"什么逻辑?"他拍了一下桌子,"你可以诬蔑我,但请你不要诬蔑别人。"

"看看,心痛了不是?"她在逼他。他不想争吵,转身走去。她对着他的背影:"你在逃避。""我为什么要逃避?"他忽地转过身,怕吵醒唤雨,顺手把门关上。"那就好。"她坐在书桌前的椅子上,仿佛要展开来聊。他起伏的胸腔慢慢平伏,然后他坐到平时写作的位置。他们面对面,中间隔着书桌,她与书桌正好保持四十五厘米的距离,这是社交距离中夫妻距离的最远距离,也是她喜欢的对话距离,太近她担心被他的肢体语言迷惑,太远她怕胁迫不了他。

"据我调查,你两次开房都没叫按摩师。"她沉默了一会儿,重新开口。

"本来开房就不是去按摩。"他仍沉浸在刚才的情绪中。

她惊讶:"按摩是你自己承认的,而且你还承认按摩后加了项目。"

"只有这样回答你才相信,我一直在迁就你配合你适应你,因为你要的不是真相而是要你想要的真相。"

"那你开房的真相是什么?"

"打牌。"

哄鬼吧。她在心里笑了一下,她甚至听到他也在心里笑了一下。一开始他就说错了打牌的同伙,几经更正还是说错,傻瓜都不会信。显然,他不想说真话,不说真话就终止不了矛盾,终止不了矛盾就只能矛盾升级,就像伤心的人止不住伤心。她继续:"你开房那天贝贞正好在本市,怎么这么巧?"

"出版方安排她住锦园宾馆,你查得到的。"他冷冰冰地回答。

"安排也可以不住,或者安排正好是一个幌子。"

"那我就无话可说了。"

"也就是说你默认了?"

他沉默,忽然提高嗓门:"你到底想干什么?"

她想他一直在反问,从"你什么意思?"到"我防御什么?我有什么鬼?"再到"什么逻辑?""我为什么要逃避?"

"你到底想干什么?"但每一句反问都那么苍白无力,好像无话找话或通过反问思考对策。她确信他心里有鬼,所以跟他摊牌:"如果你没有诚意,那就只能离婚。你的不轨行为已严重影响到我的办案,甚至影响了我对嫌疑人的判断。"

"离就离呗,什么时候?"他毫不含糊,仿佛期待已久或早有心理准备。

"等我抓到凶手后可以吗?目前我实在没有精力。"她用商量的口吻。

"就怕你一辈子都抓不到凶手。"他用揶揄的腔调。

"放心,很快了。"她满脸自信,好像凶手触手可及。

18

上午讯问完嫌疑人,她收到一条陌生手机号发来的短信:"晚八点,锦园大堂吧见,有情报,别带人。"她看了看手机号码,外省的。

晚饭后,她换上便装准时到达,找了一个靠窗的位置坐下。约十分钟,一位西装革履的男士坐在她对面。她觉得面熟,却想不起是谁。他说我叫洪安格,贝贞的丈夫。哇,她终于想起来了,在杂志刊登的照片上见过。他的脸白白净净,眼睛不大但眉毛很浓,看上去挺精神,举止也似乎优雅。记得慕达夫曾说过他是通信方面的专家,因爱文学而娶了女作家,就像喜欢喝牛奶就养了一头奶牛那么豪横。

"专门飞过来的?"她问。

他没回答,而是先泡了一壶自带的红茶。这茶她喝过,是贝贞送给慕达夫的,味道极好,她喝得都有些依赖。他说他和贝贞爱茶如命,在家乡的大茶园认领了几亩。那个茶园在高山上,附近没有工业,周年云雾缭绕,空气质量一流……他滔滔不绝地说着,就像是卖茶的。她看了一眼手表,说你能不能别学你夫人缠绕叙事?直奔主题吧。他愣了一会儿,又开始说茶。她问你来,是不是想告诉我你们家很幸福?

"对的对的。"他点头。

"你是不是还想说你和贝贞很恩爱?"她盯着他。

"对的对的。"他不停地点头。

"是不是慕达夫叫你来的?"

他吓得赶紧放下茶杯:"没有没有。我看见慕老师给贝贞发短信,说你怀疑他们,就赶过来了。"

"你怀疑他们吗?"

"贝贞很爱我,她不可能出轨。"

"你看过她的小说《一夜》吗?"

"看了看了,那就是根据我们的故事写的。"

"你不喜欢开灯还喜欢叫'美'?"

他的脸唰地红了。四十岁的人竟然脸红?她觉得意外,也对他产生了一丝好感。他小心地抿了几口茶,然后结结巴巴地说我劝她别写我们的生活细节,可她不听,好尴尬呀。说完,他继续品茶,不时偷偷瞥她一眼,表情像个犯错的孩子,仿佛错的不是贝贞用他的生活细节来写作,而是他的生活细节本来就错了。她忽然感到内疚,没想到自己跟慕达夫的矛盾竟然伤害了一千公里之外的另一个家庭,同时也心生羡慕,羡慕洪安格对贝贞的信任。她说抱歉,我错怪贝贞了,有机会我一定亲自向她道歉。

"没关系没关系,"他摆着手,"贝贞和我都不会生气。慕老师是个好人,学界对他评价很高。他没有绯闻没有业余爱好,女士们都说他油盐不进,他太爱你了。"

如果没有后一句的画蛇添足,那她就认定他是一位诚实可信的人了。但偏偏他多说了一句,这让她推翻了对他的印象,就像自己刚刚搭建的积木哗地被自己推倒。仅凭那一句,她就知道他是慕达夫请来的说客,弄不好连飞机票都是慕达夫出的,而他们今晚的对话,他也一定会当作成果向慕达夫汇报。她决定改变态度,说虽然我错怪了贝贞,但慕达夫出轨是不争的事实,因为目前我要把精力用于办案,所以暂时还没时间查他到底跟谁。

"肯定不是贝贞,她参加推介会那晚我们一直视频聊天,聊到凌晨两点。"

"两点以后呢?我跟慕达夫热恋时可以通宵不睡。"她怼他。

他噎住了,端起茶杯喝了两口大的,喉结快速滑动,还轻轻地咳了两下。他不淡定了。她问他你从什么时候开始喊"美"?

"从恋爱时开始,一直喊到现在。"他不明白她为什么问这个。

"慕达夫是最近三年才喊的,有没有可能是别人需要他这么喊呢?"

"有可能。我也曾怀疑,这次虽然我是来证明他们清白的,但内心却充满了矛盾。"

话已至此,他们都知道再也不能往下说了,仿佛再说就会伤害自己,尽管表面上是伤害慕达夫和贝贞。于是,只剩下喝茶。茶又不能喝得太多,于是只剩下沉默。她看了看手表。他说我带了两盒红茶,你方便上去拿吗?她站起来等待。他去结账。他们上电梯。他们进房间。房间里灯光不是太亮,甚至有点暧昧。他递茶叶的时候手碰到了她的手,两只手像受到了惊吓似的都往后缩,茶叶盒掉在地上。

他说你想到过报复吗?她点点头又摇摇头。他把她搂住,她竟然没拒绝。他越搂越紧,在她耳边轻轻地说我们可以吗?声音灌到她的耳里麻酥酥的,整个身体都有了感觉。但她不回答,不回答是因为一时不知道怎么回答,仿佛处在磁力的中线,被相等的正负极力量拉扯着一动不动。他想吻她。她用手止住。他把她放倒在床上,想解她的衬衣纽扣。她紧紧地抓住领口,说请你冷静。他冷静了,坐在一旁看着。她说我可以让你脱,但你每解一颗纽扣必须先回答一个问题。他点头。她问你相信他们出轨了吗?"相信。"他解开她的第一颗纽扣。她问你说过爱她一辈子吗?"是她先背叛诺言的。"他解开她的第二颗纽扣。她问从此以后你能自己骗自己吗?"人生本来就是个骗局。"他解开她的第三颗纽扣。她问你想和他们一样？"彼此彼此。"他解开她的第四颗纽扣。她问如何面对孩子？他的手一哆嗦没把纽扣解开，仿佛那是一个死结。"对不起。"他抹一把眼角，泪水涌出眼眶。他哭了，哭得像一个被人欺负的小孩，一边哭一边把他刚才解开的纽扣——扣上。

"我们不是他们。"她忽地坐起来，"幸好你没把纽扣解完，否则我对人性会很失望。我在试你。你没有关灯，但你说你喜欢关灯。你在帮他们背书。"

说完，她头也不回地走了。他像被抽了八百毫升血液似的，呆呆地坐在沙发上回忆刚才的一举一动，仿佛回忆一场梦境。

19

她回到家，看见客厅里摆满了成捆的报刊、旧书和杂物。衣帽间，慕达夫撅着屁股把头埋在柜子里。她脱下外套，正要往柜子里挂，发现自己的四开柜全部清理过了，里面的衣服分春夏秋冬季挂着，旁边的格子里内衣和小件叠得整整齐齐。他把头从柜子里退出来，瞥她一眼，也没打招呼。她把外套挂进去，然后坐在条凳上。他折叠从他衣柜里掏出来的那些旧衣服。她说还没办离婚手续就开始打包了？"我在清理，不是打包。"他说，"如果家里总不清理，那就像一个人不清理情绪。"

她冷笑："洪安格是你叫来的吧？"

"不是。但他刚才发信息给我,说你是一位绝对值得尊重和值得用一生去爱的人,要我好好珍惜。"他掏出手机,打开信息递到她面前。

她又一次冷笑:"太夸张了吧。他这么劝你,是怕你去祸害他的老婆。"

"你是不是有点过分了?"他把刚刚叠好的衣服一巴掌扫乱。

"过分了吗?"她想如果不是你过分,我今晚怎么会被别人拥抱,被别人摔倒在床上,还差一点让他得逞。本来我是完完全全属于你的,可你不珍惜,逼得我都想报复。

"看看这是什么?"他摔过来一盒香烟,"你说你戒了,却还偷偷藏着。"

"一共十九支,我只是忘了把它处理掉但并没有抽。"她拿起香烟盒看着里面的香烟。

"那这个呢?"他摔过来一盒百忧解,"你一直在偷偷地吃吧。"

她的脸唰地白了,连脑海也一片空白,就像在电梯里放屁被人目炯炯地盯着那样难堪。她把它收得那么好,都收到他的书柜里了,没想到他还能找出来,可见越危险的地方并不越安全。她吐了一口长气,说压力太大,偶尔吃几粒缓解焦虑。

"为什么不去住院?"他来回走着,躁动不安,好像应该吃药的是他。

"没到那个地步,而且案件正办到节骨眼上,凶手不是一般的狡猾。如果我去住院,那凶手真的就要滑脱了。好不容易摸到一条鱼,你也不会甘心它从手里滑脱吧?"

"身体要紧还是办案要紧?"

"前两个棘手的案子我也是在这种状态下破获的。你搞文学研究,应该知道巴尔扎克说过天才是人类的病态,就如珍珠是贝的病态一样。科学家爱因斯坦,思想家尼采,数学家纳什,画家凡·高、毕加索,音乐家贝多芬,作家托尔斯泰、卡夫卡、海明威,政治家林肯、丘吉尔等等,还有一串高速公路那么长的名字,他们都有或重或轻的精神疾病,但这并不妨碍他们在自己的领域获得成功。也就是说,我的这点焦虑或躁狂什么的,绝不影响我抓到罪犯,也许更有利。"

"为什么不举反面的例子?比如希特勒,他不是也有精神疾病吗?"

"我只是预防,我有他那么严重吗?"

"不严重也应该去看医生,否则我会告诉王副局长。"他定定地盯着她,仿佛刚刚吃了安定片。

"那我会跟你离两次婚,离一次,再离一次,就像鲁迅说的一棵是枣树,另一棵还是枣树。但如果你保守这个秘密,我甚至可以……"她抽出一支烟来叼在嘴上,不点,空叼着,"甚至可以原谅你的出轨,甚至可以不离婚。"

他想看看看看,你的心理问题严重到什么程度,竟然拿自己的婚姻跟案件捆绑,好像抓到凶手比家庭破不破裂还重要。他说宁可你离婚,我也要让你先把病治好。

"机会我已经给你了,可惜你抓不住。只要你肯把手指并紧,即便是水也能捧得起来。"她把叼着的那支香烟砸在木地板上。

"我不要机会,只要你健康。"

"谁都没有我知道我的身体。"

"你说不算,医生说才算。"

第二天,她突然改变态度,同意跟他去见精神科医生。医生姓莫,是朋友给他介绍的。莫医生给她做了心理测试,结果她得了九十六分。她的偏执型人格、分裂型人格、表演型人格、反社会型人格、被动攻击型人格、抑郁型人格等维度中等,说明以上各项虽有一些表现,但都不特别明显。只有自恋型人格和强迫症人格维度略略偏高,说明她有相对明显的自恋型表现和明显的强迫型表现。而边缘型人格、回避型人格、信赖型人格等维度都是低,也就是说她没有边缘型回避型依赖型表现。莫医生说你的心理没问题,千万别乱吃药,现如今哪个人没有点压力,谁又不焦虑?甚至包括但不仅限于失语症、失眠症、社交障碍症、后天智力低下症、莫名亢奋症、拍砖症、存在合理症、认知障碍症以及恐惧症……要是没有这些症状我们都不好意思称我们已经进入了现代社会或后现代社会。她微微一笑。莫医生跟着也微微一笑。

在回家的车上,慕达夫问你是怎么做到的?她说因为我知道怎么回答能得高分。她的心里涌起一丝侥幸,就像考试时蒙对答案那么开心,脸上的笑容难得地长时间地挂着。他差一点就想亲她一口,好久没有这个念头了。她也好久没有这么可爱的表现了。她说既然测试分这么高,说明我可以控制情绪,来之前我们可是打过赌的,你说只要咨询师说我没问题就为我保密。他按了按喇叭,前面路口堵住了。她问你在线吗?他打亮转向灯,说没看见灯闪着吗?

第三章 策 划

20

据半山小区居民反映,夏冰清常到"噢文化创意公司"聊天喝咖啡。该公司在半山小区一号楼十五号门面,法人吴文超,毕业于省艺术学院创意设计系,比夏冰清大两岁。这天下午,冉咚咚和邵天伟拜访吴文超。他身高一米五八,偏瘦,头发后翻,擦了头油,脸小眼睛大,皮肤白得可以看见血管,西装皮鞋领带,喝咖啡,不抽烟。他说第一次见夏冰清是两年前的雨夜,具体日期记不清了,时间是深夜十二点左右。当时我在公司加班,听到汽车声后朝窗外看去,一辆的士把她载到小区入口后离开。她弯腰对着景观带呕吐,吐着吐着便坐到地上,时不时喊一声"痛快"。我撑伞过去查看,远远就闻到了一股刺鼻的酒味。她喝醉了,脑子短路,竟然忘记自己住几号楼几单元。我把她扶到公司,让她靠在椅子上休息。凌晨五点,她睁开眼睛,对着天花板眨了几下眼皮,连谢谢都不说便走了,像她的灵魂无声地从椅子上站起来,摇晃着走出去,像这样走出去……他模仿她当时走路的模样,两肩高耸,双手交叉压住胸部,夹着腿踮着脚,生怕被人发现似的。直到看着她走进小区入口,我都还在怀疑离开的是她的灵魂,但回头一看,她坐过的椅子是空的,椅子周围残留着从她身上滑落的水渍。

　　一个月后的某晚,大约十点钟,她忽然走进来,指了指咖啡机。我给她煮了一杯拿铁,因为拿铁牛奶多利于解酒。那晚她也饮酒了,但只是微醉。喝完咖啡,她像上次那样什么也不说就走了,好像讨好她是每个公民应尽的义务。从此,十天或半月她会进来一次,大都是晚上应酬之余顺道进来,十有八九喝过酒,唯一的区别是醉的程度。而我竟然不知不觉地喜欢上了加班,等待成为一项附加工作,要是等不到她就觉得又浪费了一晚上的时间。前面两次她什么也不说,连我叫什么名字她也不问。第三次见面,她醉得比任何一次都摇晃,一靠在椅子上就把衬衣脱了,还伸出双手求安慰。我吓得心慌,赶紧帮她穿上衣服,生怕她酒醒后怪罪我偷窥。我喜欢素聊或干聊,对接触女性身体天然地胆怯。经过脱衣考验,她像打开的收音频道喋喋不休,特别是喝到中醉状态时,你根本没办法让她停止,即便在她嘴上装条拉链恐怕也会被她撑破。

　　"她跟你说她的感情吗?"冉咚咚问。

　　这是重点,有的她至少说了十几遍,就像一袋茶泡来泡去都泡不出味道了还在泡。她为何什么都跟我说?一是因为她觉得我不会坏她的事,反正我也不认识她说的那些人;

二是因为她喝醉了,一旦找到理想的耳朵就情不自禁地想往里面灌声音。她太需要倾诉了,我几乎是她的唯一听众。她说得最多的一句是"痛快"。在她的反复叙述中,我听懂了"痛快"的三层含义:第一层指喝酒,第二层指现实生活,第三层指未来行动。喝酒她痛快吗?据我观察"痛"是真的,"快"在喝醉后也许会浮起那么一丁点泡沫。现实生活她痛快吗?我觉得她说的是反义词,就像自媒体流行的正话反说。唯有未来的行动,我认为确实痛快。她说她被那个人强迫了,那个人强行把她变成了第三者,就像强行变性似的让她每个细胞都红肿过敏。

"关于强迫,她说过什么细节吗?"冉咚咚问。

他说她说那个人是心机男,面试时看他眼神躲躲闪闪就明白。他故意不录取她就是想先扳倒她的傲气,然后再让她以失败者的身份求他。果然,她气冲冲地拉着行李箱回去了,竟天真地要跟他录取的那些人比才华。他说企业是他家的,轮不到她来说公平竞争,哪怕招一群白痴那也是他徐家的事。她不服气,坐在包间里讨说法。他说只要开着门就没有说法,但如果你把门关上那什么说法都可以有。她吓得想跑,然而他已先她一步关上了门,还关掉了灯,转身强行拥抱她,占有她。包间一片漆黑,她以为自己死了,不停地敲墙板,问有没有人,直到听见走廊传来笑声她才知道还活着。她想出去,被他阻拦。稍微清醒后,她第一个反应就是要报警,但他马上承诺可以离婚再跟她结婚。正是因为这句可以结婚,她才把告他的念头像他强迫她那样强迫自己从心里压下去,越压越反弹,最后她把整个人都压在了那个念头上。

没想到,订协议时他不仅删掉了"甲方承诺与乙方结婚",而且还加上"不得破坏甲方家庭"。她问他为什么说话当放屁?他说他没说过要跟她结婚,百分之千是她把"不结婚"听成了"结婚",漏听了一个"不"字,别看这个"不"字才四画,漏了它许多事情就会改变方向。她气得把协议撕成碎片,人像一堵砖墙不仅垮了,还像垮了的每一块砖头那么绝望。他重新打印了两份协议,说如果你认为我刚才说的是瞎话,那你就更应该签订合同,趁现在我对你还有感情,你可能不知道,没有协议我根本控制不了自己,与其说它是用来约束你的,还不如说是用来约束我的。她终于明白,在他面前自己就是一个低幼儿童,智商仿佛是读童话书的层级。这时,她强行压下去的那个念头像石板下的小草又强行冒了出来,可时间已过一周,所有的证据都无法复原,就连包间他都派人清理了,告他只能自取其辱。她后悔没留下证据,但她没留下证据也是因为自己希望尽快忘掉那一幕,而这个空子正好被他抓了个正着。

她说既然告不了他那也不能便宜他,就咬着牙齿跟他签了合同。她需要钱生活,也需要跟他保持关系,以便寻找机会结婚或报复。既然他都正话反说了,那我干吗不可以签一个反话正说的合同?痛苦能产生思想,她仿佛一下子成熟了。她签这个合同就是想先给自己定一个规矩,然后再去破坏它,就像破坏她父母当初给她制订的人生计划那样。

21

吴文超聊累了,起身煮了三杯咖啡,分别放在冉咚咚、邵天伟和自己面前。咖啡的味道不错,冉咚咚一边喝一边打量室内。她最先注意那张摆在旁边的木制躺椅。在吴文超的讲述中,夏冰清前几次进来都是"靠"在椅子上,而不是"躺",说明这张躺椅是他后来专门为她买的。可以想象,多少个喝醉的夜晚,夏冰清就躺在上面念念有词。侧面的墙壁贴着五张大型活动海报,都是"噢文化创意公司"策划的,其中两张非常有想象力。一张是从空中俯拍的旅游海报,天坑像一只占满画面的时钟,钟面有一个人在走钢丝,他手里拿着的长杆和他分切的钢丝仿佛时针、分针和秒针。另一幅是砂糖橘海报,一棵枝繁无叶的橘子树上挂满了黄色的橘子,而每个橘子都夸张变形为乳房。冉咚咚忽然想起慕达夫曾跟她说过的西班牙超现实主义画家——萨尔瓦多·达利。达利是个顽皮的孩子,他喜欢做出格的事情,并狂热地渴望他做的事情能引起别人注意。难道吴文超也有达利那样的人格特质吗?需要进一步观察。她的目光在吴文超稍显稚气的脸上稍作停留,便扭头看向窗外。目测,半山小区的入口离这里约一百五十米。只要愿意窥视,小区里任何人进出都可以尽收眼底。

冉咚咚问上个月十七号下午你在不在公司上班?吴文

超说在。"你有没有看见夏冰清从小区离开?""没看见,她出门是个秘密,偶尔瞥见她等车,朝她挥挥手,她都故意把脸扭开,好像不认识。她似乎不愿意我看见她等待,因为有时是那个人开车来接她。只有她单独回来的晚上,尤其是喝酒之后单独回来的晚上,她才到公司喝一杯咖啡。"

"你认识那个来接她的人吗?"

"一直没机会认识。"

"你觉得夏冰清真的怨恨那个人吗?或者说随着时间推移她的态度发生了改变?"

吴文超说我也发现了这个问题,还专门问过她,为什么你总带着鼓囊囊的怨气回来而下一次又屁颠屁颠地去见他?她愣住了,脑袋仿佛被敲了一下,好久没反应。接着,她紧紧咬住嘴唇,好像在忍,但只忍了半分钟,她的脸上就挂满泪水。她说你知道鼹鼠吗?它们长期生活在地穴深处,视力完全退化,一旦见光,中枢神经紊乱,器官失调,不久就会死掉。她说她就是一只鼹鼠,又名"见光死",除了那个人,她不敢见别人。父母、同学和朋友都以为她去北京工作了,她只能在节假日回家看看他们。而她和那个人的关系也不能让人知道,每次见面都像情报员接头,生怕被谁当场抓获。一面恨他又只能见他,见面就吵,分开就想。有时她觉得他是她的魔鬼,有时她觉得他是她的上帝。面对他一个人,他是她的敌人,但面对全世界他们又是伴侣。她进不能进,退不能退,像一只掉进坑里再也爬不出来的小动物,却每时每刻都在爬。

一般来说我只听夏冰清讲,不打断不建议,整个人就是一只夸张变形的耳朵,生怕发表意见会引起她的警觉,生怕她关闭我这条唯一宣泄的渠道而导致她情绪滞塞。听到此处,冉咚咚不免多看他几眼,她没想到这个她眼里的小屁孩竟然有如此缜密而善良的心思。他说但是那天晚上看着她不停地抹泪,就像看着自己的亲人被欺负那样难受,便打破了自己定下的不打断不建议的规矩,劝她这种状况坚持一两年也许可以忍受,但要坚持一辈子那必须是特殊材料做成的。她说我该怎么办?我说要么一刀两断重新开始,要么让你们的关系能够见光。她说重新开始不是没想过,但我已经伤得走不动了,就像被踩烂了半截的蚂蚁只能原地动弹。做他老婆也曾努力争取,包括威逼色诱都不起作用,他在需要你时会分泌一点感情,在不需要你时就是一块冷冰冰的石头。他只需要你一点点,而不是你的全部。我说如果你没有勇气打破水缸,那就只能淹死。她说你不是搞创意的吗?你给我策划策划,多少钱我都付。我说我只会策划产品,不会策划感情。她说为什么?为什么从小到大有人教我尊老护幼爱岗敬业与人为善和气生财为人民服务,却没人教我怎么处理爱情?她从来没谈过恋爱,在学校就是考试,工作后就是加班,谈恋爱的成绩零分。我说我连零分都拿不到,应该是负分。休息了一会儿,她忽然问我可不可以有第三种选择,即不跟他结婚但一直保持现有关系?我说那要看你的心脏够不够大。她又问,可不可以跟他保持关系但另外找人结婚?我说这叫版本升级,心脏至少是钢做的才行。她再问你相信感情是专一的吗？我说暂时还没有发言权。她说现如今什么感情都有，男人与男人，女人与女人，甚至一会儿男人一会儿女人，人与智能人，智能人与智能人，一眼望去就像个情感大超市，品种齐全。她相信随着社会进步，人类的感情就像物质生活越来越丰富，越来越多样化。我听出了她的弦外之音言外之意，那就是宁愿找一千个理由来抚摸自己，似乎也不愿意离开那个人。

冉咚咚想这不就是"斯德哥尔摩综合征"吗？即被虐者对施虐者产生依赖。

他说那天晚上，两个外行冒充内行一问一答，装模作样地讨论了三个小时的爱情，就像不懂刑侦的人讨论案件，不懂经济的人讨论贸易，就像网红对什么话题都可以振振有词，仿佛知识无死角。临别时，我说虽然我没谈过恋爱，但看过几部爱情小说，也许对你会有启发。她一下子来了兴趣，把那几部书名写在手掌里。

多日之后的下午，她终于在白天，在没有喝酒的情况下来跟我聊天了。她说她看了我推荐的三部小说，发现男人都不是东西，无论是于连、渥伦斯基、罗多尔夫或者莱昂，他们都只把女人当玩物，最后无一例外都抛弃或者厌倦了她们。而女人千万别痴情，否则会受骗上当，德·雷纳尔夫人、安娜·卡列尼娜或者爱玛·卢欧没一人不被男人骗了。重要的是第三点，女人不能做第三者，否则会死得很惨，雷纳尔夫人、安娜和爱玛结局都是自杀。她问我推荐这几部小说是不是别有用心？我说就是想提醒你别对男人抱幻想。她喝了三杯咖啡,思考了一个下午,最后说了一句:"不想当夫人的第三者不是好的第三者。"

22

"她去见沈小迎了。"他说。冉咚咚与邵天伟飞快地对视一眼,心里嘀咕原来沈小迎没说实话。他说她想去见沈小迎的念头早已有之,但一直不敢去,生怕发生冲突。去年八月的一天早晨,她打扮得像个贵妇人似的走进来,身穿白色长裙,脖子上戴着铂金项链,头发做成微卷的金色,金色的手包,金色的高跟鞋,看上去金光闪闪。她说她要去见沈小迎,能不能帮她开车?我说我只不过是你的一名听众。她从手包里掏出一沓钱轻轻地放到桌上,说我请你,可以吗?我轻轻地把钱收下,因为收了钱我就是司机,不收钱我就是帮凶。路上,我说有这么多钱你可以请一辆豪车。她说今天太关键了,关键到可能是我这辈子的最关键,所以必须坐熟人开的车心里才踏实。停了一会儿,她说也许是为了方便逃跑,万一发生了冲突。我说没有必要就掉头回去算了。她说你给我闭嘴。她火气挺大的,我想这就是收了钱的报应。

在她的引导下,我把车停到了第三幼儿园停车场一辆红色轿车旁。那是一辆普通的轿车,价钱都没我开的这辆贵。她能把时间地点拿捏得这么精准,之前一定做过不少功课。九点二十分,沈小迎从幼儿园大门走出来。她衣着朴素,低着头,仿佛发狠要把自己淹没在人群里。虽然她的着装跟夏冰清的有天壤之别,但我一看就知道夏冰清输了。夏冰清穿的是晚礼服,与停车场不搭。出门时我想提醒她,她的优势是年轻与活力,应该穿休闲装或运动装。如果她参考一下电影《情人》女主角简的扮相,那沈小迎的小心脏没准会颤抖。可我不想让她讨厌,就把建议像咽口水那样咽下去了。她不会喜欢我的建议,就像大多数人不喜欢别人提意见。九点二十五分,沈小迎走到红色轿车旁。夏冰清开门出去。沈小迎扭过头露出惊讶的表情。她说我是夏冰清,想找你聊聊。沈小迎打开车门,说上来吧。夏冰清从后门钻进去,沈小迎坐驾驶位。她们在车里谈了五十分钟。然后,夏冰清下车,沈小迎开车离去。夏冰清在原地站了至少十分钟,仿佛在重温或消化刚才发生的一切。我开窗叫她,她慢慢地走过来,沉着脸一言不发,即便回到了半山小区也一言不发。

冉咚咚想为什么沈小迎对夏冰清不设防?说明她知道她,而且认出了她。第一次见面她就认出了她,背后肯定也做了不少功课。前次在局里询问,她口口声声说不知道夏冰清,看来我们都低估她了。冉咚咚问夏冰清跟你说过她们的谈话内容吗?他说开始她不说,我也不问,她差不多一个月没来公司了。一天晚上她摇摇晃晃地走进来,我照例给她煮了一杯咖啡。她问我想不想听她们的对话?我摇头,说那是你们的秘密。她说你必须听,听完我给你一个项目。也不看我的脸色,她直接点了点手机,播放。我没想到看上去傻乎乎的她,竟然偷偷地录音了。

"录音你有吗?"冉咚咚问。

"没有。"

"内容还记得吗?"

他看了一眼窗外,忽然有些伤感,用手掌盖住脸一抹,顺带抹掉了眼里的泪花。冉咚咚想也许是因为他看到了小区的入口而伤感,那是他第一次见到夏冰清的地方,也是他平时望得最多的地方,睹物思人,或是因为她们的对话太叫人伤感,他不想回忆?冉咚咚抿了一口,说你的咖啡原料是进口的吧?他点头,说开始是国产的,自从夏冰清经常来喝以后,我就换成进口的了。说着,他一口喝掉了半杯。

"我们继续吧。"冉咚咚期待地看着。

他说我只记得关键对话,不一定百分百的准确,但意思不会跑偏。话是夏冰清先说的,她说我跟徐山川的事你知道吗?沈小迎说你不是第一个来找我的女人。夏说我是第几个?沈说这事你应该问他,反正一个大餐桌坐不下,如果要让她们都有座位,那至少得有一间教室。夏说都是些什么人呀?沈说我一个合法的都管不了,你这个非法的还想管?夏说垃圾,怪不得他总说忙,原来是忙着翻牌子。沈说男人出轨就像国家搞外交,朋友越多越好,都是为了广泛传播自己的基因。夏说那你干吗不跟他离婚?沈说我要是跟他离了,他不就去祸害别人了吗?夏说他曾答应跟我结婚。沈说他也曾答应只爱我一个人。夏说他把我强奸了。沈说只有被认定了的强奸才叫强奸,否则都叫偷情。夏说你不在乎别人跟他偷情？沈说你不是我，怎么知道我不在乎？夏说每次争吵，他都说只要你同意离婚，他就跟我结婚。沈说凡是自己不愿意做的事都会推给别人决定，离婚，他怎么舍得？我帮他生了两个可爱的孩子，每天像用人那样伺候他，还不管他跟什么女人在一起。你要是跟他结婚，你做得到像我这样吗？夏说做不到，但你没管住他就意味着支持他。沈说我要是管住他，你还有机会勾住他的脖子吗？

录音沉默了十几秒。

沈说我不管他，是因为即使管也管不住，就像一个听不进意见的人，你提再多的意见那也只是讨恨，而且我知道人一辈子不可能只爱一个人。夏说只要我告他强奸，你们最终也会分手。沈说你有他强奸你的证据吗？夏说如果没证据，我拿什么底气来跟你谈判？沈说首先我不反对你告他，即便告他成功，也不影响我的生活甚至我的心理，但你也要想清楚，你今天为什么比那些打工仔上班族穿得珠光宝气？还不是因为他给你提供资金吗？再说告倒他，你有什么好处？资金链断了，名声坏了，不可能再跟他撒娇了。夏说我连命都不想要了，还在乎这些？沈说你不想要命，命早就没了，你用命来威胁是想要得更多，表面上你说不想活了，但骨子里你比谁都想长命百岁。你来找我也不过是想搏一搏，来之前你就知道在我这里得不到任何东西，弄不好会撞上我的怒骂，弄好了也许会得到一点心理安慰。你自己都没意识到你不想跟他结婚，从你对他交什么女朋友的关心程度就可以判断他不是你能容忍的，一旦折腾到能够结婚，你做的第一件事就是抛弃他或背叛他。你不明白你想折腾的人其实是你自己,你更不明白你不肯原谅他本质上是不肯原谅自己,因为他能强奸,你肯定也有责任,你当时可以逃脱或者你是自动送上门去的,为减轻自己失误的心理压力,你会不断夸大对方的错误。

安静了一会儿。

夏说你不知道他有多坏,我要是你,早跟他离一百回了。沈说可你为什么又愿意嫁给一个坏人?夏没回答。沈说离了又怎样?只不过是把这个男人换成那个男人,而那个男人跟你结婚后也注定会伤害你,与其不停地换人来伤害,还不如就让一个人伤害。婚姻不破的秘诀是相互适应的人在相互适应,而不是靠别的什么来维持,如果你聪明,你不是跟他要婚姻,而是跟他要钱。夏说他的钱不就是你的吗?沈说反正他都要满世界撒钱,撒给你总比撒给别人好,至少你让我看着不那么讨厌。夏说既然你对婚姻看得这么透彻,那就跟他离了呗,让我这种还抱幻想的人管他几年。沈说我没问题,只要他愿意签字,但我知道他舍不得我,人与人长久依赖的东西不是身体而是灵魂,能用钱追到的一定不会用感情。我知道你来找我不是他的主意,他要是知道你这么做,对你的态度肯定会一百八十度地转弯,不信你告诉他试试。

吴文超说我记得夏冰清沉默了好久,沉默到我以为录音结束了,没想到后面还有声音。她们还说了不少废话,多次停顿,但废话我一个字都记不住,精彩的句子我确信基本保留原样。听了沈小迎的分析,我两边的太阳穴都震麻了,脸上一紧,仿佛有人在给我拉皮。沈小迎的清醒理智淡定让我迅速路转粉,这才是真懂爱情的人,和她比起来,我和夏冰清的爱情观简直就是小儿科,虽然我们曾经开过三小时的研讨会。估计夏冰清也被沈小迎震蒙了,否则她不会在沈小迎离去后把自己差点站成一棵树,也不会上车后拉着脸不跟我讲话。

"对话中,夏冰清说有徐山川强奸的证据,可前面你说她为没保留证据而后悔,她到底有没有证据?"冉咚咚问。

"我不知道,她一时说一样,也许她是吓唬沈小迎的。"他回答。

"你的意思是她没有证据而只是吓唬她?"

"办案时,你们不也经常这样做吗。"

"夏冰清说给你的项目是什么项目?"

"她掏出一张银行卡,说密码是一到六,里面的钱可以买一辆中档轿车,但条件是我们公司必须帮她策划一个能让她跟徐山川结婚的方案。"

"你接收了吗?"

"虽然我没结过婚但我见过结婚,那是你情我愿的事,得亲自来,怎么可能靠别人策划?她喝多了病急乱投医。我把卡退给她,她说我对你很失望。幸好我没接,否则第二天她酒醒后的主要工作就是想如何把卡从我这里要回去。"

"你喜欢夏冰清吗?"

"喜欢跟她聊天。"

"你们有过身体的亲密接触吗？"

"我要是跟她有身体上的亲密,她会什么都跟我说吗？"他冷笑,是那种没有发生又被怀疑的自嘲式冷笑。

他们一问一答,直到吴文超把该说的都说了,冉咚咚才停止。

23

邵天伟提出询问沈小迎。冉咚咚犹豫,因为她知道仅凭目前掌握的材料,没有把握从沈小迎嘴里掏到太多信息,但她在办公室走了七步后就同意了。七步内做出决定,是她从慕达夫那里学来的方法。她突然想见沈小迎,且想见她的念头越来越强烈。她对她的爱情观充满好奇,虽然她不完全赞同,但有些想法曾经在她的脑海一滑而过,只是因为自己的世界观异常强硬才没有保存它们。

邵天伟把沈小迎接到刑侦队。她脸色红润,精神饱满,身着点缀式镂空的 V 形竖领白 T 恤,灰色牛仔裤,白色名牌运动鞋,最显眼的是左手无名指上戴了一枚大钻戒。她是在强调她的婚姻吗？冉咚咚一边想一边跟她打招呼,说有些情况我们想跟你核实。她说没关系。冉咚咚说我们从其他渠道得知夏冰清曾去见过你,可你前次却说不认识她。

"你很漂亮。"她说。

冉咚咚心里一悦:"为什么答非所问？"

"我说的是真话还是假话?"

"当然是假话,因为我没你讲的那么漂亮。"冉咚咚情不自禁地撩了一下头发。

"如果这是一句假话,你觉得它有害吗?就像医生跟重症患者说还有希望一样,有时说假话是勉为其难。我说不认识夏冰清是因为我不想谈论这个人,也不想蹚他们的浑水。我承认我在回避这件事。"

"可你误导了我们,是不是觉得我们特别好哄?"

"抱歉,我只考虑我的感受,忽略了你们的任务,但从现在起我知道什么就说什么,绝不隐瞒。"

冉咚咚播放吴文超的录音片段,即沈小迎与夏冰清的对话部分。沈小迎认真听着,珍惜每一个字。播放完毕,她轻轻地嘟哝:"这个傻妞,竟然录音,还放给别人听,嫌自己丢脸不够吗?"

"他的讲述准不准确?"冉咚咚问。

"漏了关键内容,夏冰清威胁我,说如果得不到婚姻她就告徐山川,如果告不倒徐山川她就做掉他。我说你们隔三岔五滚床单,竟然还没把怨恨滚掉?她说睡多少那只是个量,她要的是质变,就是名分,哪怕结婚之后马上离那也是对她的一种尊重。她说强奸时他求她别告,她同意了;订合同时他说别把结婚写进去,她也同意了;现在,她能不能跟他结婚,就看我沈小迎的了?"

"你是怎么回答的?"

"滚,我只说了一个字。她打开车门钻出去,用力把门砸回来,好像那辆车是我。"

"她的威胁你跟徐山川说了吗?"

"没说,我始终坚持不过问他的私生活,甚至不谈论,这也是他爱我的一部分。"

"请你好好回忆到底说了还是没说?"冉咚咚连说两遍。沈小迎知道凡是她重复的地方一定是重要的地方。她沉思了一会儿:"真的没说。"冉咚咚不信,她认为这么严重的威胁沈小迎一定会告诉徐山川,至少会提醒他注意防范,更何况还可以达到挑拨离间的效果。冉咚咚想在这里停顿一下,用沉默告诉沈小迎这个回答她不满意。可沈小迎无感,她定定地坐着,像正在等待下一道考题的考生。邵天伟提醒沈小迎最好把知道的一次性讲完,以免犯包庇罪。她说她知道的都会讲,没有的不可能编造。冉咚咚发现从第一次问话到现在,沈小迎就像一支牙膏挤一点吐一点,而且要挤得非常到位,否则一点都不吐。

"徐山川的另外两个情人你也认识,可上次你却否定,撒谎好像是你的家常便饭。"冉咚咚说。

"我只见过夏冰清,别的一概不知。"

"但你跟夏冰清说找你的女人不止她一个,如果不是小刘小尹,那找你的人是谁?"

"都是瞎编的,我不想让她抱幻想,故意说徐山川有许多情人。眼不见心不烦,我要是去了解他跟谁谁谁,那除非是想跟他离婚抓证据,否则就是自己拿头去撞马蜂窝。"

这一句说得挺真诚,冉咚咚信了。她继续:"夏冰清说她有徐山川强奸她的证据,我们想跟你核实一下,她跟你说的强奸证据和跟吴文超说的证据是不是一样。"

"她没说具体证据……"沈小迎想了想,"她应该没证据,要不然早把徐山川告了。"

"我给你一点提醒,夏冰清的那个证据有镂空的花边,你再想想。"冉咚咚看着沈小迎镂空的T恤立领,忽然灵机一动。

"她真没跟我说过什么具体证据。"沈小迎眉头打结。

"那她为什么跟吴文超说?"

"这不是我能理解的范围。"

"你说徐山川强奸时夏冰清可以逃脱或者是自动送上门去的,这个你是怎么知道的?"

"我分析的,像徐山川那样的身体,稍微有点力气的女人都应该可以逃脱吧。"

"难道不是徐山川跟你说的吗?"

"如果他强奸了女人还好意思跟我说?除非他的脸皮是树皮。我说所谓强奸,并不认定他真的强奸。他又不缺女人,干吗要冒这个风险?"

"天生的?你说徐山川喜欢别的女人是天生的,为什么?"

"男人不都这样吗?"

"你是指所有的男人?"

"难道还有例外?"

"你结婚前知道徐山川有这个爱好吗?"

"要是知道,我怎么会跟他结?"

"你不是学心理学的吗,当时没看出来?"

"结婚前他是专一的,从他对我的态度推测,他出轨应该是我怀上老大的时候。初恋时我发现他有轻微的自卑,原因是他的长相。但我认为自卑处理好了就会变成谦卑,这一点被他公司的规章制度验证。他竟然把职工提意见列为奖励的第一条,说明他胸怀宽广。我爱上的是他的胸襟而不仅仅是他的胸口,但自从你们给我看了小刘和小尹的照片后,我才知道自卑终究是自卑,他的自信竟然要靠占有异性来确立。"

"透彻,"冉咚咚忍不住点赞,"你还知道与本案有关的其他信息吗?"

"我已经说得够多了,说的都与本案无关了。"

之后,再怎么问也问不出新的内容。沈小迎准备离开时冉咚咚想再测试她一下,说我开车送你回家吧?没想到沈小迎没记恨刚才的较劲,也不害怕单独跟冉咚咚待在封闭的轿车里。她几乎秒答"好呀",并满脸欣喜,这欣喜即便冉咚咚怀疑是装的,也让她心里舒服。

冉咚咚开车,沈小迎坐副驾驶位。车过蓝湖大桥时,她们都看了一眼不远处的蓝湖大酒店,那是夏冰清跟徐山川经常约会的地方,也是疑似强奸案发生的地方。她们同时瞥了一眼酒店后,沈小迎敏感地认为冉咚咚有了心理优势,但她不知道那个酒店也是慕达夫背着冉咚咚开房的酒店。

沈小迎说你的丈夫是不是出轨了?冉咚咚心里一惊,

连车子都仿佛晃了一下,但嘴上却说为什么问这个问题?她说我从你问我的问题里发现你的丈夫肯定出轨了。冉咚咚说你太自以为是了吧。沈小迎说自以为是的是你,你不信任别人,敏感多疑,对自己的能力估计过高,具有将周围和外界事件解释为"阴谋"等非现实性观念,因此过分警惕和抱有敌意。跟你第一次见面,我就怀疑你患上了偏执型人格障碍,今天你的表现证实了我的判断。做女人别那么拼,再拼就拼出心理问题了。冉咚咚不得不佩服她的洞察力,但不想让她占上风,便问她你对徐山川真的不计较?沈小迎说早已云淡风轻。冉咚咚说就像坐跷跷板,你不可能任由他把你跷到天上去,你能把你这一头压下来让跷跷板保持平衡,心里一定有个巨大的秘密,只是我暂时还没发觉。她忽然笑了起来,说那你去发觉吧。冉咚咚说总有一天会真相大白。

24

第三天傍晚,徐山川在游泳池与吴文超秘密见了一面。经过对吴文超询问,冉咚咚得知徐山川找他是打听夏冰清跟他说的强奸证据是什么。吴文超当然不知道。这是冉咚咚的一次试探,她试探出三个结果:一、徐山川担心证据,说明强奸确有发生;二、沈小迎并不是她说的那样不与徐山川交流有关夏冰清的信息;三、吴文超说谎,他其实认识徐山川。

当吴文超听到自己的行踪被掌握之后,吓得肩膀一直耸着,仿佛这么耸着才能夹稳脖子。他两手插在双腿之间,全身微颤。冉咚咚问他在夏冰清的录音里听没听到她对沈小迎的威胁?他说听到了,听到她说如果告不倒徐山川就做掉徐山川。冉咚咚问为什么要隐瞒这一条?

他说夏冰清的那张银行卡我退不掉。我把卡推过去,她把卡推过来,推得卡都发热了。她说要么策划一个让她跟徐山川结婚的方案,要么策划一个除掉徐山川的方案。我吓得差点尿了,她却悠闲地喝着热气腾腾的咖啡,就像叫我去削一只苹果那样若无其事。内心里我想收下这笔钱,因为公司效益不好,太缺钱了,但台面上我却不能,我知道一旦收钱,我们无所不谈的状态就会被打破,聊天关系立刻变成合同里的甲乙关系。我一直享受我和她的纯聊,它已经是我精神生活的一部分,尤其对方是一位各种条件都大大优于自己的美女。我不敢有非分之想,她也看不上我,这种落差恰恰造就了我们的无利益交流。她认为我不过是一只耳朵,我认为她就是一张嘴巴。但认真计较,彼此还是有利益,比如我多看她几眼心里高兴,高兴是不是也是一种利润?又比如她多说几句,排泄郁闷,那么她排泄掉垃圾情绪是不是也是利润?世界各国不都在寻找垃圾处理国吗?只要各自都觉得舒服,我认为利润就产生了,只不过这种心理获得无法兑换成现金,却也是现金兑换不到的。从这个角度思考,对不起,我刚才说的纯聊可能是假话,也许这个世界上根本就不存在无利益关系,包括聊天。我把收钱的心理慢慢地建构起来,差不多就默认了,但小心脏忽然一抖,立即把意念飞快地缩回,因为我无法完成她交给的任务,无论是让他们结婚还是把徐山川做掉。我说我不收卡,只收现金。我这么说,是想给她留一个冷静期,相信她在取现金的过程中一定会撤销她的想法。

仅隔两天,她就把一包现金甩到桌上,虽然没有她给卡时说的那么多,但也足以让我肾上腺素分泌增加。我说公司只能做好事不能做歹事。她说让徐山川跟她结婚比除掉他不知难多少倍,从公司的完成度考虑,最简单的办法就是把他除掉。说这话时她双目放光,抬头看着天花板,好像结局就挂在天花板上。之前,我一直以为她只是耍耍嘴皮子,变相撒娇,没想到她来真的。我问她为什么非得走这一步?她说为民除害。那天在车上,沈小迎跟她说她不是徐山川的唯一,她不信,以为沈小迎是故意灌水,稀释她和徐山川的感情,但事后她悄悄调查跟踪,发现徐山川不仅跟小刘小尹约会,还三天两头叫三陪女上房服务,有时小刘或小尹刚离开,他这边三陪女就叫上门了。她说由此联想,徐山川在她离开后也一定叫过三陪女,仿佛点菜想来一道就来一道,她都不晓得哪一道才是他的正餐。

"徐山川叫三陪女是在哪个酒店?"冉咚咚打断吴文超的讲述。

"夏冰清说蓝湖大酒店。"

"请继续。"

他说夏冰清说徐山川跟她们说同样的话,做同样的动作,送同样的礼物,就像一个批发商。我说既然他这么渣,放弃算了。她说他把她毁了,所以她也要把他毁了,只有这样她才相信世界上有天理。老实交代,我在劝她放弃时心里曾闪过一丝担心,生怕她真的放弃了,公司赚不到钱。我招了五个人,快发不出工资了。

我思考了一个星期,看了好多全球策划案例,又到实地勘查,最后还是决定冒险接下这单生意。我征求夏冰清的意见,可不可以在徐山川生日那天做掉他?她说可以,并告诉我徐山川的生日是十二月十日。我说按常理,生日那天他会先跟家人办一个派对,等他应付完家人后你再约他出来,时间晚十点,地点蓝湖大酒店三楼朝北的房间。为什么选北面?因为南面是酒店大门,北面是封闭的空旷的草地,具体哪间房到时再告诉,但房间必须由你亲自登记,以免连累别人。一旦徐山川到达,你就设法把他引向阳台,趁热吻时用力一推,让他从三楼摔下去。她问从三楼摔下去会不会死?我说前提是头部先着地。她问你怎么保证他的头部先着地?我说我的策划不是让他死,而是让他摔伤后从此坐在轮椅上,这才是报复的最高境界。如果让他一下没了,他不仅不能体会你的报复,也不能体会他对你的伤害。你想想,有一个躺在床上不能动弹的人整天恨你,那是一件多么了不起的事。他只要恨你,每天就会分泌毒素伤害他自己,缓解痛苦的唯一良方就是忏悔。只要他想起对你的伤害,没准他会主动提出跟你结婚。她说他都那样了谁还跟他结呀?我说婚姻不是不论他将来富有或贫穷,无论他将来身体健康或不适,你都愿意和他永远在一起吗?她定住了,定了好久。我想她也许是意识到了自己的势利,甚至开始怀疑自己对徐山川的爱,但她马上转移话题,说她出钱请我办事,结果怎么还要她自己办?我说如果你不接受这个方案,那就把钱退给你,我不能为了你这十万块钱赔上性命。

她扭头看着窗外,想了几分钟,说她跟他同时摔下去,让警方相信这是一起意外事故,反正她早就不想活了,同归于尽虽然高看他,但为了不连累我必须这样。我说不管是推他或同时摔,其实都不需要我来策划或者帮忙。她说不一样,必须找一个人支持我,心里才有底气。说白了,她就是想找一个人监督她,怕自己坚持不下去半途而废。人在虚弱时特别需要别人的心理支持,就像虚弱的国家需要邦交国的支持。她问阳台有栏杆怎么摔得下去?我说我们会提前给栏杆做手脚。她说想摔利落一点,最好把房间订在三十层。我同意。她将信将疑地点点头,算是认可了方案。

25

吴文超说离十二月十日还有两个月,夏冰清竟然不喝酒了,从外面应酬或者办事回来拐到公司一坐,再也不谈徐山川,甚至怪话也少了,仿佛人之将死其胸宽广,或者她终于明白在生命面前,以前她计较的那些事只不过是鸡毛蒜皮。每次她来,我都问要不要毁约?她说NO。当时,我已经接了天乐县的天坑旅游策划,公司的资金有了补充,因此,我是真心希望她毁约,可她语气坚定面色平静。我揣摩她,到底是真坚定还是因为我的怀疑刺激了她才坚定?无法判断,她的话越来越少了,从话痨型变成思考型,整个人都仿佛提升了一个档次。

她先后说了八次"NO",十二月十日就到了。那天晚上她精心打扮,我开车送她到蓝湖大酒店,告诉她已经提前帮她预订了305房,她只管去登记就可以了。她问为什么不是三十层?我说高层没有外露阳台,有外露阳台的最高也就第三层了。她问如果摔不利落怎么办?我说本来就只让他摔成残疾,干吗要让他摔利落?她说她要跟他一起摔,必须确保她利落了。我说如果她摔不利落,公司会有让她利落的补充方案。

她登记住宿后,我请她在二楼吃一餐贵的,仿佛死刑犯吃上路餐。她吃得很少,就像说话那么少,脸一直绷着。我说现在仍然可以毁约。她又说了一次"NO",前后加起来一共说了九次。她点了一瓶红酒,我和她对饮,但饮着饮着,她的眼泪就叭叭地掉下来。她说她对我说的话比对父母说的话还多,没想到她那么信任我,我却糊弄她。这么大一个城市,不可能找不到高层有外露阳台的酒店,即使找不到,那找高一点的酒店顶层露台总可以吧。从三楼摔下去,他们都会半死不活,这是她最不想要的结局。她认为我这么做是想逼她放弃计划,也就是说我只帮她订了一个房间就赚到十万元策划费。我说能留住两条命比赚多少钱都划算,只要她放弃,我立刻退钱。她说不是钱的问题,而是她还能相信谁的问题。我说有的事不能说得太早,否则没效果,对一个人的评价,晚几个小时也许就完全相反。但任凭我怎么解释她都不信,她甚至说出了交友不慎。

没办法,我只好提前带她进入305房。时间是晚九点,离徐山川到来还有一小时。她走到阳台上,开灯,灯没亮。我告诉她已经收买了电工,整个北面今晚都不开灯。她推了推栏杆,栏杆一动不动。她说原来连这个也是骗她的。我让她往下看,下面一片漆黑。忽然,阳台正下的草地上,一个特制的蛋糕状气垫渐显,气垫四周彩灯流转。她问我到底要耍什么宝?我说这个气垫是预备他们摔下去时接住他们的,但如果他们不敢摔那它就是一个道具。接着,一百支蜡烛被点亮,它们被一百个人捧在手心朝气垫方向聚拢,看上去仿如闪烁的群星。她惊讶地看着,还没等她惊讶完,一束追光落到阳台上。她突然给了我一个拥抱,仿佛是对刚才误会的补偿。这时,一个点着蜡烛的大蛋糕从405房窗口缓缓放下,停在她眼前。追光灯以及气垫上的彩灯此刻全灭,蛋糕上的烛光照着她红扑扑的脸庞。我说你先预演一下,蛋糕还备了一个。她对着蜡烛用力一吹,面孔一闪即灭。顿时,草地上响起合唱:"祝你生日快乐,祝你生日快乐,祝你生日快乐啊,祝你生日快乐……"她激动得不停地抹泪。我说我策划的不是让你们死,而是给你们做一场生日秀。她说吴文超,你干吗不早说。我说剧透了就没有震撼力了。她说没关系,待会儿徐山川来了,你照着做一遍就算完成任务。

晚十点,徐山川准时到达。我和请来的临时演员们坐在酒店北面的草地上,等待他们从房间走到阳台。十点半,阳台上没动静。十一点,还没动静。我发了一条短信给她:"姐,到底还死不死?"她回复:"徐山川不想死,你们撤了吧。"我们又等了一个小时,阳台仍然没有动静。我叫演员和工作人员全撤,只留下那个气垫和我。我坐在离气垫二十米远的地方看着阳台,生怕他们争吵,生怕他们忽然从上面摔下来。

黑漆漆的草地漫长地黑着。我喂了一晚上的蚊子,看见草地上那片黑像兑了水,渐渐变成灰色,又渐渐变成了黄夹绿。天亮了。早八点,夏冰清一个人走到阳台,先是看见气垫,然后再看见我。她朝我挥挥手,我才提着折叠椅离开,直到这时我的心里才算踏实。因为收了她的一笔费用,而且利润丰厚,怕你们让我去税务局补税,所以上次就没交代这一段。十二月十五日,夏冰清到公司来喝咖啡。她说那天晚上,徐山川不像以前那么放松,他对她开始警惕了。他害怕她设陷阱请人偷拍,死活不愿到阳台上。她只好跟他剧透,但他说动静那么大,他更不敢露面。

"夏冰清有没有跟你详细说过徐山川如何警惕她?"冉咚咚问。

"没有。之后,她来公司的次数少了,即使来也不像从前那么爱说了,她似乎对我也产生了警惕。"

"你有生日秀排练的视频吗?"冉咚咚问。

"有，但我答应过夏冰清绝不外传。"吴文超说。

"你必须提供给我们。"

吴文超沉默，心里一百个不愿意。

26

一周后的下午三点，专案组第二次询问徐山川。冉咚咚询问，邵天伟记录，王副局长和其他成员看监控。冉咚咚为缓和气氛，先说了一句："好久不见了。"徐山川看了一眼手表："不会太久吧，晚上我还有应酬。"

"你和夏冰清第一次发生性关系，是不是你强迫的？"冉咚咚开门见山。

"怎么可能？"徐山川轻轻拍了一下椅子扶手，"我和夏冰清是认真的，我们都已经商量结婚的事了。"

"第一次性关系你强没强迫她？"冉咚咚再问。

"没有。"他回答得很坚定。

"你说你们商量过结婚的事，但你们商量过结婚的时间吗？"

"时间无法确定，阻力来自沈小迎，她不愿意跟我离婚。我急了，就叫夏冰清直接去找沈小迎谈判。"

"是你叫夏冰清去找沈小迎谈的？"

"是的。"

"你知道她们的谈话内容吗？"

"沈小迎坚持不离婚。"

"还有没有别的谈话内容?"

"我不知道别的内容,她们都没告诉我。"

"你跟沈小迎谈过离婚这件事吗?"

"谈过两次。她说她从来不管我在外面的交往,何必折腾。这句话戳中了我的软肋。我喜欢简单,喜欢直截了当,无论是交友或办事。我不愿意在复杂的事情上浪费哪怕一分钟时间,吃饭时就连剥一只白灼虾我都嫌麻烦,家里的保险丝烧了我都会莫名其妙地紧张,有时我用力到出汗,是为了躲避那些耍心机的人。沈小迎称这叫'简幻症',即对现实怀抱简单的幻想,就像婴儿期那么单纯,本质上是拒绝心理成长。没办法,我就是个'简幻',希望世界保持原样,家庭和公司井井有条,不出任何乱子。"

"既然你想保持原样,为什么还提出离婚?"

"因为我爱夏冰清已经胜过爱沈小迎。"

"你想跟夏冰清结婚的念头是什么时候产生的?"

他调整了一下坐姿,陷入回忆。他说结婚的念头产生于两年前,也就是跟夏冰清交往一年后。开始我只想把她当情人,没想到越跟她接触越爱她,哪怕分开两天也像分开两个月那样煎熬。她开始跟我交往也没想到要结婚,但越交往越想跟我结,她就像我爱上她那样爱上了我。她的眼睛是透明的,就像贝加尔湖的水那么透明,就像我派司机从四百公里远的森林里拉出来的山泉水那样没有一点杂质,整个人看上去干干净净。她年轻漂亮,身材高挑,单纯可爱有活力,比起生了两个孩子的沈小迎当然有优势。结婚是她先提出来的,她提出来时我很抵触,到底抵触什么我一度困惑,最后发现抵触是因为我知道离婚比登天还难,于是尝试跟她分手。我从两天见一次面调整到三天见一次,然后慢慢调到四天五天都不见她。但到了第六天,两人一见面就抱头痛哭,好像分开这么久不是自己的决定,而是敌对势力在阻止和破坏。事实证明,我和她分开六天就是极限了,于是我又把见面的时间从六天一次调到五天四天三天两天甚至一天一次。我一边拒绝她结婚的请求,又一边担心她会放弃。如果她放弃,我会觉得生活没意思,就像菜里没油盐,弄不好我会倒求她。你不知道,每天有个人在你耳边嚷着结婚,你的心里会非常自豪,自豪得就像是一个重量级人物。而一旦这种声音消失,你就会失落,失落得像是一个废物。不可否认,在跟她结婚这件事情上我表现得摇摆矛盾,但现在仔细掂量,想跟她结婚的念头多于不想跟她结婚。

"你爱她吗?"冉咚咚故意重复第一次问过的问题,试探他是否说谎。

"爱。"

"可前次你说只是喜欢,到底哪一次回答是对的?"

"这次。"

"她爱你吗?"

"胜过我爱她。"

"有没有她爱你的具体表现?"

他想了一会儿:"她受了许多委屈,但从来没拒绝我的任何要求。最难的是我让她找沈小迎谈判,我以为她不敢,没想到她竟傻乎乎地真去了,也不怕沈小迎扇她,这需要多大的勇气。去年我生日,她请人策划了一场生日秀,那是我见过的最漂亮的生日秀。我知道她爱我。"

"听人说过她想除掉你吗?"

"那是开玩笑的,她曾多次捏着我的鼻子或掐着我的耳朵,说不跟她结婚就把我除掉,她要是真想除掉我早就除掉了。"说着,他发出一句感叹,"爱到深处是假恨,恨到深处是真爱。"

"你知道她想告你强奸她吗?"

"我又没强奸她,她怎么会告我?"

冉咚咚播放夏冰清传给她母亲的那段录音——先是咚咚咚的敲击声,接着夏冰清:"喂,有人吗?喂……""这里好黑呀,放我出去,放我出去。""我听到有人在笑。""别把我留在这个盒子里,我好害怕。"又是一阵咚咚咚的敲击。"喂喂,我不喜欢这个地方,没人知道我死了。""让我出去,我要和大家待在一起。""哎……我逃不掉了,逃不掉了,再见吧,再见……"

徐山川微微低头,目光落在地板上。冉咚咚问:"你知道这段音频录自何时何地吗?"

"不知道。我是第一次听见。"他回答。

"听完这段录音,你想到什么?"

"一个密闭的空间。"

"这是不是面试那天夏冰清跟你单独待在包间时录的?"

"是吗?"他的眼珠子往上一轮,"我不记得她说过这些话了。"

"她跟你好了三年多时间,你发现她背着你跟别的男人好过吗?"

"没有,她感情专一,这就是我想跟她结婚的原因。"

"她算不算是一个放荡的女人?"

"不是。她很纯洁,很传统,经常脸红害羞。"

冉咚咚戴上手套,从布包掏出一个透明的物证袋递到他面前。他先是好奇,然后表情忽然凝固。她问:"这个你认识吗?"他揉揉眼睛,再看一遍。那是一件白色的女性蕾丝内裤,上面沾着血迹。"你见过吗?"冉咚咚追问。他摇头:"类似的见过,但这一件没见过。"

"这是你跟夏冰清第一次发生性关系时她穿的内裤。"

"我不记得了。"

"上面有你的精斑,血迹是夏冰清的,你强迫她之前她还是个处女。"

"我没有强迫,她是自愿的。"

"她是怎么自愿的?"

"她脱掉上衣,坐到我的大腿上,我没忍住,就吻了她。"

"一个你认为纯洁的传统的害羞的姑娘,在没有性经验的前提下,第一次见面就会主动坐到你的大腿上吗?她有那么放荡吗?"

他的脸忽地一沉,牙齿不经意地咬住嘴唇。冉咚咚说如果她是自愿的,她为什么要精心保存这条内裤?他不吭声,脸色越来越难看。冉咚咚放了一段录音:"今年清明节她回家住了三天。第一天晚上我就发现她的眼眶红了,问她出了什么事?她说爱上了一个有妇之夫,现在不知道该怎么办。我说离开他,重新找一个。她说离开他就便宜他了。我说我们家可不帮别人培养小三。她说她正在逼他离婚。我说我们家不要二手女婿。她说那你要我的命吧。我气不打一处来,有失望有绝望有恨铁不成钢,就扇了她一巴掌。我不知道她会遇害,我要是知道,宁可扇她妈也不会扇她,现在我后悔得都想把这只手剁了。"

"这是夏冰清父亲的回忆,你见过她父亲吗?"冉咚咚问。

徐山川摇头。冉咚咚又放一段录音:"无论我怎么劝,她就是不冒泡,直到第三天中午她才打开门。我们以为她想通了,心里那个狂喜就像死了的人重新活了过来。没想到她不吃不喝直接出门,在院门口打了一辆的士。我和她爸也打了一辆的士,追到蓝湖边。她下车,我们也下车。她站在湖边的石头上,身子虚得就像一张纸。我们怕她出事,冲上去把她拉下来。我们越拉她她越要往水里扑,也不知她哪来的力气,眼看就拉不住了,我扑通一声跪下。我说我们就你一个女儿,你看着办吧,你前脚跳下去我们后脚就跟上,如果你没了,我们活着看谁?她好像听进去了,一头扑到我怀里哭了整整两个小时。她说妈你放心,我会陪着你们活着。"

"这是夏冰清母亲说的,你见过她母亲吗?"冉咚咚问。

徐山川摇头,但眼眶微微发红,为了忍住泪水,他不停地眨眼睛,似乎要用眼肌的力量把欲涌的泪水逼回去。"你也许没意识到你对她和她的家人造成了多大的伤害。"说着,冉咚咚从皮套里抽出夏冰清那台红色电脑。他愣了一下,显然是认出来了。冉咚咚打开电脑,给他播放那段生日秀排练视频。当"祝你生日快乐"的合唱响起时,他泪流满面。

"除了她还有谁这么爱你?"冉咚咚说。

他摇摇头。

"赎罪吧。"冉咚咚递过一张纸巾。

他没接,用手抹了一把眼泪:"对不起,我确实强迫过她……"

第四章　试　探

27

案件有了突破,冉咚咚想找人庆祝一下,第一个想到的人竟然是慕达夫。她为此自责,恨自己不争气,但又不得不承认她还摆脱不了他们多年来建立的精神依恋。中午,她给他发了一条短信:"今晚不想回家吃饭。"这是一条普通得不能再普通的短信,却是她的一道测试题。他可以回答"好的""明白",也可以回答"知道""那你去哪里吃"等等,但这些都不是她想要的答案。她静静地等待,其间还焦虑地抿了几口洪安格送的红茶。忽然叮咚一声,他的回复来了:"晚七点,水长廊餐厅九号包间。"她微微一笑,对答案表示满意。

水长廊餐厅坐落在城市的内河边,包间临河的一面是落地玻,从落地玻看出去是清亮的河水以及两岸的树木与花草,远处野鸭浮水,近处游鱼弹跳,花草铺展在两岸。阳光斜照,拉长了树木的影子,密密麻麻的树影像窥视者挤扑到落地玻上。慕达夫带着电脑早早到达,一边看景一边写作一边喝茶。看景和喝茶是真的,写作只是做做样子。近期他的写作都是做做样子,写出来的文字不是言不及义就是生拉硬扯,凑字数,抄概念,看法平庸,才华仿佛从大脑逃离了。才华于他就像颜值于美女,是他取胜的武器。没才华他考不上博士,没才华他娶不了冉咚咚,就连他的尊严都是才华给的。一旦不能正常使用才华,他就急得嘴巴起泡牙齿疼。现在,他每敲出一个字就反感这个字,好像反感是写作的全部意义。那不是他想写的句子,却不是别人敲出来的,写一段删一段,最后只剩下一堆凌乱的想法,就连这堆想法也显得庸常,没一句能抓住自己,更别说抓住读者。智商为零,才华负数,就像那些花钱买版面发表的文章。有时他也想用字数来安慰自己,想放弃心手合一。凑字数虽然轻松,却让他感到虚无,甚至开始怀疑人生。于是,他把那些凑合的文字统统删掉,一行都不保存,生怕保存了会产生思考惰性,会重新粘贴回来。所以,每一次重写都是重新思考,认为会比上一次好。然而写着写着,他怀疑这一次未必能超过上一次,甚至还不如上一次,便把这次写的也删了,仿佛比上次删得更彻底。如此反复,他每天都没闲着,课题却毫无进展。他找原因,原因是注意力无法集中。他一面要应付冉咚咚的质疑,一面要完成课题,一面还要向唤雨和岳父母隐瞒他与冉咚咚的情感裂痕,就像隐瞒一件古董的瑕疵。

他合上电脑,专心喝茶,假装放空自己。他预感冉咚咚会提前到达,所以他比她更提前。这是谈恋爱时的小伎俩,他弃之不用已久,但自从冉咚咚怀疑他出轨后他又不得不把它捡起来,以挽救濒临破灭的婚姻。果然,下午四点冉咚咚就到了。她推门进来看见慕达夫时略略有些吃惊,没想到他会比她先到,为此,她暗自开心,甚至产生拥抱他的念头。但她的双手刚伸到一半就缩了回去,仿佛及时整改纠错,让他为了呼应她而伸出来的双手悬在半空,就像双方谈好的合同突然不签了那样尴尬。他们已经四年没有纯拥抱了,纯拥抱就是不带性的拥抱,这个他们恋爱时频繁使用的礼仪,在她职位提升后便如恐龙般自然灭绝。他甩着双手,想既然她拒绝拥抱,那就把拥抱当成今天必须完成的任务,也许他们之间就差一次拥抱,也许拥抱就是他们情感危机的救命稻草。拥抱在他脑海越来越膨胀,刺激他的记忆,让他想起心理学专家关于拥抱的结论,即拥抱有减少疾病,增加免疫力,减轻压力,满足肌肤渴望,提高体内血清素含量,平衡神经系统,抗衰老,抵御心脏疾病,减轻疼痛,缓解抑郁症状,减少对死亡的恐惧,辅助失眠与焦虑治疗,降低对食物渴求,是一种无言的交流,增强社会联结增进社会关系,提升自尊,放松肌肉,增进共情和彼此了解,增加愉快感,改善性生活质量,教会给予和接纳等二十一种好处,但现在他要加上一条"挽救婚姻"。加上这条就变成了二十二种好处,他忽然想起美国作家约瑟夫·海勒的长篇小说《第二十二条军规》,想起这个小说他笑了一下,而她却不知道他为何而笑,即便她是神探。为此,他又笑了一下,就像小时候躲猫猫不被同伴发现那样得意。

她几乎贴着落地玻璃窗坐下,仿佛连脑袋都想挤到玻璃外面。他以为她是贪恋窗外的风景,可她却是不想在面前给他留下足够容身的空间。他站在她身后,双手轻轻落在她的双肩。她扭了扭膀子,试图甩掉他的双手,就像要甩掉毛毛虫。他迅速把手拿开,拉过一张椅子,与她并排坐着。她在看流水花草和树木,目光最终落定在日光斜照的河面,他却在看她搭在扶手上的那只手。那只手真白,手指修长,皮肤虽然没十年前那么鲜嫩,但因为脂肪的略增却显出了贵气,一看就知道这是一只不操心家务的手,是一只营养丰富的手,就像五根长短不一的东北人参。他忽然有了一把抓住它的冲动,就像于连·索雷尔想抓住德·雷纳尔夫人的手那样冲动。但冲动一闪即灭,几乎就在他想起法国作家司汤达的小说《红与黑》的同时。他怀疑刚才的冲动是不是发自内心?也许仅仅是渴望模仿,也许连模仿都算不上,因为于连想抓住的是别人老婆的手,而他想抓住的却是自己老婆的。你确定真的有这个欲望吗?夫妻十多年了,即使抓住也跟抓住一团硅胶的感觉差不了多少。这么想着,他连拥抱的兴趣都没有了。

当没有任何企图的时候整个人就变轻松了,当整个人变轻松的时候机会就来了。她把椅子往后拉了拉,站起来伸了一个懒腰,还故意用胯部碰了他一下。如果她只是碰一下,那他消失的兴趣不会重启。但她一碰再碰三碰,意图再明显不过了。于是,他站起来把她揽进怀里。她没想到会有不适感,好像被冒犯了,就像陌生人侵犯了她的圆柱体,身体下意识地想挣脱。她越抗拒他搂得越紧,他搂得越紧她越抗拒,她越抗拒他就越想征服,眼看他的强吻就要成功,忽然她双手用力一推,说我们离婚吧。他吓得当即把手松开,就像订书钉松开稿纸。

他率先坐下,好像坐下得越快就越能快速摆脱尴尬。她抹了抹被他揉皱的衬衣,坐到茶桌的另一边,说抱歉,我有感情洁癖,容不得搂过别人的手搂我。他不作声,泡茶,把倒上茶的茶杯推过去。她端起来品了一口,说为什么你十几年只喝一种茶却不能只爱一个人?他仍不吭声,继续泡茶。他知道只要一吭声就会发生语言冲突,甚至产生语言暴力,那今晚这餐饭就吃不成了。对于她刚才的表现,他是这样理解的:一、她询问嫌疑人询问惯了,总是喜欢先声夺人虚张声势;二、她是刀子嘴豆腐心,所说并非所想;三、等案件破了,压力小了,她会慢慢变好。

她的这种脾气不是自带的,而是由时间和经历渐渐塑造。认识她那年她二十九岁,虽然她接触了一些案件,但都不是大案要案,她也仅仅是一名助理,即使天塌下来也有高个子顶着,压不到她。因此她是放松的,好像每束光都能一丝不漏地无死角地照进她的心房,整个人从内到外都通透敞亮。那时只要他下厨做饭给她吃,她会笑上十分钟,仿佛吃了笑药,说上二十句赞美的话,像个美食评论家,哪怕他的手艺一般她也会把他夸成特级厨师,就像他评价作家们的作品。但是现在,即便他连续做一百餐可口的饭菜,也听不到她半句的鼓励。她已经习惯了,习惯于他的习惯,且把他所做的一切视为理所当然。

　　结婚前半年,他们坐在新装修的房子里讨论婚后的家庭分工。那时,房子里还弥漫着墙灰、油漆、橡胶以及塑料的混合气味,某些线头还裸露在电插盒的外面,角落堆着几块用剩的瓷砖,刚挂的窗帘半合半开,每束灯光都异常明亮,一切都预示新生活即将开始。他说为了保护她的双手,他负责下厨洗碗。她说她也不能闲着,负责买菜拖地摆弄洗衣机。他说他负责擦窗户辅导孩子学习。她说她负责生孩子。后来,由于她工作实在繁忙,除了生孩子是她亲自,其他家务都由他亲自了。虽然家务她不能顾及,但拥抱亲吻她一次都没少,而且都是她主动,仿佛那是超出他预期的高稿酬,瞬间融化他的疲累。由于亲吻频繁,他叫她"小狗",她叫他"骨架",意思就是她啃得他只剩下一副骨架了。想到这些,他摸了摸脸颊,仿佛刚刚被她吻了一下,接着轻轻一笑,生怕笑声太大惊跑了美好的往事。她问笑什么?他没回答,就像询问时他拥有沉默权。他想回忆真是个好东西,好得都让他忘记了眼前的环境和人物。看着他走神的表情,她想刚才的反应过度了,毕竟他还是自己的丈夫,在没离婚之前彼此还拥有使用对方身体的合法权利。但她不想马上妥协,希望通过沉默过渡,使接下来的面对面不显得那么尴尬。本来她就不是为了尴尬而来,一次为了庆祝的聚餐竟然被她活生生地变成了斗气的见面,她恨自己怎么会变成这样。

变化是从五年前开始的,他想,当时她已升任分局刑侦大队副大队长,领导要她负责侦办"任永勇案",这是十年前已经结了的案子,但经过她重新调查,发现"自杀"实为"他杀"。三年前她又接办了"梁萍失踪案",把一个五年都没破获的案子给破获了。偶尔她会谈论凶手的暗黑心理以及作案的残忍手段,常常听得他脊背发凉食欲不振,仿佛不是她在讲述案件,而是案件透过她的身体在讲述。虽然"两案"使她成名,但也让她的身心发生了自我意识不到的微妙的变化。她变得不注意他了,连唤雨在她心目中似乎也不那么重要了,仿佛使命发生了转移。她能记住案件的每个细节和日期,却常常忘记她答应过的买菜、到学校接唤雨以及参加亲人们的聚会。在办案最紧要的关头,她一度连唤雨的名字都叫不上来,而只叫她女儿。他不知道这是办案的压力使然还是案件的内容使然。反正她与他的欢娱次数逐步递减,亲热指数几近跌停。在别人面前她还是她,彬彬有礼和蔼可亲优雅得体,但在他面前她变得多疑敏感易爆,看他的目光像两根直直戳出来的棍子,仿佛他是她的嫌疑人。

"知道今天为什么约你吗?"她打破沉默。

"抓到凶手了。"他回答。

"你怎么知道?"

"因为你说过破案了才有精力跟我扯离婚的事。"

她忽然对"离婚"两个字产生反感,尤其当这两个字从他嘴里吐出来的时候,读音是那么别扭,字形是如此丑陋。

她发觉虽然她认可这种行为,却不认可这两个字,仿佛这两个字的危害远比行为可怕。她迟疑了一会儿:"凶手还没抓到,只抓到了一名强奸犯。"

"既然还没抓到凶手,那就不能……"他也讨厌那两个字。

"凶手就是强奸犯,迟早他会承认。"

"那就等他承认了我们再商量,以免你办案分心。"

"对我来讲他承认强奸比承认杀人还重要,要是他没强奸,夏冰清就是插足别人家庭的第三者。我讨厌第三者,却要为我讨厌的角色去复仇。于公,我必须执行,这是我的使命;于私,我的心里就像打翻了油盐酱醋茶。因此,从办案开始我就特别在意他强没强奸。他强奸了,夏冰清就是双重受害者,我为她复仇的动力就更充足。他终于解决了我办案的伦理纠结。"

"无论你怎么想,我都支持你。"

"离……离婚你也支持?"

"不支持,因为你离的理由不成立。"说着,他从电脑包掏出三张证明,谢见成、贺绍华和鲍朝柱分别在证明上按了手印,他们都证明四月二十日和五月二十日这两天与慕达夫在酒店打拖拉机。瞥了一眼三枚鲜红的手印,她说那贝贞呢,你怎么解释?他掏出一封洪安格和贝贞的联署来信,他们在信上说贝贞是一位十分爱惜自己名声的作家,如果冉咚咚执意怀疑造成贝贞名誉损失,他们将保留起诉的权利。冉咚咚来气了,说只要几杯酒,你就可以收买他们按手印,别拿这些材料来糊弄我。

"难道你办案取证也是用几杯酒收买的吗?"

"两码事,用你们的行话来比喻,我们的取证是严肃文学,你的取证是通俗文学。"

28

虽然喝茶在斗嘴,吃饭在斗嘴,回来的路上也在斗嘴,但当他们洗完澡躺在床上时却突然啪啪起来,像暴风骤雨般猛烈,仿佛这是最后的亲热,能做一次赚一次,彼此都在榨取对方。对她而言,这不是单纯的身体愉悦,而是为办案取得阶段性成果的庆祝;对他而言,这不仅是修复关系的契机,也是憋了三个月后的一次身体释放。反正在这件事情上,两人都得到了利息或者说附加值。幸福来得太突然,他本以为会像昨晚前晚以及近期的无数个夜晚那样,熄灯无故事,却没想到她忽然说一个男人长期不碰老婆,你会相信他没有情人吗?简直就是勾引,他本能地碾压过去,碾压了好久他才想起一句台词,但他没说,生怕她把他推下来。他的台词是:"一个女人长期不让老公触碰,难道你不怀疑她有病吗?"

事毕,她问他为什么这次不喊"美"?他想没喊吗?没喊,连自己都感到惊讶,好像身体有个自动预警系统,知道眼下喊不得,但他却没法回答。"为什么?"她仿佛看穿了他的心思,穷追不舍。他说可以不回答吗?她说不行。他说讲真话怕你生气,讲假话我有心理负担。她说只要讲真话,什么事我都能原谅。他不停地吞咽口水,仿佛要把那句即将奔涌而出的话咽下去,又仿佛在评估她的承诺是真是假。他不停地吞咽以延缓时间,又害怕这个伎俩被她识破,以至于怀疑自己患上了吞咽强迫症。她说这是一次你重新塑造自己的机会,错过了就错过了。他说如果你连我脑子里想什么都要翻出来看看,那我就一丝不挂了。她说我充满好奇。他犹豫,"说还是不说?"就像哈姆雷特的"生存还是毁灭"那样挣扎。她静静地期待,连呼吸都变得小心谨慎,连时间都变得漫长。他恨不得立刻睡去,只有睡去才可能摆脱眼前的困境。但她用胳膊肘拐了他一下,他吓了一跳,说好困啊。她说每当嫌疑人不想回答问题时也经常喊困,这是不合作的信号,我再给你十秒钟。她开始匀速倒数:"十、九、八、七、六、五、四、三、二、一。"仿佛听到当的一声,时间到了,他像被催眠似的突然渴望分享。他说我是在看了贝贞的小说《一夜》后才开始喊"美"的,想不到我的生活也模仿艺术。

"我问的是你这次为什么不喊。"她总能紧紧抓住主题。

"以前我喊是因为脑海里会出现别的异性,现在不喊是想让脑海里只出现你。"他以为会感动她,但她的注意力只在前半句。她问:"你的脑海里到底出现过谁?"

"都是一些似是而非的人物,就像鲁迅先生说的嘴在浙江,脸在北京,衣服在山西,是个拼凑起来的角色。"他想马马虎虎,却马虎不了她。她问:"是不是出现过贝贞?"他想说没有,但嘴里却回答:"出现过。"

"呵呵,"她似笑非笑,像抓到了关键证据,"原来你早就精神出轨了。"

"问题是我的脑海也曾出现奥黛丽·赫本,还有一些遥不可及的人,即使我想出轨,她们也看不上我,我也够不着她们。比如奥黛丽·赫本,她已于一九九三年一月二十日去世,再怎么想她,她也不可能活过来挑战你。假如每个人都像我这么坦诚,那就会承认这是一种正常的心理活动,我就不信你的脑海没出现过别的男人?"

"没有。"她本能地回答,但她说谎了。她的脑海当然出现过偶像,就在刚才还不合时宜地闪现洪安格,可她不想让他知道,以免助长他的胡思乱想。他不是傻瓜,研究文学作品即研究人性。

"你虚伪。"他说。

"女人跟男人不同。"她搪塞,但马上转移话题,"你爱我吗?"

"爱。"几乎是唯一答案,他不想纠缠,连话题也顺着她。

"怎么个爱法?"她刨根问底。

"就像《红楼梦》里的贾宝玉爱林黛玉,你喝药我先尝苦不苦,若有好玩好吃的第一个想到的是你,你要是生气,我就求爷爷告奶奶地哄你。你说我有外遇我就承认有外遇,你说我骗你我就承认是骗子,你负责命名我负责答应。

幸亏你没叫我去死,否则我会像卡夫卡小说《判决》里的格奥尔格,一听到父亲的命令立马跑去跳河。"

"贾宝玉的爱你也信,他不是睡了袭人和好几个丫鬟吗?要是我没记错的话,他还跟一个名叫秦钟的男人上过床。"她差点惊呼起来。

"那也不能否认他对林黛玉的爱,也许他是通过爱别人来爱林黛玉,就像《霍乱时期的爱情》里的弗洛伦蒂·阿里萨,他所有的私通都是为了爱费尔米娜。"

"变态。我可不想看到你用那样的方式爱我。"

"爱有千奇百怪,但我爱你只有一种,就像电影《泰坦尼克号》里的杰克爱露丝,当逃生的浮板只能承载一个人的重量时,我会把生的机会给你。"

"好听,可惜没法检验,你能不能举一个稍微靠谱的例子?"

"就像你爸爱你妈,快七十岁了还手牵手去买菜。"

"一点都不浪漫,也不是爱情。你没看出来吗?你岳父一直嫌弃你岳母,背地里他们不知吵了多少架,我甚至怀疑我爸跟隔壁的阿姨有一腿。现在他手牵手是因为年纪大了,拿我妈来当拐杖。"

他想找一部夫妻爱到白发苍苍的小说来举例,但想了许久都没想起来。全世界那么多文学大师,竟然没人写过这个题材,抑或是我孤陋寡闻。作家们写得最动人的爱情都不是白头到老的爱情,要么是甜蜜的初恋,要么是错过的暗恋,要么是半路杀出去的别恋,要么是黄昏恋,反正没有一成不变的恋,是作家们没发现这一空白还是爱情本来就没法长久?他陷入沉思,脑海急速搜索。忽然,他想起迈克尔·哈内克自编自导的电影《爱》,这让他如获至宝。

"我会像乔治爱安妮那样爱你。"他说。

"怎么个爱法?"她还在重复她的问题。

"年过八旬的丈夫乔治和妻子安妮相依为命,他们不愿意去养老院,不愿意连累远方的女儿,相互照顾。安妮中风后失去生活能力,行走艰难的乔治在艰难地照顾她,帮她洗澡,喂她吃饭。安妮不希望被病痛和自尊心折磨,请求乔治结束她的生命。乔治不愿意,但他的力气越来越小,他怕自己死在她前面,没人能像他照顾她那样照顾她,便用枕头结束了安妮的生命。之后,他用仅剩的一点力气爬到床上,等待死神降临。"

"你做得到吗?"她抽了抽鼻子。

他感觉湿度上升,整个卧室像下起了毛毛雨。他伸手一摸,果然她的眼眶湿了。她被乔治和安妮的爱情感动哭了。他说最动人的爱情就是比你所爱的人多活几小时,哪怕是一个小时。

"你做得到吗?"她嘴里喃喃。

"我想,但得问你同不同意。"他说。

"干吗要问我?"她说。

"因为只有你才能决定我们能不能白头到老。"

她不接话。卧室仿佛睡着了,忽地安静下来。

29

怎么知道他还爱不爱我？她翻来覆去地想,想得膀子都有些微痛。如果他是一名嫌疑人,只要聊上一两个小时,我就大致能判断他是不是作过案,八九不离十。但跟他认识了十五年,共同生活了十一年,彼此说过的话如果印成书都可以装满一个社区的图书馆,熟悉他的程度绝不亚于熟悉自己的手指,为什么却越熟悉越陌生？是我的敏感度下降还是他隐匿得越来越深？抑或爱情本来就比作案复杂,根本无从查考？可当初,他对我的爱是看得见摸得着的,就像身下的席子,一摸就知道它是席子,甚至不用摸都知道。

他们谈了四年恋爱,第一年尤其甜蜜。自从他们在锦园书吧聊过冉不墨的非虚构作品之后,见面就越来越频繁了,在餐厅,在电影院,在公园,在她家,在他的住所。哪怕只有一小时的空闲,他们也会迫不及待地选择中间地点,或一抱或一吻,便各奔东西,虽然他们像两只台球一碰即分,但每天不这么碰一下他们都像欠觉似的整天打不起精神。每次见面他都提前到达,她不到他不进门。一次,她从后门进入餐馆,隔着落地玻看见他站在前门等。画面实在是太美,他的背部竟长出一束红白蓝相间的野花,细看,原来那束野花捏在他背着的双手里。他伸长脖子,留意从他面前驶过的每一辆车,好像她会从任何一辆车里冷不防地跳出来。他走过来走过去,偶尔把花拿到面前一嗅又飞快地藏到身后。半小时过去了,她坐在里面静静地看,他站在外面耐心地等。她想考验他到底能等多久,没想到他等了一个小时还在走过来走过去,目光始终盯着停车场入口,连个电话也不打,无论等多久他都不会催她。他相信她迟到一定有不可抗拒的原因,也许是手头的工作还没干完,也许突然接到任务,也可能是堵车或打不到的士。

那时他舍得把大把时间浪费在她身上,哪怕他正在填课题表,论文写作正灵感四射,但只要听到她呼唤便立刻关掉电脑去陪她,好像她是案发现场,他必须第一个赶到。轮到她值夜班,只要第二天没课他就会赶过来。值班室不是恋爱场所,他不能进去,就坐在窗外那张条凳上,像一个刚刚被抓的等着问话的小偷。她接电话、打电话或整理记录时,他像摄像头静静地隔窗看着。她没事的时候他就跟她聊天,黑夜漫长,该聊的都聊了,他便给她讲文学。一年下来,他陪她十几个通宵,竟把一学期的现当代文学课讲完了,还兼谈了世界文学。她逛街,他跟着;她做头,他等着。她说你这么陪我不怕浪费时间吗?他说男人如果爱女人,要么为她花钱,要么为她花时间。此话像一枚钉子牢牢地钉在她的脑海,作为他曾经爱她的证据,至今都未生锈。

另一证据就是他为了适应她而努力改变自己,改变行为,包括试图改变性格。他很有信心,说如果我没达到你的择偶标准,请你千万别把标准降低。说罢,他竖起耳朵,以为她会说他早就达标了,没想到她不发合格证。他在自信心受到打击的同时也意识到自己高估了自己,换一种说法就是自恋或自大。虽然他在她面前已经夹起尾巴做人，但他的自大仍会在他松懈时霸气侧漏。比如他们偶尔谈起冉不墨的作品，他的嘴巴一撇，说垃圾。尽管他早就是批评界的一员，却不知道有一种批评叫儿女批评，即只有儿女能说父亲作品的缺点，别人概莫乱语，否则儿女会很生气。也就是说她爸的缺点只允许她讲，轮不到外人插嘴，如果外人非要置喙，对不起，那就请讲优点。因为那句"垃圾"的评价，她几天不跟他说话。他问她原因，她说你自己找。他找了两天，猜了不下五十个答案才终于找到。从此，他不再说冉不墨的半句坏话。一次，她表扬她的前任领导有水平，他没吸取上次教训，嘴一撇，说要是他有水平为什么会把两个积案让给你？他一点业务都不懂，怎么指挥你们？她说有本事你指挥呀。他忽地闭嘴，知道又犯了狂病。凭他的资源，即使不吃不喝奋斗一辈子，也轮不到他指挥。从此，他不再评论任何领导。朋友们聚会，他喜欢纵论天下大事，从外太空论到美国总统，似乎没有一件事一个人令他满意，好像宇宙必须交由他来掌管才有希望。她说又来了，有能耐你移民外太空，别在地球上混。他那个呛，就像吃了太多的芥末，捏鼻子皱眉头，好久都说不出话来。从此，他不再谈论宇宙，虽然这是他一直喜欢的话题。

恋爱四年她一直在戗他，仿佛她是上帝专门派来戗他的。但是他不知道，她戗他不是要反对他的观点，而是要刷存在感或想表现得比他聪明。想不到，接受批评他是认真的，他把她的每一句话都当命令，来单照收，坚决执行。虽然她为他轻易放弃观点和故意压制锋芒感到惋惜,但却从他迁就她的言行中获得巨大的心理满足。她知道要是一个人为你无原则地改变,那不是怕你就是爱你。他不是案犯,没理由怕她。其次,他改变了他的刷牙习惯,认识她以前他是横刷,认识她之后他是竖刷,自从改为竖刷,他的牙齿越刷越舒服。再次,他把酒给戒了,尽管为此他不惜掐黑大腿。他戒酒是因为她讨厌酒气,讨厌他喝醉后站在马路边像站在长安街似的大喊大叫,讨厌他一喝酒就忘记她在等他,忽略她的失眠。

30

他重新喝酒是在唤雨一岁之后,先是在家里喝,每次只喝一小杯,也不看她的脸色,仿佛可以不用看她的脸色行事了。偶尔他把酒杯递过来,问她要不要喝一口?好像这么一递就把她拉下水了,不但自己可以撕毁承诺,还能获得她的同意。那时,她的心思基本上转移到了唤雨身上,觉得他做家务写论文挺辛苦,喝一小杯也在情理之中,便默许了他的试探。但他的酒杯越变越大,就像小拇指变成无名指,无名指变成中指、食指、大拇指,最后变得和拳头一般大小。喝酒的次数也越来越密,从七天一次变五天一次,再从五天一次变三天一次。地点从家里切换到餐馆,人数由单数变复数。三天两头,他就以同事聚会、专家研讨以及请外来朋友为由,喝好了再回家。开始是晚八点回,慢慢地变成晚九点晚十点,甚至晚十二点。身上的酒气由淡变浓,一次比一次浓,一次比一次浓,最终让浓度恢复到了他戒酒前的水平,活生生把自己变成了制酒车间。

这味道她认了,连她自己都觉得奇怪,奇怪自己竟然可以对这股味道忽略不计,好像是嗅觉迟钝或是自己突然变得心胸宽广了。那时他们已相处五年多,他爱她,她信任他。信任就像一张通行证,人与人之间一旦产生,对方做什么都可以放行。唤雨刚出生那两年,她的父母暂时搬来同住,家务活他几乎插不上手。他说他不泡妞不赌钱,不搞腐败不竞聘院长,唯一的业余爱好就是跟朋友们打打拖拉机。其实打拖拉机也不是打拖拉机,而是了解社会信息,释放心里积怨,缓解写作焦虑,刺激做学问的激情,除了换换脑筋还相当于心理治疗。听他这一说,她就觉得他帮家里省了一大笔钱,至少省了一笔心理咨询费,好像打拖拉机不仅包治百病还能帮他学术突破。她没反对,连反对的理由都懒得想。有时他在牌桌待得太久,她就打电话催他怎么还不回家。开始,他一接到电话立马丢下扑克,后来,他说打完这一轮就回去,再后来,他连解释都不解释,说一句"打牌打牌"便把手机挂了,就像说"开会开会"那样可以免于问责。她不但没生气,反而觉得他电报似的语言比冗长的甜言蜜语更可靠。她渐渐适应并喜欢上了他简单粗暴的语言,因为她知道这种语言是建立在互信的基础之上的,同时她也需要粗暴的语言来刺激慢慢麻木的神经,就像有时需要他粗暴的动作。

他的锋芒也在悄悄恢复或死灰复燃。评价朋友,他说:"从猿变成人需要两百五十万年,但你从人变成猿只需要一瓶酒。"结果,他把朋友给得罪了。评论单位领导,他说:"不懂装懂,越装越不懂。"结果,他把领导给得罪了。评论某位诗人,他说:"他再次证明诗歌是需要分行的。"结果,他把这位诗人给得罪了。他评价谁就得罪谁,弄得人人想跟他绝交。但他也有底线,那就是从来不评论家人,这被她理解为"爱"。爱是她的核心利益,只要他还爱她,她就能原谅他的任何缺点,包括恋爱时他为了讨好她故意压制的那些缺点。她不再敁他,既没了敁他的兴趣也没了敁他的资本,任由他的缺点反弹。她以为他能为她自律一辈子,没想到只为她自律了五年,也许不由时间决定,而是因为她生了孩子,他首先在生理上对她失去了兴趣,这与徐山川背叛沈小迎的时间点极其相似。对待妻子,男人是不是都一样?这么一想,她发觉过去也许都误判了。他打拖拉机是不想跟我待在一起,他喝酒是为了寻找刺激或者麻醉自己,他在外面滔滔不绝是为了弥补在家里无话可说。那个曾经跟我无话不说时时刻刻都想待在一起的慕达夫倒下了,另一个不想跟我说话不想跟我待在一起的慕达夫站了起来。她越想越不爽,甚至感到不安。

第二天下午,她跟邵天伟讨论完案件,忽然问他凭你的观察,你觉得慕达夫爱不爱我?邵天伟顿时蒙了,首先考虑的不是回答而是揣摩她为什么要问这个问题?是出现了家庭矛盾或是慕达夫犯了错误,抑或她是想跟案件类比?但无论她出于什么目的他都不愿回答,就用一个微笑试图蒙混过关。可她不允许他蒙混,目光直直地充满信任地满怀期待地看着他,看得他都不好意思不回答了。他说冉姐你连杀人犯都看得透透的,还看不透姐夫爱不爱你?她说我是远视症患者,越近越看不清。他想我见慕达夫也不过五次,两次在刑侦队组织的家属聚餐会上,三次在她的办公室,彼此客客气气从未深度交流,而她也从不在我们面前谈论他们的感情,这真是一道"哥德巴赫猜想"。

"我没谈过恋爱,看不懂。"他说。

"直觉,凭你的直觉。"她的眼神还是那么期待。

"我认为他是爱你的。"他想只有这么回答最保险。

"证据?"她说。没想到她会问证据,他突然卡带了。但他不想让她失望,说你每天穿得整整齐齐,面色红润,精神饱满,不像是没有爱情的人,虽然不知道谁爱你,但看得出有人爱你,也许还不止一个人爱你。想不到邵天伟会从这个角度回答,她胸口的闷胀感顿时消失,每个细胞都像解放了似的,心情变得欢快喜悦。尽管她怀疑他出于善意而说了谎话,但她喜欢并愿意相信这个答案,仿佛第一次意识到一个好的答案对于抑郁者有多么重要,难怪人人都想听好话而不在乎它的真假。她不能免俗,却也有与众不同之处,那就是她没有百分之百地相信,"质疑"始终在跟"相信"缠斗,这让她的心情像墙头草那样摇摆,时而愉悦时而郁闷。

31

星期天上午是冉咚咚的"亲子时间",她坐在阳台上为唤雨梳头。她不忙的时候唤雨由她打理,一旦她突击办案,打理唤雨的任务就交给了慕达夫,但即使再忙她每周也要抽出半天时间跟唤雨独处,一边尽母亲的责任一边检查慕达夫的"作业"。唤雨的头发干干净净,没有一丝头屑,说明这周慕达夫给她洗头了。唤雨的耳背和耳眼没有污垢,说明慕达夫每天都督促她洗澡了。唤雨的手指甲和脚指甲不仅剪得很短,而且还打磨得很光滑,一看就知道是慕达夫的手艺,这门手艺恋爱那几年她也曾享受过。唤雨的右食指和中指上有五点新旧交替的洗不掉的墨迹,说明她每天都做功课了。由此可见,慕达夫照顾唤雨算得上优秀,现在就看唤雨的心态经不经得起评估。她问唤雨爱不爱妈妈?唤雨说爱,说完在她脸上响响地亲了一口,亲得她都想融化。唤雨的表情是透明的,仿佛雨后湛蓝的天空一尘不染。她问这星期爸爸骂过你吗?她说爸爸才舍不得骂我呢。她问唤雨爱爸爸吗?她说爱。她问爸爸爱妈妈吗?她说爱。

"你怎么知道爸爸爱妈妈?"

"爸爸每天都给你留菜,总是挑最好吃的留给你,留得特别多。你回家他吃两碗饭,你不回家他只吃一碗。"

"乖。"她把唤雨紧紧搂在怀里,开始她觉得搂住的只是唤雨,但搂着搂着就觉得慕达夫好像也被搂进来了,一家人像粽子似的被绳子紧紧地绑在一起。忽然,一阵风吹过,吹得她心里痒痒的,也吹得头顶上挂着的两排衣服哗叽哗叽地响,那是昨晚洗干净的他们一家三口的衣裳。她抬头看去,看见慕达夫的一条内裤破了一个小洞。但她越看那个洞越大,大到她羞愧得想从那个洞里钻进去。她想我没有尽到妻子的责任,于是马上掏出手机,在网上匿名给慕达夫刷了五条名牌内裤,留下他单位的地址。这下,悬在头顶上的那个洞渐渐缩小了,小到她几乎看不见。

五天后的傍晚,慕达夫和唤雨回到家时,看见餐桌已经摆上了热气腾腾的饭菜。唤雨叫了一声妈妈,冉咚咚从厨房里走出来。慕达夫问怎么下班这么早?她说特殊情况。他瞥她一眼,发现她的脸色铁青,不像是个好的特殊情况,但他不敢问,生怕一言不合便辜负了一桌饭菜。于是,吃饭时他小心翼翼,聊的都是和唤雨有关的话题,尽量营造欢乐祥和的春节似的气氛。饭后,他洗碗她拖地,他辅导唤雨做作业她开洗衣机洗衣服,两人一唱一和,仿佛又回到了当初她不忙时的生活状态。然而,当唤雨睡下,当他们都进入卧室,他发现她偷偷吃了几粒药。他问到底出了什么状况?她假装没听见或者真的没听见。他担心,一问再问。她说你又解决不了,问那么多干吗?他说也许能帮你解决呢?她说徐山川翻供了,你能让他不翻供吗?他说不能。她说王副局长让我暂时不负责这个案件,你能让他撤销决定吗?他说不能。她说由于证据不足明天就要把徐山川放了,你能不放吗?他说不能。她说你怎么这么无能?他知道这一句不是说他而是说她自己,仿佛她不是在跟他对话而是自言自语。她说就像把鱼放到了砧板上鱼却从下水道跑了,就像爬山爬到一半突然被人推了下去,更形象一点,就像我们正在亲热我却忽然把你推开了,你说遗不遗憾?

"前次在蓝湖大酒店你不正是这样对我的吗?"他说。

"我不是要你举例,而是问你遗不遗憾?"

"遗憾,也不遗憾,"他说,"遗憾的是坏人逃脱了,不遗憾的是你可以趁机调养身体,好好休息休息。"

"干我们这一行的,只要凶手没抓到就不可能安心睡大觉,就像你惦记没有写完的文章,猫惦记跑掉的老鼠。"

"徐山川是怎么跑掉的?"

她一愣,定定地看着,犹豫要不要告诉他。她把他从头到脚透视一遍后,说徐山川讲我询问时使用了不正当手段,还讲我出示假证据诱供。他说徐山川讲的情况属实吗?她说为了找到真相,有时必须采取手段。他忽地担心起来,说你采取了什么手段?不会因此丢掉工作吧?她说我只不过出示了一条女性的蕾丝内裤。"内裤?"他无意识地说了两遍。她想他一定收到她给他网购的内裤了,但他没有拿出来。"难道内裤是假证据?"他问,仿佛一语双关。她说要是我不出示那条内裤,徐山川就不会承认自己强奸过夏冰清。他由此内裤联想到昨天下午四点钟收到的那五条内裤,到底是谁给我买的?难道是冉咚咚?不太可能,她已经五年不给我买衣服了,即便买她也不可能留我单位的地址。会不会是贝贞给我买的?很像,但我又不能打电话或发短信去问她,万一不是她买的就闹笑话了。她发现他开小差,说你在想什么?他赶紧把思路收回来,庆幸刚才联想时脑海冒出过一个问题,现在可以拿出来救急。

"你怎么知道夏冰清内裤的颜色和款式?内裤又不是你买的。"

问得很专业,她想,经过我这么多年的熏陶他似乎也懂得办案了,但他问过之后目光没有追过来,甚至有些躲闪,是心虚还是不需要答案?她在等待他的下一个反应,没有,他好像把自己问的问题忘了。她说内裤的款式和颜色是夏冰清母亲提供的,因为平时都是她决定夏冰清穿什么,更何况面试那天夏冰清回家后自己洗了内裤,这是从来没有过的现象,所以被她母亲牢牢记住了。要想别人不知道,最好的办法就是别做,否则迟早会被揪出来。他听出了话里有话,但不知道她的具体所指。现在他最担心是她负责的案件忽然不让她负责了,就像跑步比赛正准备冲刺却被裁判叫停,她怎么咽得下这口气?她的情绪一定会失控,就看什么时候什么地点什么诱因了。想到这里,他赶紧给她竖起大拇指,连说三声"厉害"。他知道表扬就相当于给她吃药,可惜没有疗效,她已经发现他的表扬只是应付而不是发自内心。

32

醒来已是上午十点,家里似乎没有一点声音,他们都出门了,一个上学一个上课。窗帘虽然闭着,却看得见阳光落在窗帘的那一面,就像落在山的另一面,光线很亮,远远地就感觉到热。天花板上有几条细小的裂纹,圆形的顶灯周围有一条断断续续的褐色的边,似乎由灰尘和细小的虫子组成。要在平时,她会马上起身把那个褐色的圈擦干净,可是现在她不想动,甚至想就这么躺下去,一直躺到生命的终点。昨晚,她靠药物帮助睡得挺沉,沉得脑袋现在还沉甸甸的,仿佛戴着一顶十公斤重的头盔。这是她负责"大坑案"后唯一一次睡到十点钟不起床,表面上获得一次充分的休息,实际上头皮越来越紧,久睡不仅没有让她放松,反而把身体的每块肌肉或每个脑细胞都拧紧了。过去一踏进家门她就强迫自己别去想案件,尽管做起来难上加难,但在她自我的强迫下基本上可以保证睡到床上时不想。可是现在,这张床却像案件充电器不停地给她充电,让她脑海里塞满了关于案件的各种信息,塞得连一个气孔都不剩。

中午,慕达夫从教工食堂打了两份饭回来,她还躺在床上。慕达夫叫她起床吃饭,一连叫了三声她都没反应,便问她哪里不舒服?她闭着眼睛,像熟睡的样子。他摸了摸她的额头,体温正常。他说如果你要继续睡觉那我就先吃。她还是没反应,似乎生气了,多半是为不能负责案件生气。他走出卧室,故意不关门,一个人坐在餐桌边吃了起来。他吃得很响,以为响声能刺激她的味蕾唤醒她的食欲,却不知他吧唧吧唧的嚼食声在她听来是那么粗俗,简直是忍无可忍。她爬起来把门嘭地关上,重新躺下,耳朵顿时脱离了低级趣味。而他自从听到嘭的关门声后,忽然就没了胃口,尽管他大幅度地降低嚼食声,低到可以把刚才的高分贝平均掉,但仍然没有胃口,好像自己没有胃口才对得起她,才算得上与她同甘共苦。一直都是这样,只要他吃而她不吃,他就会觉得自己多吃多占了。他想饿着肚子到书房去做课题,用惩罚自己的方式转移眼前的焦虑并顺便获取她的同情,但他立即明白这样做其实是自我安慰,于她的心理无补。她不知道他会因为她没有胃口,在她的想象里——他不顾她的饥饿,竟吧唧吧唧地吃得津津有味。

他再次走进卧室,假装睡午觉。他睡午觉是想跟她保持同样的姿势以方便交流,就像大人蹲下来与小孩沟通是为了保持一样的高度。果然,她睁开眼睛,问他相不相信直觉?虽然他将信将疑,但必须回答"Yes",因为只有这样回答才足以表明他是她毫不犹豫的支持者,立场永远站在她这一边。她的心里掠过一丝欣喜,就像吵架时找到帮凶那样喜从天降,巴不得让这种感觉在心里停留久一点,更久一点。她说明明徐山川是强奸犯,可却不得不把他放了。他终于放心她纠结的是案件而不是怀疑他出轨,心里嚯的一声,仿佛堵塞的心血管突然被疏通。可他的心里疏通了她的却还堵着,必须马上回应。他说虽然把他放了,但你可以补充证据再把他抓回来,相当于欲擒故纵。她觉得有道理,问题是去哪里找证据?这才是真正的难题,是她躺在床上不想起来的总原因,她无数次暗示等想到答案了再爬起来,可答案就像地平线看得见走不到。她沉默,沉思,自责,贬低,懊恼,不服……第一百次或第一千次把自己逼到墙角,等待证据来拯救。很不幸,这次拯救她的不是关于徐山川强奸的新证据,而是他内裤上的那个破洞。她不小心看见了,目光顿时聚焦,好像那个洞是她目光刚刚烧出来似的,让他的一小撮皮肤瞬间产生灼痛。她忽地欠起身子,就像忽地从墙角站起来,问最近你是不是收到了内裤?

"收,收到了。"他支支吾吾。

"收到了为什么不穿?偏要穿这条有洞的,好像我虐待你似的。"

"没人看得见我的内裤,除了你。"

"内裤呢?"

"锁在办公室的抽屉,因为是匿名寄来的,所以不敢穿,怕是网络骗局。"

她冷笑:"我特别想知道你收到内裤时首先想到是谁寄的?"

"你,但更多想到的是骗子。"

"又说谎,如果首先想到我,你会问我,哪怕试探性地问一下,可你在我面前一声不吭,就像藏着个天大的秘密,生怕我知道。"

"怕问了不是你寄的,尴尬。"

"我不知道你首先想到谁,但肯定不是我。这是我的一次考验,恭喜你没过关。"说完,她吓了一跳。她在网上帮他刷内裤时想到的是尽妻子的责任,脑海里甚至浮现他收到内裤时高兴的样子,没想到潜意识里竟然是想考验他,否则无法解释为什么匿名购买？为什么不留家里的地址？为什么不先跟他打声招呼？原来自己也看不透自己，自己也在骗自己。

他想我确实没料到内裤是她买的，但这能反证我不爱她吗？我要是不爱她，那为什么她躺着时我担心？为什么她不吃不喝时我没胃口？一派胡言，他差点就说出口了，好在他的理智压住了情感。她说慕达夫，你做不了《泰坦尼克号》里的杰克，也做不了《爱》里的乔治，你根本就不爱我。他说那么，你爱我吗？她突然被问住了，因为她从来没想过这个问题，而他也是第一次问她。

33

"我爱他吗？"她问自己。她想这个问题恐怕得分三个阶段才捋得直，第一阶段"口香糖期"，第二阶段"鸡尾酒期"，第三阶段"飞行模式期"。

第一阶段为什么叫"口香糖期"？灵感来自徐山川家保姆的形容，即："他们就像一坨嚼烂了的口香糖，撕都撕不开。"她认为这同样可以用来形容她和慕达夫恋爱时的关系。那时，她的工作主要累的是体力，但不管多累，只要跟他一拥抱她身上的疲劳顿时一扫而光，仿佛他是她的体力恢复器或西洋参含片。她爱他的才华，经常静静地坐在一旁看他写作，有时一看就是两个小时。他写他的，她看她的，互不干扰。她看他又黑又密的长发，中分，长到盖住了耳朵，是指挥家、摇滚歌手或足球明星的标配。她看他又直又高的鼻梁以及尖尖的鼻头，就像看着一座她想攀登的山峰。她看他的眼睛，虽然不大却特别明亮，明亮得它看到哪里哪里就会有反光。她尤其喜欢他的下巴，尤其喜欢他下巴上密密麻麻的胡须，有时她甚至想数一数它们到底有多少根。她这么不厌其烦地看着，就是想等他抬起头朝她招手。他喜欢在写出精彩段落时把她叫到身边，让她坐在怀里，为她朗读一段刚刚写完的文字，就像分享刚刚出炉的烤牛排。尽管她听得不是全懂，但她喜欢他的声音气味膝盖以及一切，仿佛坐在全世界最有才华的人腿上，就像财迷坐到了钱堆里，老鼠坐进米缸，考古学家跌进遗址。

她是独生女，家庭结构与夏冰清的类似。她的父亲是报社记者，母亲是印刷厂会计，他们把她捧在掌心，不让她"晒淋冻累"（日晒、雨淋、冷冻和劳累的统称）。她想吃什么穿什么他们就给她买什么，从来没否决过她的提案。她喜欢看侦探小说，他们就把书店里的各种侦探小说买回来。她喜欢玩具枪，他们就把各式各样的玩具枪都买了。她想做英雄，他们就做坏蛋。于是，只要她手里的玩具枪一响，他们就假装倒地，无论当时在做什么，也不管她的枪口瞄准谁。父亲冉不墨有时阵亡于书桌，有时阵亡于电视机前。母亲林春花有时倒毙于洗衣机旁，有时倒毙于厨房。当他们像影片倒放慢慢站起来时，她咯咯的笑声响遍家庭的每个角落，笑得他们全身的细胞都跟着笑了起来。她第一个吃饭，第一个走进电梯，第一个钻进车门，在家人面前从来没做过第二。

自从认识了慕达夫,情况便悄悄发生改变。记得第一次跟他去餐馆,她像在家里那样端起碗就吃,但刚吃一口她就像被烫伤似的立刻把碗放下,忽然意识到这样做不对,必须等他坐下,等他拿起筷条她才拿起筷条。她对这个意识相当震惊,其震惊程度不亚于脑海发生一次核爆,连问自己为什么从前没这个意识?哪怕是跟单位的同事或领导聚餐,哪怕是跟前两任男友约会,她都没有注意这个细节,脑子里根本就没这根筋,当即她意识到她爱上他了。仿佛电脑的自动升级,从此她做任何一件事都会想到他。她买衣服会想到给他买一件,她吃到好吃的会给他打包带上,即便深夜她也会给他送去。坐车时她会让他先上,由此及彼,她懂得给父母开车门了,懂得收住脚步让其他人先进电梯。有的话说了一千遍你未必能听进去,有的人出现一百次你不会为他着想,可当你真爱的人一旦出现自己立刻就会改变。

一天晚上,她抱着几把童年时玩过的玩具枪来到他的宿舍,让他朝她射击。他叭地扣动扳机,她像中弹那样倒下去。他扣一次她倒一次,连续倒了十几次后她泪流满面,再也没从地板上爬起来。那一刻,她想起了父母的一次次倒下,也许五百次也许一千次,他们为了逗她开心从她五岁开始就假装阵亡,直到她十二岁玩腻了这个游戏才停止。本来她想用自己的倒下来弥补或回报父母从前的倒下,可她竟然没把开枪权交给父母而是交给他。她不服气但又心甘情愿,仿佛暗示她只为他而死。直到这时她才承认自己成熟了,她的成熟不是因为父爱母爱,不是因为亲情友情,而是因为爱情。此后,她懂得照顾他了。每次值夜班她都会带上茶壶、零食和水果,在他滔滔不绝时出其不意地隔窗喂他喝一口茶,或喂他吃一口水果、零食,当然也包括喂他一个长长的热吻。他在饭店门口等她一个多小时那次,她没有从前门出去叫他,而是偷偷地溜出后门,假装迟到似的跑到他面前,在他忽然从后背亮出那束野花时满脸惊喜,让他漫长的等待瞬间变得有价值。而这样的表现,在没认识他之前她想都不曾想过。

第二阶段,她称之为"鸡尾酒期",指她怀孕到唤雨三岁这段时间,她对他的感情被唤雨分享了。结婚刚两个月,他就像申请重大课题那样向她提交申请要一个孩子。当时她还沉浸在新婚的喜悦中,觉得两人世界还没玩够,也没做好当妈妈的心理准备,但看着他如饥似渴的表情她二话没说就点头。怀孕后生理反应强烈,她对他的爱似乎做不到一心一意了,爱被新生命切分,最终好像全部转移到了唤雨身上。即便如此,她仍觉得她对他的爱一点也没减少,只不过是换了一种方式,即通过爱唤雨来爱他。她把她能克服呕吐恶心、乳房松弛、身材走样、便秘烧心、四肢无力、脾气暴躁、情绪不稳以及分娩疼痛等困难的原因统统归结为爱他。她放大爱情的作用,拓展爱情的内涵,以至于忽略了她的母性。有那么一段时间,她为他生下女儿的成就感远远大于做母亲的成就感,也就是说她曾把爱情置于母爱之上。

但随着时间推移,母爱渐渐占了上风,她曾担心爱情是不是要降温了?好在他比她更爱女儿,为了亲女儿肉嘟嘟的小脸,他半天刮一次胡须,生怕胡须扎伤女儿的皮肤。在沙发上,在床上,他们一家三口经常抱成一团,他亲女儿一口,她亲女儿一口,然后他们再互亲一口。他们亲女儿与互亲都恰到好处地掌握时间长短以及情感投入,生怕偏心眼而打破感情平衡。唤雨学会亲脸后,他们就玩"多米诺骨牌亲",即他亲女儿一下,女儿亲她一下,她再亲他一下,抑或反过来,女儿先亲他,他再亲她,她再亲女儿。这一时期他们的爱就像鸡尾酒,即母爱父爱以及爱情亲情全搅在一起摇晃,傻傻地分不清。

第三阶段她定义为"飞行模式期",时间从唤雨六岁至今,她似乎把爱情给忘了,就像手机调至飞行模式,虽然开着机却没有信号。每次信号重置都需要他先提出申请,然后她看看心情再决定连不连接。经常他申请五次她才通过一次,比他申请课题的成功率还低。她开始以他吃大蒜过多拒绝亲吻,接着以他身上酒气太重拒绝拥抱,再接着以工作繁忙劳累为由拒绝啪啪。他们在床上的距离越隔越远,就像双人床中间隔着一片海。即便冬天他想拥抱她,她也会说热,说完她才发现室内十摄氏度。她怀疑自己性冷淡,但她却不想承认,最终把自己的冷淡怪罪于他吸引力的消失。他的声音不像从前那么好听了,身上的气味再也不能为她解乏,她也不会像从前那样为他的某个笑话而笑弯了腰。她不再关心他的课题或他的文章,也没时间和兴趣听他朗读精彩片段。上班她专注于案件,下班她专注于女儿,节假日她看望父母。她对他越来越宽容,换一种说法就是越来越不在乎。她不在乎他对她的赞美,也不在乎他对她的批评,而从前她却在乎他说的每一个字,包括停顿,包括重音和语调。在她眼里,他从一个具体的有细节的人变成了一个格式化的符号化的人。她只看见"丈夫"没看见"他",没看见这个与其他丈夫不同的他,仿佛天底下的丈夫都一个样。似乎不是他的问题,问题是她对他没了渴望,就像手机信号变弱或功能老化,以至于怀疑曾经对他的那些好是不是真的发生过。她给他买衣服再也不像从前那样精挑细选,只要抓到一件差不多的就算是完成任务。她仅仅是在完成任务而不像过去那样发自内心,后来连任务也懒得完成了。过去他出差她会问什么车次什么班机?去干什么住什么宾馆?几号回来要不要开车接送?现在她一概不闻不问,连他发来的"平安到达"都觉得多余,甚至忘记回复。以前晚九点他不回家她就心神不宁,在家里走来走去什么事也干不成,现在即便他凌晨不回,她也只是礼貌性地打个电话,有时连电话都懒得打。打电话是为了表示她还关心他,但关心已没有温度和细节。

这么说我已经不爱他了?

34

她把想离婚的事告诉父母。冉不墨惊得老花眼镜从鼻梁上滑了下来,眼珠子撑着上眼皮定定地看她,像看克隆人似的看了足足两分钟才问为什么?他做新闻出身,什么事都问五个"W",即:何时(When)、何地(Where)、何事(What)、何因(Why)、何人(Who)。她从小到大没少挨他的五个"W"折磨,直到现在一听他问"为什么"就感到尿急,一尿急就后悔跟他们说这件事。真是越怕鬼越撞鬼,林春花又来了一句"为什么?"现在两句"为什么"同时在她身上形成条件反射,她差一点就像少年时那样冲进厕所躲起来。但她知道这事不能躲,必须真枪真刀地面对。她说不为什么,就是不爱了。

"为什么不爱了?"冉不墨和林春花异口同声,仿佛第一次这么默契。

"不爱就不爱了,哪来那么多为什么?"她不耐烦。

"你就知足吧。我活了快七十岁,只看见过责任,从来没看见过爱情。"冉不墨从沙发上站起来,在客厅徘徊,急得好像即将离婚的是他。

"想离就离,别学你妈,明明知道没感情还凑合一辈子。"林春花关掉电视,盯住冉不墨。

"既然没爱情,当初你们干吗搞在一起?"冉咚咚说。

"你别听他瞎掰,他忘了单腿跪下求我的时候,没爱情为什么你手里还拿着玫瑰?是谁在电影院里求我嫁给他?"林春花说。

"虚伪。"冉咚咚补刀。

"他嫌弃是我身材变粗以后,他横看竖看都不顺眼,明明他的鼾声打得天摇地动,却说是我把他震醒的。一辈子他都在怪我,怪我不会发嗲,怪我不够漂亮,怪我文凭不高,怪我皮肤粗糙,也不照照镜子或玩玩自拍,就像猪八戒嫌媳妇丑……"

林春花一阵"炮轰",把徘徊的冉不墨轰得坐到沙发上,重新拿起报纸重新戴上老花眼镜。等林春花起伏的胸口渐渐平伏,冉不墨才抬起头来,问你说完了吗?林春花不答,嘴唇颤了颤,似乎有话要说却强行忍住。总是这样,一到关键时刻她就忍住。别看她数落冉不墨的时候一句接一句像放连环炮,但仔细辨别就会发现她说的都是水词,就像《好汉歌》里的"嘿儿呀,咿儿呀,嘿嘿嘿嘿咿儿呀",戳心的要害的一句不说,比如冉不墨跟某某女性她就从来不说,连冉咚咚都看出来了她还沤在肚子里,除了给冉不墨面子主要还是怕伤害冉咚咚,即便冉咚咚长大了成家了有孩子了即将离婚了也快要伤害唤雨了,她也仍然怕伤害冉咚咚。

"你看见了吧,这么多年来你爸就是这么忍过来的,你能不能学学老子宰相肚里能撑船?别吵几句就离婚,天底下没有不吵架的夫妻。"

"我们没吵。"

"没吵离什么婚?也不怕别人笑话,论长相论文凭,论才华论收入,人家哪点配不上你?我都为有个博士女婿感到自豪,你可别弃如敝屣。"

"没感觉了,何必勉强自己。"

"感觉比家庭重要吗,你想没想过唤雨的感觉?当初要不是怕伤害你,我和你妈也许真的就离了。"

"别老拿你们来跟我比,层次不一样。你们愿意和稀泥,我不愿意。"

"那就离吧,妈这辈子最后悔的事就是没离。"

一个反对,一个支持,她从他们这里得不到答案,而她压根儿也没想过让他们来决定她的命运,说给他们听也就是知会一声,免得日后他们惊掉下巴。第二天她就联系了钟律师,让他去跟慕达夫谈女儿的归属以及财产的分配等事宜。慕达夫不想跟钟律师谈,像哑巴似的坐在他面前,凭他怎么撬也撬不开他的嘴巴,仿佛面对一堵沉默的墙,钟律师只好撤退。第三天,唤雨入睡后,他和她在书房里谈。他说明明我们还睡在一张床上,有什么话不可以直接说?非得找个律师。她说你也可以找。他说我喜欢亲自,既然是亲自谈的恋爱,那就得亲自办离婚手续,有些事别人代理不了,比如睡觉上厕所杀人放火。

"也就是说,只要跟我谈你就同意离?"

"能不同意吗?这么多年来你提的哪一条要求我反对过?"

"我以为你会挽留,事情过于顺利难免让人怀疑它的真实性。"

"如果我挽留,你会改变主意吗?"

"不会。"

"那我为什么要白费口舌?我太了解你的做事风格了。"

"你这么爽快,是不是早就有了备胎?"

"谢谢关心,像我这样的条件再找一位应该不成问题。"

"那么,女儿跟谁?"

"你没有时间照顾她,跟我比较合适。"

"我不同意。"

"那就跟你呗。"

"就这么轻易放弃?难道你对女儿没有感情?"

他的胸口像被利器狠狠地戳了一下,痛感和委屈涌上心头,但他没有回击,而是无可奈何地摇摇头。自从徐山川翻供,王副局长不再让她负责"大坑案"之后,他就一直担心她会情绪失控,会搞出点事情来。这事情那事情他都设想过,却没想到她搞的事情是离婚,也许离婚仅仅是她的一个借口,而潜意识里却是转移情绪。她只顾情绪转移,却忽略了伤害的是女儿和丈夫。他感受到了强烈的伤害,可她却没意识到,好像能从对他的伤害中获得慰藉,也仿佛变相撒娇,就像她心里明明爱你嘴上却说不爱,就像她明明觉得你好却偏要说你坏。他明白,因此沉默。他沉默,是不想谈论女儿,生怕越谈论对女儿的伤害越大,更不能拿女儿来做婚姻的筹码。她从他的沉默中意识到刚才那句话的分量,心里一阵内疚,甚至暗暗说了一声对不起。她想把"对不起"说出来让他听到,但言不由衷,嘴里冒出来的却是:"财产呢,财产怎么分割?"

"存折你全拿走,我的那份给唤雨,两套房我拿一套怎么样?"他眼巴巴地看着她,仿佛在等待她的施舍。

"另一套房本来就是用唤雨的名字买的。"她故意发狠,想看看他的反应。

"行吧,我净身出户。只要你和唤雨过得好,我什么都可以放弃。"

"要不是办离婚,我都不知道你这么舍得。"

他想都共同生活十几年了,舍不舍得你还不知道?但他什么都不想说,心里涌起失望,同时涌起解脱后的一丝轻松,再加上那么一点点不服气。他说你能告诉我离婚的理由吗?她把两页打印稿递给他。那是她的自我评估报告,详细地分析了她在"口香糖期"、"鸡尾酒期"和"飞行模式期"的情感状态。他认真地看了两遍,说虽然中肯,但你忽略了时间和生理对情感的影响,也忽略了婚姻问题的普遍性,即感情会随着年龄增长和相处时间太久而递减。

"我是爱情的理想主义者,只管理想不管现象,只管你爱不爱我,我爱不爱你,现在两项都是否定,还有什么必要生活在一起。"

"按你的要求,根本就没有及格的婚姻。"

"我相信有,只是还没遇到。"

他差点就笑出声了。按脾气他恨不得现在就签字办手续,但他想她在吃药,是个亚健康者,最好还是给她一个冷静期。他说你不是讲过等你破了"大坑案"再跟我扯离婚的事吗,怎么突然提速了?她打了一个颤,想自己确实讲过,就说先订协议。他说订协议也得把刚才我说的这条写上,即破案后再办手续。她犹豫了,但马上就不犹豫,因为她相信她很快能破案,虽然已经不是案件负责人。

她开始在电脑上拟离婚协议。一小时后,协议打印出来,他看见条款里有一套房是他的,现金他也有一半。她说我没那么自私。他想这才像个讲道理的人。他们分别在协议上签名,按手印,两人都很平静,仿佛什么事也没发生,仿佛是在帮别人订合同。

第五章　借　口

35

从车窗看出去,徐山川家别墅的窗口全黑,铁门前的两盏路灯尤其明亮,越是明亮的地方飞舞的虫子越多。天气仍然闷热,闷热得冉咚咚想把车窗全部打开,但她怕暴露自己,只能开一道缝。自从徐山川翻供被释放后,她一直没放弃对他的怀疑。

一滴雨打在前玻璃窗上,接着三五滴无数滴,很快车壳上响起密密麻麻的击打声。地面腾起一股热浪,热浪里包含了水泥、油漆、植物等复杂的气味,雨点溅入窗缝,风带来丝丝凉爽。她刚刚还紧绷绷的皮肤突然松弛,心情仿佛伸了一个懒腰。灯光里斜飘的雨线越来越密,越来越密,把两盏路灯变成两团模糊的带刺边的光球。门口看不见了,雨一时半会儿也不会停,但她仍然不想撤退,除了害怕功亏一篑还包括不想回家。每天下了班,她就把车开过来,以盯梢的名义熬到天亮,然后再回家补觉。而那时慕达夫要么出门办事开会,要么去上课了。自从订了那份离婚协议后,她就不想面对慕达夫,仿佛做学生时不想面对班主任,工作时不想面对领导,开会时不愿坐在前排,有一种天然的排斥。她的想法也在发生悄悄的改变,过去一直想赢,现在却渴望挫败,仿佛挫败感能对冲挫败,仿佛越是艰难越是受点皮肉之苦或身心遭到摧残就越有可能破案,好像失败者才配得上胜利,受过折磨的人方可享受幸福。这么想着,她的心里便腾起一股悲壮。悲壮不是虚拟,而像个沙袋真切地挂在胸口,由办案的不顺利以及婚姻的破裂等因素刺激形成。

雨声夹杂着拍窗声,拍窗声响了许久她才醒来。她竟然睡着了,而且还睡得深入,这是极少现象,似乎与天气有关,但她马上意识到更主要的原因是自己放松了警惕。为什么会放松警惕?是时间使人疲劳抑或盯梢只是个借口?她无法在短时间内厘清。窗外,站着一件雨衣,把整个副驾位窗门堵得严严实实。她以为是坏人,各式各样的坏人,包括强奸、抢劫和反盯梢等等。正在她考虑应急方案时,雨衣忽然后退一步露出脸庞。她顿时松了一口气,把车门打开。

"没吓着你吧?"慕达夫脱掉雨衣钻进来。

"你怎么知道我在这里?"她问,也在快速寻找答案。

"我已经跟踪你五天了。"

"不可能,我这么小心怎么没发现你?"

"因为你顾得了脑袋顾不了屁股,或者说你对我已经形成了习惯性忽略。"

"为什么跟踪我?"

"你整晚整晚不回家,我担心,就打电话问邵天伟你在哪里执勤,他请示凌芳后说了你的行踪。"

"难道他们不怕你干扰我办案吗?"

"醒醒吧,这是他们放弃的目标,否则他们不会告诉我地点。你以为你在办案,但别人也许会认为你在找地方逃避。家里明明有大床,你却偏要睡汽车,以至于他们都问我是不是夫妻感情出了问题?"

"你是怎么回答的?"

"我先说夫妻恩爱,家庭和睦,然后再给他们提了三个务必:一、请他们务必相信你的直觉,据我统计你的直觉百分之六十准确;二、请他们务必给你一点时间,只要给时间你一定能把凶手揪出来;三、请他们务必支持你破案,因为除了破案你对什么都不感兴趣。"

"你说的准确率,也包括我对你出轨的直觉吗?"

"包括,但你的直觉也有百分之四十不准。比如你怀疑我出轨,不准;你怀疑唤雨学习不用功,不准;你怀疑我不尊重冉不墨,不准;你怀疑我早就想离婚了,不准。当然,也有你直觉准的,比如我喝酒确实是为了逃避,逃避不知道该怎样才能让你开心;我身上确实有自恋倾向,跟朋友们夸夸其谈确实是为了掩盖自卑。又比如你怀疑我吵架后假睡是准的,你怀疑我喜欢有人追求是准的,你怀疑贝贞的丈夫洪安格是我叫来做和事佬是准的,你怀疑我收到内裤时第一个想到的人不是你是准的,甚至你怀疑我精神出轨也有可能是准的,但这一点有待商榷,因为我不知道脑海偶尔浮现别的女人算不算是精神出轨。"

"这么说我现在盯梢的目标有百分之六十的犯罪可能性?"

"按概率,完全有可能。"

"可百分之六十毕竟不等于百分之百,假如你住在这么好的别墅里,有美丽的妻子,乖巧的儿女,你会去杀人吗?"

"我不会,但这并不保证别人,有的人喜欢瞎折腾……"

"就像我折腾婚姻,你干吗把这半句咽下去了?"

他的头皮一麻,这正是他想说而又不敢说的,没想到被她猜到,但他不能承认,说你又瞎猜。她说如果你想托人办一件绝密的事,你会托谁?"你。"他脱口而出,以为她又在做心理测试。她说这事女人办不了。他说那要看是什么事?她说杀人。他说问题是我不会杀人。她说假如。他想了想,说有血缘关系的。她说为什么非得有血缘?他说基因好感。

36

她戴上耳机,调大音量放慢音速,反复聆听徐山川被监控后三个月的通话内容。她已经听了不下十遍,却没有发现任何疑点。他在电话里谈生意,开玩笑,约朋友吃饭,K歌,包括泡妞,一切都表现得出人意料的正常,连声音都没抖一下。但她总觉得有什么地方不对劲,却又不知道什么地方不对劲。为了找到这个不对劲,她一有空就听,一听心里就踏实,仿佛花多少时间在这上面都值得。渐渐地,听他的通话内容竟成一种习惯,好像可以缓解压力。这天,她听着听着忽然灵光一闪,终于发现了不对劲的地方,那就是案发后他和沈小迎在三个月里只通了五次电话,而且内容简短,语气冰冷,都是关于接送孩子或回不回家吃饭的内容。她找来案发前三个月他们的通话记录,发现他们几乎每天都通电话,最多的一天五次,虽然也是关于日常和孩子的话题,但语气亲切多有问候。为什么案发后夫妻之间的通话次数直线下跌?唯一的解释就是他们都有反侦查意识,害怕窃听。冉咚咚统计他的通话情况,发现还有一人与他通话的次数锐减,由前三个月的二百七十次跌至后三个月的三十次,看上去极不正常,难道他们也在掩盖什么?

这人叫徐海涛,是徐山川的侄儿,现年三十一岁,高中毕业后没考上大学,在徐山川父亲的饮料厂工作五年,后入职迈克连锁酒店总公司任徐山川的专职司机。查他近六个月的手机通话语音,一个变声电话引起冉咚咚的注意。"变声"第一次出现是案发后第四天晚十点,他说徐老板,生意做好了,请你尽快支付余款。徐海涛怒吼,说谁让你做的,你还讲不讲信用?我不是跟你说生意不做了吗?说完,也不等对方回答就挂断了电话。"变声"第二次出现是五天前下午十四点,他说姓徐的,十天之内不付钱,别怪我出卖你。说完,也没等徐海涛回答就挂了电话。冉咚咚想他们在打心理战,但"变声"是谁?他们做的是什么生意?

查"变声"手机号用户,竟然是一名死者,买号人用的是假身份证。手机两次通话地点分别是金浦路橡树咖啡馆附近以及蓝湖艺术学院琴房附近。每次通话时间不超过一分钟,通完即关闭。冉咚咚找徐海涛的女朋友曾晓玲了解情况,曾晓玲说她不知道那个"变声",也不晓得他们做什么生意,至于案发当晚徐海涛在哪里?她查了酒店值班表,说案发那晚徐海涛在酒店前台陪她,一直陪到深夜十二点下班,接待员和保安可以证明。经查,她说的情况属实。徐海涛没有作案时间,冉咚咚申请对他进行二十四小时盯梢没获批准。临时负责人凌芳说我们没有盯梢他的理由。冉咚咚说我预感徐海涛会是本案的突破口。凌芳说不能仅凭预感,前次你预感凶手是徐山川就预感错了。冉咚咚说到目前为止我仍然没有排除徐山川,虽然他不是直接凶手。凌芳说你为什么不询问徐海涛。冉咚咚说还不到时候,"变声"给他的付款时间仅剩五天,我想在他们接头时一并抓获。凌芳说要是他们的生意与本案无关,那你就会再犯一次错误。冉咚咚说我不想失去这个难得的机会,更何况犯过一次错误的人不在乎犯第二次。凌芳犹豫片刻,说有些错误看上去不像错误。

冉咚咚组织人员盯梢徐海涛,前四天都没动静,到了第五天上午十点,"变声"给徐海涛发了一条短信:"准备好了吗?晚上见。"徐海涛没有回复,他一直待在公司里,连下班后送徐山川回家都由别的司机代劳,显然他在为见"变声"准备。十九点,"变声"拨通徐海涛的电话:"晚上八点半,新都泳池衣帽间。"十九点三十分徐海涛开车从公司出发,二十点五分到达新都大酒店主楼停车场。停好车他没下来,而是坐在车里观察等待。二十点三十分他突然推开车门,提着一个鼓鼓囊囊的布袋快步走进泳池衣帽间,目光警惕地寻找,没有发现目标。他坐在凳子上等了三分钟,忽然收到"变声"的信息:"你的身后有尾巴。"徐海涛飞快地站起来,提着布袋往外走,但他还没走出门就被邵天伟拦住。邵天伟说抱歉,我们需要跟你聊聊。

他被带到刑侦大队,冉咚咚已在询问室等候。她为他倒了一杯水,说别着急,你想聊了我们再聊。他紧紧地攥住布袋,目光在冉咚咚和邵天伟的身上扫来扫去。冉咚咚耐心地等着,等了十分钟,他才端起水杯抿了一口。她看见他的手微微发抖,想这一口并不是因为渴而是想掩盖紧张。既然紧张,那他一定会先说话。她不吭声,继续默默观察。果然,他放下水杯后,问你们到底想了解什么?

"我们想了解那个给你打电话的变声人。"她故意把他撇开。

"了解他什么?"他试探。

"涉及一桩案件,今后我会告诉你。"她编造一个理由。

"我不认识他,我从来没见过他。"一听说案件,他立刻与他切割。

"不认识你怎么会跟他做生意?你们做的是什么生意?"她看着他。

他沉默,上嘴唇与下嘴唇磨来磨去,但磨着磨着他的嘴唇就不动了,思维仿佛停滞。她说只要把那个人说清楚你可以马上离开,但如果你不说那我们就得熬夜了。他低头不语,一直低了二十多分钟仍然不语。她把他的手机递过来,说给你女朋友曾晓玲打个电话,告诉她今晚不回去了。他说为什么要告诉她?她说或者给你叔叔打一个,让他知道你在什么地方,免得他担心。他身子忽地一让,好像被谁推了一把,然后四下张望,显得非常警惕。她说要不我帮你打给你叔叔?

"别,我叔叔一直反对我做这单生意。"他重新开口。

"什么生意?"她逼视。

"我委托那个人帮我在网上赌球,结果赌输了,他就逼我还钱。"

"还钱为什么要躲来躲去?为什么要变声通话?"

他卡了一下,说赌博违法,他怕挨抓,不敢暴露自己。她想虽然赌球违法,但也不至于把警惕指数提高到这个级别,凭她多年的办案经验,如此之高的警觉做的肯定不是一般生意。她说你是怎么跟他接上头的?他说我收到他的赌球短信,然后……然后就投注了。

"你相信陌生人?"她问。

"我想赚钱,好多赌球的人相互都不认识。"他说。

"你一共赌了多少次?你的钱是怎么转给他的?"

"就赌了一次,他让我用密码箱把钱装好放在新都大酒店服务台,让我留下一个名字和一个电话号码。"

"你留的是什么名字什么号码?"

"名字叫天召,号码就是今天他打给我这个。"

"你已经给了他多少钱?还欠他多少?"

"前面给了他二十五万元,输赢翻倍,就是我赌赢了他会给我五十万,赌输了我就补给他二十五万。"

"你赌的是哪支球队?"

他抹了一把额头,手上全是细汗。他说我赌的是NBA,押勇士队赢,结果赢的却是猛龙队。我的运气太差了,就像勇士队的运气,他们拥有水花兄弟和杜兰特,本来是赢定了,可谁都没料到杜兰特二次受伤,汤普森也受伤。她问你这五十万元从哪里得来的?他说跟叔叔借的。说着,他打开手机,让他们看图片。那是一张借条图片,是他写给徐山川的,借款理由买房,数额两百万元。她想为什么要把借条拍到手机里?拍给谁看?难道他早就预料到会有这么一天?他说买了一套房,已经按揭三年,最近想一次性付清,但借到钱后手痒,想先赌赢几十万,至少把装修费赌回来,可万万没想到……

她说你讲的都属实吗?他说属实。她吓唬他,说那我们得没收你的赌资,因为赌资巨大,我们还必须拘留你十天至十五天。他的身体忽地一松,仿佛解脱了似的。她说如果你觉得刚才太紧张讲得不够准确,那我可以再给你一次讲的机会。他摇摇头,瘫坐在椅子上,一个字也不想说,好像已经累得没了说话的力气。她想原来撒谎会这么累。

37

冉咚咚和邵天伟轮流询问,但徐海涛始终坚持赌球这个说法,始终坚持不认识"变声"。随着回答次数的增多,他越来越坚定越来越自信,询问不仅没攻破他的心理防线,反而加固了他的谎言。哪怕使用疲劳战术,询问技巧,一旦超出上面的"两个坚持"他就咬紧牙关,选择沉默。他是冉咚咚近年来很少遇到的硬骨头,而且才三十出头,可见年轻的一代未必就那么容易"垮掉"。

第二天早晨,冉咚咚一行来到新都泳池,他们环顾四周,分析"变声"昨晚在什么位置。"变声"提醒徐海涛的短信是从新都大酒店主楼附近发出来的,说明当时他就在现场。泳池是露天的,坐落在二号楼前,衣帽间设在二号楼一楼。徐海涛从主楼停车场下车后往北步行,经过露天泳池进入衣帽间,两百米长的路线有无数个点可以观察——主楼楼顶,主楼面北的客房,二号楼楼顶,二号楼朝南的客房,东南面五号楼楼顶,五号楼西北面走廊及窗户,西面三号楼楼顶以及泳池周围任何一个地方。而布置在这两百米线上盯梢的有三位便衣,他们分别是小陆、小樊和小琼。冉咚咚说我们还没有行动,"变声"为什么知道有人跟踪?邵天伟说肯定有人暴露了,但首先排除我,因为我在衣帽间,是提前十分钟进去的,如果我暴露了,"变声"会阻止徐海涛进入。小琼说我也应该被排除,当时我混在二十三人的泳池里,而且戴着泳帽泳镜。小樊说我穿的是保安服,本来我就长得像保安。大家都看着小陆,当时他坐在瞭望凳上冒充救生员,完全暴露在灯光之下,而且只戴泳帽。冉咚咚说小陆,想想你接触的人里面有没有类似"变声"的?小陆说可我不知道"变声"是什么类型。冉咚咚说敏感多疑,记忆力特别强,性格女性化,不自信,不强壮,目前我能判断的就这么多。小陆说我在记忆里扒扒。冉咚咚吩咐小琼和小樊调看所有楼道、电梯以及进出口的监控录像,同时排查泳池常客、主楼北面和二号楼南面的所有住客信息。

对徐海涛的询问继续进行,由小陆带人负责。冉咚咚知道在没掌握更多的证据之前徐海涛不会说出真相,每天例行询问是想试试能不能摧毁他的意志。关键是证据,证据在哪里?冉咚咚决定先从徐海涛的父母入手。徐海涛的父亲徐山岗是徐山川的堂哥,在徐氏饮料厂做仓库保管员,母亲杨朴是徐氏饮料厂车间工人。冉咚咚和邵天伟登门拜访,说明来意,他们的神色略显慌张,但马上镇静。他们的镇静不是装出来的,而是见怪不怪后的麻木,相比之下他们的慌张反而像是装出来的。

徐山岗说读小学时徐海涛就喜欢打架,班主任经常把我叫到学校去批评,好像打架的是我而不是他。他不仅打比他弱小的同学,还敢打比他强壮的,有时他被打得鼻青脸肿了,回到家里嘴还硬,好像打不过别人不是他没本事,而是我们不支持他。杨朴说那是骨气,他从来不打没道理的架,有时候他为一道数学题打,有时候他为一个成语打,有时候他为别人骂徐氏饮料打。徐山岗说你就别夸了,同学们讲五加八等于十三,可他偏要说五加八等于十四,人家说"知书达礼"是有教养懂事理,可他偏要说是仅知道书本的知识是不够的还要学会送礼,人家说徐氏饮料没有某某饮料好喝,他却说徐氏饮料天下第一,也不知道他是故意找碴儿还是真的不懂,反正争着争着就跟别人扭成一团,不是对方受伤就是他受伤,光是小学六年我就帮他写了不下三十份检讨书,我的检讨越深刻,他的成绩就越落后,假检讨害人呀。杨朴说他从小就树立了远大的理想,说将来要做一款饮料销售全世界,规模将是现在徐氏饮料的一百倍。徐山岗说又来了,如果当初不是你护短,他也不会混成今天这个样子,吹牛皮就是吹牛皮,它不等于理想,还远大。杨朴说这孩子义气,初中时开始送同学们饮料,高中时开始请同学们喝酒,工作后经常请朋友们唱卡拉OK,哪怕砸锅卖铁也不亏待朋友。徐山岗说拉倒吧,为了义气他宁可做月光族,连我们的工资都被他拿去请客,买房的首付还是我们帮他出的。

"你们知道他借钱的事吗?"冉咚咚问。

"什么钱?""跟谁借的?"他们惊讶地张大嘴巴。

"跟徐山川借的,两百万元。"冉咚咚说。

"不可能,"徐山岗斩钉截铁地说,"徐山川不可能借那么多钱,他和他爸都是吝啬鬼。买房时我分别去跟他们父子商量能不能借点,让我把房款一次付清,免得给银行利息。你猜他们怎么说?他们说《国际歌》里不是唱了吗,要创造人类的幸福全靠我们自己。他们父子俩的话一模一样,就称呼不同,一个叫我大侄,一个叫我大哥,真是一丘之貉。"

"他借那么多钱不可能不跟我们商量,他借那么多钱干什么?"杨朴说。

"曾晓玲你们认识吗?"冉咚咚问。

"认识,她是海涛的女朋友,来过家里好几次。"徐山岗说。

"自从他认识晓玲之后,脾气就好多了,每个月也不拿工资请客了,全部交给晓玲保管。父母的话他当耳边风,晓玲的话他当药,真是一物降一物。"杨朴说。

"最近这几个月,他有什么反常的表现吗?"冉咚咚问。

"他不常回家,已经跟曾晓玲同居了。我们劝他领结婚证,他说曾晓玲希望把新房装修好了再结婚。房子还在建,起码要到明年才拿到钥匙,加上装修,怎么也得再等一年。"徐山岗说。

"每次回来他都懂得带礼物了,以前是啃老,现在虽然也啃但至少还有一点回扣。"杨朴说。

"他赌钱吗?"冉咚咚问。

"不赌,他从来不赌钱。"徐山岗说。

"他哪来钱赌博呀?"杨朴说。

冉咚咚还问了一些问题,他们聊了三个小时。回局里的路上,冉咚咚和邵天伟梳理了五条他们认为有用的信息:一、他从来不赌钱;二、徐山川不会借钱给他;三、曾晓玲改变了他;四、他讲义气;五、小时候他喜欢打架。

38

冉咚咚把曾晓玲请到刑侦大队了解情况,她故意让她在走廊上与被小陆带往讯问室的徐海涛擦肩而过。这一擦,两人的信号顿时满格,连腿都迈不动了。徐海涛叫了一声晓玲,站在原地定定地看着,两个眼珠子仿佛是画上去的。曾晓玲一惊,眼泪悄悄地涌出。徐海涛说听话,别哭。曾晓玲尽量控制自己,控制得全身都微微发抖了。"走吧。"小陆推了一把徐海涛。徐海涛一动不动,好像已经落地生根。曾晓玲被他的表情吓坏了,捂住哭泣转身跑去,一直跑到走廊的尽头,拐弯,消失。徐海涛久久地看着空空的走廊,走廊像一条长长的隧道,尽头是一堵白墙,连一扇窗都没有。

曾晓玲现年二十九岁,大学读的是旅游管理专业,系迈克连锁酒店西江分店前台接待员。父亲小学教师,在她读大一那年病逝。母亲是个体户,在青阳路开了一间十平方米的粉店。曾晓玲乖巧,勤快,会说话,她的迷之微笑常常被同事们称为"顾客杀",是西江分店前台的标志性表情,非常讨喜。但奇怪的是,无论她对顾客笑得多甜美,服务得多周到,却从来得不到经理的赏识,反而常常被她言语敲打冷嘲热讽,甚至被故意刁难。

西江分店的经理是徐山川的情人之一小刘,刘玉萌。

开始她以为徐山川只有她一个情人,后来她发现还有小尹,再后来她发现还有夏冰清,这一系列的发现让她明白什么是江山代有才人出,什么是长江后浪推前浪,前浪死在沙滩上,什么是自信心受挫自尊心受损。徐山川太让她失望了,失望到她不得不迁就他理解他,并由此衍生对男人们失望,对女人们警惕且妒忌。因此,凡是长得有点姿色的女性都是她的假想敌,尤其是她身边的优质女性,仿佛她们随时会成为徐山川的第四位或第五位。就这样,曾晓玲被她盯上了。她的笑容被她理解为勾引,她的不笑被她理解为傲慢。她需要她的微笑对待顾客,却又害怕她的微笑挑逗徐山川,即便挑逗别人她也不爽,好像挑逗是她刘玉萌的专利。于是,她经常批评曾晓玲为什么要留刘海?为什么上班时玩圆珠笔?为什么走路声音那么响?为什么大堂的空调开得那么冷?不管是不是曾晓玲的责任,只要她一批评那就是曾晓玲的责任。有一次,她正在大堂批评曾晓玲,被赶来接她去跟徐山川约会的徐海涛遇上。徐海涛等了一刻钟,她还在对着曾晓玲指手画脚,骂得她自己都忘了为什么要骂她。曾晓玲的头被她训得一点一点地低下去,最后低到下巴都压住了胸口。徐海涛实在是看不下去了,说刘总,晓玲是我的女朋友,给点面子。刘玉萌当即变怒为笑,好像按切换键那么快。知道曾晓玲有了男朋友,刘玉萌竟莫名其妙地高兴,她想按辈分曾晓玲得叫徐山川叔叔。

美国社会心理学家沙赫特认为,任何一种情绪的产生都由外部环境刺激。他的研究小组曾经做过一个实验:让漂亮的女性对一些大学男生进行测试,即让他们根据女调查者提供的图片编故事。编故事不是重点,重点是测试地点分别为安静的公园、安全的小桥和危险的吊桥。测试完毕,女调查者会把自己的名字和电话号码留给他们,告诉他们如果想进一步了解测试结果或者想跟她联系请打电话。实验目的:在什么地点接受测试的男生会主动给漂亮的女调查者打电话?结果给女调查者打电话最多的是在吊桥上接受测试的男生。为什么?沙赫特实验小组的解释是,在吊桥上接受测试的男生们生理唤醒与平时不同,也就是说他们感受到了两种感受,既感受到了吊桥的危险又感受到了自己心跳加速,而往往他们会把心跳加速归功于那位对他们进行调查的漂亮女性,他们误以为自己爱上她了。环境越危险越容易让置身其中的人相爱,就像曾晓玲爱上徐海涛。曾晓玲被刘玉萌羞辱的时刻也是她危险的时刻,危险时刻徐海涛出现了,是他的一句话解救了她,让她从此不再需要看刘玉萌的脸色行事。

第一次约会是曾晓玲主动提出的,见了一次面他们都觉得找对人了。曾晓玲说她不知道他们谁更爱谁,他把每个月的工资全部交给她保管,她把自己的初吻献给了他;她主动叫他父母"爸爸""妈妈",他一有空就去帮她母亲卖米粉;他为她买了一套房子,户名只署曾晓玲,她为他献身并答应一装修好房子就跟他领证;她帮他揉腰,他帮她买项链;他带她们母女俩去旅游,她每天至少温柔地叫他十次老公;她拒绝了所有的追求者,他再也不去夜总会泡妞……总之,他们的爱擢发难数罄竹难书。恋爱前他羡慕叔叔徐山川有那么多女朋友,恋爱后他讨厌徐山川的不专一,并且讨厌徐山川身边的所有女性,除了婶婶沈小迎。他认为她们齐刷刷地打着爱情的幌子迈着统一的步伐,像仪仗队似的来骗他叔叔的钱,仿佛她们不来骗钱那些钱就归他似的。因为爱情他的脑子突然变活泛了,经常拿自己跟徐山川的情人们进行比较,就像教授们做比较文学那样比较。他跟曾晓玲说同样是随叫随到,同样是二十四小时待命,同样是为他服务,她们多则拿几百万少则拿几十万,再不济也是按次数收费,每次至少一万。可是他,月薪不足她们的一次收入,每每想到这些他就在开车时来几次急刹,让徐山川切实地感受一下身体惯性的前冲力。每次他巧妙地暗示工资太低,徐山川就斥责你要那么多钱干什么?我的公司不仅是我的公司还是我们徐家的公司,节约一分是一分,说得好像这个公司不是他徐山川的而是他徐海涛的。他问曾晓玲你知道什么叫憋屈吗?就是睡在女人旁边不能睡她,每天数钱不能花它,有个大老板叔叔不能靠他,天天跟富人在一起自己却不富裕,也就是说自从恋爱后,他这个富人的亲戚也开始仇富了。

按沙赫特的理论,冉咚咚相信刚才曾晓玲跟徐海涛在走廊的遇见,会刺激他们更爱对方。她说晓玲,你有什么话要带给徐海涛吗?曾晓玲说请你告诉他,无论他犯多大的错误我都会等他,哪怕等他一辈子。她说如果他一时糊涂犯了错误,你会劝他戴罪立功吗?曾晓玲不停地抽纸巾抹脸,抹得眼圈周围的泪痕都没了才抬头挺胸,面对摄像机调出最好的表情,说海涛,否认错误等于双倍错误,说得越清楚你就越清白,爱你。说完,她对着镜头送了一个飞吻。冉咚咚忽然有些小感动,想不愧是学旅游专业的,既说了案件也说了爱情,真想成全她。

39

小樊和小琼排查了住客信息,没有发现可疑人员,但他们在监控里看到了一位神秘人物。这位神秘者身材瘦矮,戴着鸭舌帽、眼镜、口罩以及手套,穿黑衬衣蓝色牛仔裤黑色球鞋,背双肩包。当晚二十点十一分他走进五号楼大堂,进入楼道,来到三楼走廊后双脚一跳,人就出镜了。二十点二十五分,他跳回三楼走廊,跑下楼道,快步走出大堂,消失于五号楼拐角处。

冉咚咚带人来到五号楼三楼查看,这一层的房间全是会议室。走廊外有一个大露台,摆满了盆栽,有茂盛的景观树,也有五颜六色的鲜花。那人双脚一跳,就是跳到露台上。露台上留下四个三十八码的运动鞋印,走廊护栏没有指纹,因为他戴了手套。露台无监控,离泳池的直线距离一百五十米。如果他双肩包里带着一副望远镜的话,那小陆的双眼皮他都会看得清清楚楚。大家一致认为他就是"变声"。小陆反复看这几段录像,说不认识。冉咚咚看了几遍,觉得他走路的姿势有些熟悉却又想不起在哪里见过。

邵天伟说你不觉得他有点像吴文超吗？冉咚咚差点惊掉下巴，说就是他，怎么会是他？小陆说怪不得他认识我，上个月去找他询问，我帮你们开过一回车，进他办公室喝过一杯咖啡。

一行人赶到半山小区"噢文化创意公司"，门锁着，冉咚咚拨吴文超的电话，该用户已关机。问小区保安，保安说那扇门已经三天不开了。一行人来到小区十九号楼吴文超的住处，按门铃，拍门，邻居说已经三天没动静了。冉咚咚想怎么说不见就不见了，消失得也太蹊跷了吧？调看小区监控，发现他四天前下午四点背着双肩包，跟新都大酒店监控里那个神秘者一模一样的双肩包，从十九号楼电梯出来，走过小区路道，走出小区大门，走到公司门前开门进入。冉咚咚把这几段录像拿来跟新都五号楼里的那几段录像进行对比，形体专家说他们就是一个人。查他的社会关系，父母离异，都生活在离省城三百多公里的兴龙县。邵天伟给他们分别打电话，他们说半年多没跟他联系了。邵天伟让他们上来一个，他父亲十九点赶到。冉咚咚向他父亲出示搜查令，然后分别搜查了他的住房和办公室，发现用电全部下闸，水开关和煤气开关全部关死，说明他的出逃是有准备的。他住房里的鞋都是三十八码，与新都大酒店五号楼露台留下的鞋印长度宽度吻合。办公室里的文件散落一地，保险柜的门敞开着，里面空无一物，台式电脑处于休眠状态，所有的文件都已删除。咖啡机外壳沾了一层灰，他专用的杯里残留半杯咖啡。

搜查完,包括搜查完徐海涛的住处,已是凌晨五点。冉咚咚的身体咔哒一响,生物钟提醒回家的时间到了。近期她总是夜出早归,黑白颠倒。她发现每当天快亮的时刻,硬邦邦的心像冰块解冻似的忽然变得柔软。为什么会这样?她想到一个新词——"晨昏线伤感",即人在天地阴阳交替时产生的特殊心理,仿佛看见流水与落花的感时伤逝。昼夜切换,心情微变,此刻心里充满了不确定性。她有这种感受,认为所有人都有这种感受,是攻破心理防线的最佳时机,于是决定立刻讯问徐海涛。

徐海涛被带到门口时天空正鱼肚白,他抬头看了一眼,伸手讨烟抽。邵天伟给他一支,他用力一吸,烟头顿时短了三分之一,好像吸的不是一截香烟而是一段时光。到了讯问室,一看见冉咚咚他就问你们为什么要抓曾晓玲?她什么都不懂你们抓她干什么?你们把她怎么样了?冉咚咚说只要犯错,伤害的就不只是你自己,除非你没有亲人爱人和朋友,晓玲很爱你,希望你配得上她。他说曾晓玲现在在什么地方?

"她说她等你,愿意等你一辈子。"说完,冉咚咚播放曾晓玲希望他戴罪立功的那段视频。他的身体顿时挺直,像个听话的学生,生怕漏听一个字。当曾晓玲飞吻时,他的眼眶红了。他低下头:"怎样做才算立功?"

"立功就是告诉真相,那个变声人是谁?"

"吴文超。"

"你们做的是什么生意?"

"赌球。"

她瞥了一眼手表,说我们没时间听你撒谎,昨晚熬了一通宵,吴文超全招了,现在跟你谈主要是想核实你们说的是不是一致。你跟我们熬过夜,知道那有多难受,吴文超的身体根本扛不住。他看着自己的双膝,像看着一道难题,脑子里都是曾晓玲的画面。她说晓玲对你那么好,你连她的话都不听,那你听谁的?别让她失望,别让她等你等得太久。他抓了抓头皮,偷偷瞥她一眼,说你们没有逼晓玲吧?她说要不你再看一遍,看看晓玲的那个飞吻是不是发自内心?说完,她又放视频。他像在文章中找错别字那样眼睛一眨不眨地看着,直到看出了眼泪眼皮也一动不动。她说晓玲值得你珍惜。

他说我讨厌夏冰清,一看就知道她是来刷我叔叔的银行卡的,但自从她认识吴文超之后,情况就发生了逆转,她不再刷钱而是要刷我叔叔的感情,最终是想刷我叔叔的婚姻。刷钱时他们有说有笑,刷感情时他们半说半笑,到了刷婚姻阶段,他们已经没笑容了,不时在车里吵架甚至厮打。我经常开车送夏冰清回半山小区,一路上十有七次她都在骂我的叔叔,骂得我都觉得徐家没面子,恨不得当场把她踢下车去。我叔给她那么多钱,不是请她来骂人的,也不是请她来分徐家财产的。她在叔叔面前自杀,她去见婶婶沈小迎,她给叔叔做生日会……每件事都是经过策划的。策划人就是吴文超,别看他个子小,脑容量特别大,他帮我叔叔策划的生日视频我看过,看得心里热乎乎的,就想将来有钱了我也请他给晓玲策划一次。每次送夏冰清回半山小区，她下车后就去跟吴文超聊天喝咖啡，他们的亲密程度让我都怀疑叔叔是不是被绿了。我想既然吴文超可以帮夏冰清策划跟叔叔好，那也可以策划让她不跟叔叔好。我找吴文超商量，说只要他能让夏冰清不再纠缠叔叔和婶婶，我愿意付双倍的策划费。他当即举起一个巴掌，我说五万，他没吭声。我说五十万，他点了点头。我哪来五十万呀？就跟叔叔商量，说只要你给我两百万，我保证让夏冰清永远不再烦你。我说两百万，是想通过这单生意狠狠地赚叔叔一笔，反正他有的是钱，反正平时他也不会多给我发工资。没想到他劈头盖脸骂我，说一个开车的竟然操董事长的心，真是天狗吃月亮，蚂蚁埋大象。像我叔叔这样的成功人士都比较虚伪，他经常正话反说，有时请客户吃饭他叫我点菜，明明事前他暗示我不要点太贵的，但客人一上桌他就骂我点得太寒碜。有时他暗示我点豪华版，但领导说饭菜超标了，他就骂我为什么不遵守接待标准？骂归骂，吃归吃，外甥打灯笼照旧（舅）。为试探他对我的建议支不支持，我故意找他借钱。以前我借三五千他都犹豫，这次跟他借两百万眼睛都不眨一下，在报告上签了"同意"才问借钱干什么？我说买房子。他说必须是买房子，千万千万别拿来干前次你说的那件事，千万千万，他强调了三遍。这正是他的虚伪所在，嘴上说一套心里想一套，想干的不说，说的不想干。

　　我借到钱后去找吴文超，问他怎么做到让夏冰清别再烦我叔叔？他说具体细节别问，你给钱我办事。我提出先付一半策划费,他同意了。那段时间,叔叔仍然在跟夏冰清来往,非常奇怪,他们和好了,就像刷钱时期那样有说有笑,我常从后视镜里看到他们亲吻。叔叔明知道他们即将分手还对她那么好,还好得像真的一样,我不知道是他虚伪还是舍不得她。按他一贯的表现,我认为他是虚伪。他在迷惑夏冰清,在假装珍惜他们的最后时光,不排除他的假装里也许有一点真情。一天叔叔问我房款交了吗?我说还没有。他问钱呢?我说先拿去办件事。他当即甩了我一巴掌,打得我的左脸都快脱臼了。他说夏冰清就是你未来的婶婶,她要是被人动哪怕一根小指头,你就得从我面前消失。只要叔叔动手,那就不是说假话,我赶紧去找吴文超,解除跟他的策划约定。他说已经写好策划方案,如果解除约定他会把这个方案拿给夏冰清看。我说马上停止,前面的定金不用退,后面的尾款不再付。他听说不用退钱,立刻就说好吧,那我为你破一次规矩。什么事都不用干,白得二十五万,他还赚我一个人情。

徐海涛仿佛说累了,停下来喝水。喝完水,他说该说的我都说了。她说你有没有跟吴文超说过或暗示过杀害夏冰清?他说没有,我只要求他做到不再让夏冰清烦我叔叔和婶婶。她说你看过吴文超写好的策划方案吗?他说没看过。她说徐山川跟没跟你讲过或暗示过把夏冰清杀掉?他说没有。回答得飞快。她凝视他,说徐山川知道你想除掉夏冰清吗?他歪着头想,一看就知道是假装的,也许他已经发现自己回答得太快了,容易给人油滑的印象。他想了十几秒钟,说我叔叔不知道。她说那他为什么警告你别动夏冰清一根指头?他说瞎猜呗。她说通过刚才的对话,你已经间接地承认你的所谓策划就是想杀害夏冰清。他有些激动,调高音量,说我什么时候承认了?她说你承认徐山川不知道你想除掉夏冰清,说明你想除掉她。他吓了一跳,说我是有过除掉她的想法,但绝对没跟吴文超说过要除掉她,如果你们不信,可以叫吴文超来跟我对质。冉咚咚说你确定?他说确定。

40

吴文超的父亲叫吴东红,身高一米八〇,五官端正,因篮球打得好,招干时进入县税务局工作,在兴龙县城和全市税务系统,吴东红不叫吴东红而叫"超远三分"。他的定点三分球命中率高达百分之四十,双手一举一送再加一个压腕动作,球便飞出一道漂亮的弧线,即便从中场起飞有时也能入筐。比赛前,他常常被安排为观众表演,所获掌声远远超过球队整场比赛的总和。同系统不同县的几个女篮运动员崇拜他,争先恐后地给他寄球衣、球鞋或手表等礼物,还频繁地寄自己的美人照,写情书,但他都只让她们获得友谊通行证而不是结婚证。他不想找同类项,而是想找高智商,于是他在几番对比后选择了本县中学的英语老师黄秋莹。

黄秋莹身高一米七〇,说英语比说家乡话流利。吴东红以为"超远三分"加一万三千个英语词汇量的大脑会合成出优质后代，却不料吴文超出生时又瘦又小，小学毕业时身高才有一米三〇。这一严重违背遗传学的现象让吴东红眉头打结，对自己对老婆和孩子都极不满意，并由此引发对命运的不满。在吴文超的成长过程中，他的主要任务就是如何让他长高长结实，为此他找了不少医生和营养学家，也走了不少地方，包括上海、北京的医院。开始吴文超还听他的话，一到寒暑假就跟着他寻医找药，但初二那年暑假，吴文超叛逆了，他在查阅了大量矮个子的资料后，说原来我以为是别人看不起我，现在我才知道看不起我的是你，矮个子怎么了？拿破仑和鲁迅一米五八，爱因斯坦和列宁一米六四，毕加索一米六二，伏尔泰一米六〇，巴尔扎克一米五七，亚历山大大帝一米五〇，他们哪个不比你狠？吴东红被怼得语塞，吞吞吐吐又结结巴巴，说人家矮是矮但壮实，你看你薄得就像一张纸片。吴文超说其实你也不是看不起我，而是看不起你自己。这一句彻底 KO 吴东红的智商，从此不再跟吴文超谈论身高和体重。

虽然吴文超好像扳回一局，但由于吴东红对他体质长期的过分低估，早早就在他心里播下了自卑的种子。他不与同学们交往，一放学就把自己关在房间里打游戏，不锻炼身体，不跟父母说话，即便感冒发烧、咽喉肿痛或被同学打骂也不说，是一种直奔社交恐惧症的节奏。吴东红问黄秋莹怎么办？黄秋莹说我负责遗传智商，你负责遗传身体，他很聪明，我的任务不仅完成了而且还超额。言外之意就是他的任务没完成，他堵得一口气差点上不来，怀疑吴文超到底是不是自己亲生的？他越怀疑越觉得有道理,越怀疑越觉得怀疑就是事实,便从吴文超头上拔了五根带毛囊的头发,阴干,用餐巾纸包好,瞒着母子俩偷偷去省城做亲子鉴定。结果他被鉴定书打脸,铁证如山,儿子是他的儿子,既没注水也不带杂质。他想把鉴定书当场撕毁,但又舍不得撕,因为他觉得鉴定书虽然否定了自己的怀疑,却是血缘关系的铁证,这一证明足以让多疑的他心生自豪。于是,他把鉴定书带回家,藏在书本里。黄秋莹一直怀疑他瞒着她存钱,就经常在家里翻找他的存折。一天,她在翻找存折时从书本里翻出了那张亲子鉴定,信任瞬间崩塌。他们吵得青筋暴跳,话语失控,吵得吴文超都知道他们为什么而吵。

　　除了自卑,吴文超又添了两份仇恨,先是恨他爸,后来恨他妈。他妈受不了他爸的怀疑,在他读初三那年与他爸悄悄办了离婚手续,连他的意见都不征求一下,哪怕象征性地征求。他知道他们离婚了,但他们就是不说"离婚",而是变着法子创造新词,硬是把"离婚"说成"婚姻调整期"、"分居心理治疗"以及"疑似情感破裂"等等。然而,这还不是吴文超遇到的最糟糕的事,在一次比一次糟糕面前,任何"最糟糕"的说法都显得过于仓促或天真。吴东红和黄秋莹很快就分别再婚了,再婚他们也不叫再婚,而是跟吴文超说这是他们的"二次选择"、"感情纠偏"或"爱情重组"。次年,黄秋莹生下一个胖小子,基因预测可以长到一米八〇,仿佛成心要气死吴东红似的。而吴东红也不甘示弱,他那小他十五岁的妻子为他生下一个女儿,基因预测未来身高一米七三，仿佛要给黄秋莹一个响亮的反抽。为什么他们分开后都能生出身材高大的儿女，而在一起时却只能生出像吴文超那样的薄薄纸片？他们百思不得其解，但他们都分别用新生的孩子证明责任不在自己。那么责任在哪里？只能在他吴文超身上。他们解脱了，他却要扛着他们推给他的责任继续成长。责任他扛了，他认了，但糟糕的是他们因忙于炫耀新的成果而越来越忽略他。为了检验他们的忽略，他故意露宿街头，结果父亲以为他在母亲那里，母亲以为他在父亲那里，没有人找他。他的脑海里再也没有了家的概念，悲伤的心情一夜钙化。

考上大学后他没回过兴龙县，他从来不给他们打电话，虽然他们会打给他，会给他寄生活费。他不靠他们的生活费生活，而是自己开了一家网店，专门做学生们的生意，同时还为几家广告公司写策划案，拉赞助。大学毕业，他的资金已经累积到二十多万元，"噢文化创意公司"就是用这笔钱启动的。

41

机场、车站以及本市重要路口的监控里都没出现吴文超的身影，他会躲到什么地方？重新负责本案的冉咚咚组织专案组成员分析，大家都认为他没有离开本市。于是专案组开始排查酒店、宾馆以及出租房，但均无他的踪迹。第五天上午九点，技术组发现他的手机信号出现在东兴市中越边境大桥附近。冉咚咚立即联系东兴市刑侦大队,请求他们对该手机号用户追踪并确认身份实施抓捕。当他们赶到边境大桥时,手机信号已于十分钟前越过大桥中线即边境线,一路向南,直至再也监控不到信号。难道他逃往越南了?

海关没有他的过境记录,大桥头监控里没有他的身影,冉咚咚想会不会只是他的手机过境?她查吴文超在东兴市的社会关系,发现他有一位大学同学在东兴市做边贸。东兴市刑警队梁警察找到该同学,该同学说前天他收到吴文超用快递寄来的手机,里面附有一张字条:"为摆脱一个女人,请你把这部手机带到越南,务必在过海关前才开机。"该同学立刻打吴文超的电话,用户不在服务区,但打了几次他才恍然大悟,原来"用户"就摆在面前。他以为吴文超的感情出了问题,想制造移民假象摆脱前女友。之所以这么想,是因为他多次遇到女人纠缠都是用这种办法甩掉的,即给手机充值一个星期左右的话费,然后送给越南朋友,让找他的人听几次外语彻底死心,而自己则换个新号,重新开始。带着这种朴素的想法,昨天上午他过境做生意时把吴文超的手机送给了一位越南中年妇女。梁警察带走了吴文超的字条和快递信封,拍照传给冉咚咚。冉咚咚想他太狡猾了,但他的狡猾也暴露了他的真实位置。她查快递公司,收件员说三天前他在朝阳路65号送快递时被吴文超拦下,寄快递的手续是在路边的一棵树下办的。冉咚咚带人来到现场,发现树周围没有监控,显然他精心踩过点。

经专家抢救,吴文超办公室台式电脑删除的文件已恢复了百分之七十。冉咚咚反复查看,除了注意夏冰清的一些视频,还特别注意到黄秋莹怀抱吴文超的一张照片。怀里的吴文超还是婴儿,嘴里嘬着小指头仰视母亲,母亲微笑俯视他的脸庞,温馨溢屏,就像文艺复兴时期意大利著名画家达·芬奇的那幅《圣母与圣婴》。虽然他把这张照片藏在文件夹的子目录的子目录里,也就是藏在三层之下,但还是被冉咚咚翻了出来。冉咚咚想这样的收藏方式正好对应他的心情,那就是表面上他恨母亲,但内心深处却渴望母爱。冉咚咚决定去一趟兴龙县,见一见黄秋莹。

黄秋莹住在兴龙高中校园内七栋三楼,这是一套一百二十平方米的住房,后窗靠山,山上有一片茂盛的树林。前窗面对田径场,田径场过去就是县城最大的街道。看见冉咚咚、邵天伟和小陆到访,黄秋莹的后任丈夫打过招呼便带着儿子回了父母家。黄秋莹两眼无神,脸颊挂着泪痕,还没等冉咚咚他们落座她就率先坐下了,仿佛连再站一会儿的力气都不够。她说都是我的错,我对不起他,要是我不离婚,他不至于犯这样的错误。他是一个善良的孩子,小时候连一只蚂蚁都不敢踩。他很听话,连买个雪糕都要问妈妈我可以买吗?他很聪明,只要发现他爸跟哪个女的多说几句,他就提醒妈妈你可要注意了。他很爱我,远远地看见我就一边跑一边喊妈妈,一头扑进我的怀里,撞得我全身酥麻。但自从我再婚以后他就不理我了,我买好吃的他不吃,我买新衣服他不穿。他恨我,这么多年他从来没主动给我打过一个电话。冉咚咚说不,他很爱你,他一直都爱着你。她从手机里调出那张母子合影。黄秋莹看见照片伤心哽泣。冉咚咚说这是他电脑里唯一珍藏的家庭照片。

一刻钟后,黄秋莹颤抖的身子才慢慢平静。她说他不会杀人,请相信我的判断,他那么弱小,连一只鸡都杀不死。冉咚咚说我们没有说他杀人,找他只是想了解一些情况,如果他主动找我们,那即便犯了错误也可以宽大处理,要是他不主动,被我们抓住那问题就严重了。黄秋莹说我想劝他主动,但不知道他在哪里。冉咚咚说按我们说的做,只有你能救他。她问怎么救?冉咚咚给她吴文超变声的手机号码,说请你发个短信,内容:"孩子,妈相信你,妈爱你。"她说他不会理我的。冉咚咚说你只管发,不要问结果。她把短信发出去。冉咚咚说除了等待,你什么也不要做,不要主动打电话,除非他主动打过来,每一步每一句都跟我商量,可以吗?她抹着泪水,点了点头。

晚上,邵天伟和小陆撤出,冉咚咚留下来陪黄秋莹。两人睡在床上,都没有睡意,冉咚咚在想慕唤雨,黄秋莹在想吴文超。冉咚咚说如果再给你一次人生,你会选择离婚吗?黄秋莹说不会。"为什么?""太伤孩子。"

"你们离婚的主要原因是什么?"

"吴东红不信任我,我直到再婚才接触第二个男人,也许他不是不信任我,而是要找借口跟我离。"

冉咚咚想跟慕达夫提出离婚我找借口了吗?找了,借口就是他出轨,但我不会因为找了借口而否认我不爱他这一事实。借口虽然是不想承担责任,可当借口能成为借口时,就没有必要说出真相,因此借口有时也代表善意。假如我让慕达夫选择,他会选择哪个答案:一、离婚是因为我不爱你;二、离婚是因为你出轨了。我想所有的人都会选择第二个,因为选择第二个还能从失败中争回一点面子,就像付费时收到找零。那么慕达夫出轨了吗?尽管他不承认我也没抓到现场,但凭我的直觉他绝对出轨了。直觉等不等于事实?就像破案,就像追踪嫌疑人,宁可信其有不可信其无,因为"信其无"会害怕自己被欺骗,而"信其有"却能给人莫名的安全感。假如我们离婚了唤雨会受到多大的伤害?她会像吴文超那样恨我吗?她会变成疑似杀人犯吗?想到这里她突然打了一个寒颤。黄秋莹问你需要毛巾被吗?冉咚咚说不需要,你在想什么?黄秋莹说想文超,想这样的夜晚他会睡在什么地方?他既不敢住酒店又不敢租房子,不是睡在野地就是躲在桥洞,地那么硬,桥洞的风那么大,他那么薄的身子骨怎么扛得住?他怎么睡得着?即使睡着了身上也不知要被蚊虫咬出多少包……说着,黄秋莹又不停地抹泪。冉咚咚想没有任何一个人只为自己活着,尤其是做母亲的。冉咚咚说你想他,他就想你,这叫心灵感应,给他发条短信吧。

"怎么写?"

"你想怎么写?"

"文超,对不起,妈妈再也不离开你了。"

"发吧。"冉咚咚抹了一把湿润的眼眶。

凌晨六点,"晨昏线伤感"时刻,手机叮咚一声,吴文超回了一条短信:"妈妈,我想你十年了。"黄秋莹泣不成声,没听冉咚咚劝阻立刻反拨电话,但对方已关机。冉咚咚说继续联络,你想怎么写就怎么写。黄秋莹又写了一条短信:"要么你回家,要么妈去看你,哪怕见你一面会坐牢妈也要见见。"发完,她的目光就再也没离开手机,一直盯着屏幕直到天亮,直到困意袭来手机从手里滑落。

42

吴文超的那条短信是从省城人民公园白龙湖附近发出的。凌芳带人搜查白龙湖一带,并调看公园三个门的监控,既没看见吴文超的身影也没找到他露宿的地点。公园是敞开式的,进出不一定非得走门口,他选择这里发短信就是为了回避监控。

兴龙县,黄秋莹急得团团转,一会儿拨电话一会儿发短信,即便电话拨不通她也不停地拨,即便没有短信回复她也不停地发,整个人焦虑得都有了焦虑症的表现:担心,紧张,手抖,尿频,坐立不安。冉咚咚说我理解你的爱子心切,但爱就像吃药不宜过猛,一猛就不真实,哪怕它确实是真的。第二天,黄秋莹死心了,只发一条短信。她坚信吴文超不再理睬她,那个温暖的回复也许只是他心里偶尔的闪念。她不相信几条短信就能消除他十多年的恨意,更不敢相信他会回十年都不回的家来看她。她像一床打卷的被子躺在客厅的沙发上,仿佛再也不会爬起来了。

　　蝉声从后山的树林里传出,一声长一声短,闹得冉咚咚心里阵阵着急。她开始担心自己的判断,担心吴文超不会上钩,同时对自己利用黄秋莹的母爱深感愧疚。"两担心"加"一愧疚"让她也有了焦虑症的表现。她想如果夏冰清是吴文超杀害的,那他绝对不会被黄秋莹突如其来的母爱所打动,如果他杀了人,那心肠得有多硬,况且他又那么警惕,怎么会轻易入坑?下午三点,当两个女人也是两位母亲都在绝望的时候,手机迎来了吴文超的第二次回复:"妈,我回来了。"黄秋莹惊得坐起来,四下张望,叫了一声"文超",好像文超就藏在周围的空气里。忽然,她疲惫的身体有了力气,暗淡的双眼噌地发亮。她说我的儿子回来了,这是真的吗?她一边说一边朝田径场方向的窗外望去,如果这是真的,你能回避一下吗?只要你给我一点时间,我保证劝他去自首。你相信我吗?冉咚咚说如果他真的回来,那我会给你两天时间,让你做一次好母亲,请你珍惜他对你的爱。她说谢谢。说完,她把自己紧紧地贴在窗口上,仿佛变成了窗口的一部分。

　　冉咚咚从技术部门得知,下午五点吴文超的手机号曾出现在兴龙县城十字街附近,于是她从黄秋莹家撤出。冉咚咚一撤出,黄秋莹就在这个窗口望一下那个窗口望一下,一直望到深夜。凌晨两点,吴文超出现在屋后的树林里,他用手电筒对着自家后窗照了三下。黄秋莹看见光,轻轻打开大门。吴文超滑下斜坡,走进楼道,上到三楼,深夜里的关门声即便很轻听起来也很响。冉咚咚他们躲在旁边的楼上监视。为了让吴文超放心，黄秋莹明知道有人监视却要克服巨大的心理压力，装着无人监视的样子。监听器里传来黄秋莹的哽泣，没有吴文超的声音。安静五分钟后，黄秋莹说饿了吧，你想吃什么？吴文超说随便，煮碗面条吧，我先洗个澡。脚步声，开门声，关门声，切菜声以及打燃煤气灶的声音……忽然，耳机安静了。十分钟后，再次响起开门声，脚步声，吃面条的声音。黄秋莹说一碗够吃吗？吴文超说够了。黄秋莹说吃点水果，你看你瘦成什么样了。吃西瓜的声音，很急，几大口就吃完一片，一共吃了五片。吴文超说妈，你也吃。黄秋莹说妈喜欢看你吃。吴文超说我眼皮打架了，需要补觉。黄秋莹说那你睡吧，睡好了明天再吃好吃的。接着，传来脚步声、开门声和关门声。

第二天上午九点，吴文超后爸李展峰和八岁的儿子李家坤分别提着鸡鸭鱼肉走进楼道，上三楼，按响门铃。家里顿时热闹起来，杀鸡杀鸭声响成一片。李家坤问妈，哥哥什么时候起床？黄秋莹说让他多睡一会儿。李家坤说我什么都不会做，只会做蔬菜沙拉。黄秋莹说那你就做一盘蔬菜沙拉。中午，李家坤敲响房门，说哥起来吃饭了。开门声。"家坤好。""哥哥。""文超起来啦。""叔叔好。"接着是脚步声，洗漱声，起菜声和端碗摆盘声。吴文超说这么多好吃的。李家坤说蔬菜沙拉是我做的。吴文超吃了几口，说好吃。李展峰说喝几杯？吴文超说喝几杯。然后是吃饭喝酒的声音。他们的吃喝声特别响，把正在监听的冉咚咚、邵天伟和小陆的食欲高高吊起,都觉得好听极了。冉咚咚想有了吃喝声家庭才像个幸福的家庭。

下午三点,李展峰和李家坤离开。客厅里只剩下黄秋莹母子俩,他们有一场对话。"找女朋友了吗?""哪个女的看得上我?""你这么聪明,总会有人喜欢。""喜欢不等于爱,而且我也不聪明。""公司怎么样了?""倒闭了。""如果你缺钱妈可以把房子卖掉。""晚了,要是当初你对我像现在这么好,我就不是现在的我了。""对不起,孩子,妈对不起你……""你起来,你别这样,你这样我受不了,你起来。"传来黄秋莹的啜泣。"你再跪我也不会哭,我早就不会哭了。""你是不是做了什么傻事?""什么叫傻事?""害别人的事。""我不知道,但我向你保证我没有杀人。""那你为什么要东躲西藏?""我一直都胆小,一直都害怕,但我又不知道害怕什么。""如果你没犯错就不用害怕,如果不小心犯错了,那就去讲清楚,争取宽大处理。"沉默了两分钟。"你身体好吗?""不好,头经常痛,连核磁共振都做了也没发现问题,但它就是痛得厉害,医生说是神经官能症。""你太操心了,但你不用为我操心,我的事我自己能解决,一直都是这样。""你真的没杀人吗?""没有。""那你答应妈去跟他们讲清楚,这样躲来躲去的,躲不了一辈子。""我需要时间思考。""现在你思考好了吗?"沉默。"你在短信里说相信我,为什么又不相信了?""我相信你。""相信我你就站起来。"

一夜无话。早上十点,黄秋莹开车,把吴文超、李展峰和李家坤拉到县城边的河滩。他们打开活动桌椅,摆上吃的喝的,点燃烧烤箱。另一辆轿车到达,从车里钻出了外公外婆以及表哥表妹。一群人在河滩上有说有笑。河水清悠悠的,两岸长满灌木,天空湛蓝,草木芬芳,烤肉的香气飘荡在河谷里。他们吃喝,他们唱歌,他们合影,他们游泳。吴文超游累了,坐在岸边的石头上休息。黄秋莹靠近,说你想不想逃走?吴文超说怎么逃?黄秋莹说沿着河岸灌木丛往下漂,漂一公里就是三石码头。你爸的车停在码头上,他说他可以送你去任何地方。吴文超说之所以回来就是不想跑了,我知道他们找过你,也知道他们不会不监视你。正是他们对你的监视,才唤醒了我对你的思念,因为他们不会监视一个和我不亲的人。

　　黄秋莹说我可以跟他们讲你是被水卷走的,生死未卜。吴文超扭头看着下游,水声哗哗。他说妈,你发短信是想把我骗回来还是真的想见我?黄秋莹说我要是骗你,就不会安排今天让你逃走,我的心都快要被我自己戳烂了。吴文超的眼睛忽然涩涩的,很不甘心地滚出两行泪水。

第六章 暗 示

43

"我来了,晚上有空一见吗?"慕达夫上完课,打开手机就看到了贝贞的这条短信。他忽然有点高兴,久违的高兴,仿佛憋在水里的人终于可以伸出头来换一口气了,甚至想提前享受这口气。离婚协议已签订半月,它像近代史上签订的那些令人屈辱的条约,堵得他想开一个"吐槽大会"。然而,凡是屈辱的都是绝密的,他揣着这个绝密上课,接女儿,开会,恨不得随时出卖自己。但他每次想吐槽的时候,无论是叶教授、胡教授或其他别的教授似乎都没时间和兴趣。他不得不欲言又止,像保险柜刚开了一道缝便马上锁紧。现在好了,贝贞来了,总算有两只勇敢的耳朵自动送上门来了。他兴高采烈地走出文学院教学楼,走过林荫道,走过停车场两百多米远才回头提车,好像是故意走过头似的。

晚上,冉咚咚夸他的饭菜做得可口,这是她决定离婚以来唯一一次对他的夸奖,比同行夸同行还难。吃完饭,他把自己收拾得干干净净,剃胡须,洒香水,抹头油,然后对唤雨说了一声"爸爸出去谈事",便三步并作两步出了家门。他出门前的系列动作,冉咚咚看在眼里却不发表意见。自从订了协议,他们谁也不必向谁汇报行踪,这几乎是协议的唯一好处。他来到贝贞下榻的酒店,在大堂吧找到她,发现她经过精心修饰,眉毛画过,戴着长长的假睫毛,还涂了淡淡的口红,身穿绿色露肩连衣裙,脚踏一双白色高跟鞋。领口开得很低,不仅把她的肩膀露了出来,还把她乳房的上部分也露了出来。他顿时觉得不对劲,就像作品的风格突然变了,变得他都不熟悉了。之前贝贞走的是随意路线,运动休闲鞋,紧身牛仔裤,斗篷,T恤,从不戴假睫毛,内容与形式没有违和感,可是今天怎么看怎么违和,就像一首自由诗变成了一篇八股文。

他在观察她的时候她也在观察他。她觉得他全身上下都不对劲,首先是那件白衬衣,在她与他有限的交往中,她从来没见他穿过白衬衣,而且还长袖。不管是正式或私下场合,他的上半身几乎都是圆领衫或夹克,下半身是休闲裤加休闲鞋,头发散乱,目光傲慢,仿佛随时随地都在蔑视规则或西装革履。不知道是衣品在配合他还是他在配合衣品,反正开会发言或写文章他总是"语不惊人死不休"。你说意大利作家卡尔维诺写得好,他说不好。你说郁达夫写得一般,他说妙极了。如果你反着说,他的答案也一定是反的,有时你甚至怀疑他的答案不重要,重要的是他在刻意引起别人注意。他的这种叛逆加逆反心理毫不客气地从专业领域延伸至生活以及社会领域,让人轻易不敢触碰他。但久而久之,贝贞发现其实他没有那么深刻,也许他的心理都还没成人化。他的非黑即白思维模式以及叛逆与逆反心理是典型的未成年人心理,原来这个貌似复杂的躯壳下隐藏着一颗简单的心灵。有了这个惊人的发现,贝贞就经常对他进行语言挑逗。她说你很优秀,他说优秀个屁。她说你老婆很优秀,他说不及你的三分之一。她说你女儿很优秀,他说那是那是。所有的问题他都逆反,唯独在女儿的问题上他只有一个答案。玩笑开多了,贝贞与他越来越随便,关系也越来越近。可是,今天怎么这么别扭?他竟然抹头油,洒香水,简直成心破坏我的嗅觉。

他们都被对方的反常或者怪异惊了一下,仿佛都被蚊子咬了一口,虽然有点痛但痛处很快就像擦了清凉油。他问你怎么来了?她说我……我离婚了。像是一枚炸弹掉下来,炸得他两耳轰鸣脑子短路悲欣交集。为什么?他像是问自己。她说都怪你,你请洪安格帮你当说客,结果说客被冉咚咚策反,他们一致认为我们把他们绿了。他说怪不得你穿得这么绿。她差点就笑了,那是万分之一秒的本能反应,但语境加心境立刻让她想笑而不能,因为离婚的情绪后遗症还挥之不去。她说慕教授,都什么时候了你还有心思开玩笑,你还有没有一点同情心?他说对不起。她说我来就是想当面问你一句,我们绿他们了吗?他说在梦里绿过。她说我还以为是我的记忆出了差错,现在证明我的记忆是准确的。洪安格从这里回去后,天天问我到底绿没绿他?

问得我都以为自己真绿过他似的。他说俄罗斯心理学家伊凡·彼德罗维奇·巴甫洛夫认为,暗示是人类最简单最典型的条件反射,它是一种被主观意愿肯定的假设,没有根据,但由于主观上肯定了它的存在,心理上便竭力趋向于这项内容,简而言之,你被洪安格暗示了。她说洪安格早就想跟我离婚了,但苦于没有借口,想不到冉咚咚给他递刀,让他轻而易举地摆脱我投奔他的小情人,慕教授,被绿的是我不是他,为了你的家庭我牺牲了我的家庭,具体来说是牺牲我,你说我该找谁说理去?他本想说只能是我,但他突然意识到这是一个极其严肃的问题,也是一个坑,便立即咬住舌头。她说你跟冉咚咚还在闹吗?他说已经不闹了。她说你们和好了?他说就差办手续了。她说你能不能坦诚一点,要不我们就遂了他们的心愿?他说不可能,假如未来都被他们言中,那我们不就活在套路里了吗?

慕达夫对套路非常敏感,无论是文学中的还是生活中的。他父亲是西江大学文学院教授,母亲是西江大学附中语文老师,他们在十四年前退休。从小他们就灌输他世界上最好的职业是教师,人生最好的出路是考大学,读硕士,读博士。"只有考博才能留在西江大学当教授。"他们隔三岔五就会拿这句来敲打他,就像在平凡的生活中放盐。可他不想当教授,想去天山牧羊,但一读到"北风卷地白草折,胡天八月即飞雪",便全身打颤。他想从军,然一读到"白骨已枯沙草上,家人犹自寄寒衣",便吓得半死。那么当个科学家怎样?他试着朝理科方面努力,结果发现每个细胞都被父母的文学基因熏染,根本记不住化学元素周期表、能量守恒定律,更别说函数与导数。没办法,他只能一边排斥一边接受,继承或者说重复他父亲的事业。重复本来就让他反感,但让他更反感的是母亲竟然把一位语文老师介绍给他谈恋爱,而且还是西江大学附中的。这下他恐惧了,想我不仅要重复他们的事业,还要重复他们的恋爱以及家庭模式,我到底是生活在真实世界还是虚拟世界?天空是不是真实的天空?我是不是演员?这所大学是不是摄影棚?从幼儿园到博士毕业,他的学习过程都是在西江大学校园内完成的。他忽然有了"楚门意识",即逃离摄影棚意识。楚门是电影《楚门的世界》里的男主角,他的生活工作和恋爱都是直播公司安排的,直到影片快结束时他才发现自己一直生活在套路里。慕达夫决定像楚门那样逃离,但他逃离的不是身体而是精神。他开始留长发,抽烟,喝酒,故意说脏话,偏要找女警察结婚。虽然这让他的人生总导演慕长春以及执行导演任茉莉经常长吁短叹,但他却有一种莫名的痛快。他好不容易逃离了父母的套路,难道现在又要落入冉咚咚的套路不成?

44

贝贞在湖边租了一间房,每天给慕达夫打两次电话,发若干短信,其余时间便坐在电脑前写长篇小说,内容根据她和洪安格的真实故事改编。但是恨意让她的文字变得简单粗糙,熟悉让她的想象力急遽下降,烦躁分散她的注意力,结果写作成为仪式,其主要功能是掩护她的发呆走神和空虚。一天下午,慕达夫来拜访她。他敲了敲门,传来一声请进。他推开门,看见她正在垫子上做瑜伽,穿的是三点式。他吓得退了一步,转身欲走。她说胆小鬼。他怎么会承认自己是胆小鬼,便坐在一旁,眼神直勾勾的,表情馋涎欲滴,整个人瞬间进入色鬼模式。她在做桥式,轮式,鸵鸟式,下犬式,弓步伸展式……一阵骚操作,他看得胸前的纽扣仿佛全都绷飞。不可否认,她的皮肤比冉咚咚的细嫩,腿比冉咚咚的直,腰比冉咚咚的细,臀部和胸部比冉咚咚的丰满。他对比着,就像做比较文学研究。忽然,她的胸罩撑开了,两只坚挺的乳房弹了出来,然后又被一股力量拽住,原地慢动作震颤。原来她的乳房还那么有弹性,不像冉咚咚的都已经下坠。他的身体有了强烈反应,尤其是左边胸腔都仿佛变薄了。她说你怕什么?他说我什么也不怕。她说不怕你愣着干什么?他继续愣着,说我还没离婚,我不想在这个节骨眼上让冉咚咚占据心理优势。她哼了一声,一跺脚,转身走进浴室。听着稀里哗啦的淋浴声,他强迫自己转移注意力,想冉咚咚的皮肤也曾像贝贞这样有弹性,甚至还比她的白,腰也曾那么细,腿也曾那么直,之所以乳房下坠,那是因为年龄原因。想起初恋时冉咚咚的身材,他的心里生起一股自豪感,就像一个实业家想起曾经的产业,一个炒股者想起没入股市前雄厚的资金。

慕达夫回到家里已经是晚十点。家里的灯全黑了,在打开客厅的灯之前,他忍不住扭了扭卧室的门把,竟然扭开了。卧室一片漆黑,阳台上闪烁着一枚红红的烟头。她又抽烟了,但现在他没有权利管她。他们已经分居,一个睡卧室,一个睡书房。他以为她没有发现,轻轻地把门关上,开灯,坐在茶几前泡了一壶红茶,一边喝一边想要不要告诉她贝贞来了?虽然他已经没有告诉她的义务,但为什么心里会发虚?是多年养成的汇报习惯还是心里仍有不离婚的幻想?如果心存幻想,那就不能告诉她,否则她会更加怀疑。可不告诉她,万一她知道了,那幻想就不可能变成现实。他很矛盾,似乎每种选择都对他不利。忽然,卧室的门打开了,冉咚咚走过来坐到对面。他给她倒了一杯茶,发现她脸色铁青,皮肤松弛,连眼圈都黑了,脑海情不自禁地闪现贝贞,怎么掐也掐不掉,就像电脑中毒时不停地弹出色情图片,越删越多。他喝了一口热茶,烫得嘴皮都差点破了。冉咚咚说你紧张什么?他说我担心你身体,都憔悴成什么样了,一个女人,有必要那么拼吗?她想这句话是关心,应该高兴才对,可她偏偏高兴不起来,因为她听出了他的三层潜台词:一是你身体不行了,二是你老了,三是你不像一个女人了。但她不想生气,而是心平气和地说你评估过我们离婚对唤雨的伤害吗?他说我以为你在订协议前评估过了。她说我们正在追捕的疑犯叫吴文超,由于父母离异后各自成家,忽略了对他的关爱,他从此不跟家人联系。

"所以我们不能离,为了唤雨。"他说。

"你回来之前,我已经跟她谈了,她不反对,而且我不仅不会不关爱她,只会更爱她。"她说。

"你很残酷,竟然把我们的压力转移到一个十岁的孩子身上。"

"我不想骗她,欺骗才是真正的残酷。"

"你会让她做噩梦的。"

"她睡得很香,你可以进去看看。"

他起身,轻轻地打开次卧的门,听到唤雨均匀的呼吸。他探头看了许久,确证唤雨睡着了,才把身子退出来,小心翼翼地关门。她说你必须找机会跟她谈一谈,告诉她爸妈虽然离婚了,但爸爸永远是爸爸,你对她的爱不会有丝毫减少。他说不要说开口,就是想一下我都觉得心痛。她说她已经知道了,早讲比迟讲主动,别以为只有你善良。他还能说什么,每一句都被她堵得死死的。他想连唤雨她都谈过了,不离婚看来是不可能了,既然要离,那就没必要再藏着掖着。他说贝贞来了。

"来干什么?"她淡淡地问,眼睛不再噌地发亮。

"她离婚了,原因是洪安格怀疑她出轨,而洪安格又是你煽动的。"

"难道她没出轨吗?"她像说一个显而易见的答案。

"你去问她。"

"为什么她一离婚就来找你?"她似乎有了一点兴趣。

"因为是我们这个家庭让他们那个家庭产生了矛盾,她满腹委屈,想找你对质,但我怕你情绪失控,就把她劝住了。"

"让她来呀,我倒想见见她。"她本来想把话说重一点,但她不想让自己变成泼妇,连声调都降了下来。她想既然都要离了,纠缠这些还有什么意义,不如成全他们。"你需要提前办离婚手续吗?"

"不需要,我希望永远别办手续。"他说。

"虚伪,如果你希望永远别办手续,那当时你为什么要签字?"

"因为尊严,你都说不爱我了,我还有什么选择?"

"那么,我再说一遍,我不爱你了。"

他的尊严又一次遭到打击,就像身体的某个部位重复受伤。这么多年来,他对她的打击一直隐忍迁就退让包容,正是因为他的退让助长了她的嚣张,他觉得该到提醒她的时候了。他说真要离了,你未必能找到比我更合适的。她说是吗?你太自恋了吧。他说我俩肯定有一人患了自恋症,但愿是我。她说不是你难道会是我?他说所以我经常去看心理医生,一个人要长期忍受另一个人的无理取闹,没有心理疏导早就崩溃了。干你们这一行的压力山大,更需要心理疏导,如果你不愿意让莫医生看,也可以换人,有人向我推荐金医生,说许多文化名人和类似于俄国作家契诃夫《小公务员之死》里的伊凡·德米特里·切尔维亚科夫那样的小人物们,都喜欢找金医生做心理疏导。她说破案才是我最好的心理疏导。他说凡是从小被父母过分夸奖,后来事业有成的人都容易患自恋症,而没有安全感,输不起,承压力低,受过伤害的人则容易患多疑症。如果去除自我中心，多与人交流，多爱别人一点，那这两种症都可以克服。她说你是在教育我吗？他说我想让你知道别总是自己生病让别人吃药。

"神经病。"她把茶杯蹾到茶几上，由于用力过度，茶杯晃了一下，破成两瓣。

45

冉咚咚关上卧室的门，习惯性地没有反锁。这道门是她的边境线，只要她在里面慕达夫就不会进入，即便他有事跟她商量也只是扭开门轻轻地喊一声，或站在门口把话说完，或把她请到客厅来讲清楚。出于关心或好奇，他不时悄悄地把门扭开，从门缝偷偷地看她在干什么，就像父母监督孩子。从开门的风力以及声响，她能准确地判断他是找她有事或只是观察。如果有事找她，风速会快，开门声正常或略显夸张。假如他是偷窥，那几乎没有声音，室内的空气微微一抖，几秒钟之后又微微一抖。她知道他开门了，又关门了。对于他的观察或者说偷窥她并不讨厌，反而觉得有人注意自己才有价值，就像猫，你越在意它的某个行为它就越要坚持这个行为。因此，她关门的象征意义要大于实际意义，只要他想打开随时都可以打开。但是今晚，当她走进卧室后忽然就不想让他打开了。她锁上门，熄灯睡觉。一秒钟，两秒钟，三秒钟……从熄灯的那一刻起，她就开始读秒，可读了几百秒，她就读乱了，于是重新读。如此反复，却毫无睡意,她以为是锁门的原因,便爬起来把锁打开。再躺下,整张床托着她浮了起来,一会儿飘到左上角,一会儿飘到右下角,一会儿被门把手撞了一下,一会儿顶住天花板让她连呼吸都感到困难,人和床仿佛处于失重状态,脑海的每缕思绪都像单独画在白纸上那么清晰。她越想睡越睡不着,又爬起来把门锁上。打开,锁上,打开……她不停地重复这个动作,重复了两分多钟才意识到自己是不是真的犯病了?

她想我还有破案的任务,千万千万不能犯病,即使犯病我也能克服。她努力地克服失眠、虚汗和紧张……在似睡非睡间,她想我自恋吗?哪个人没点自恋。我多疑吗?哪个有压力的人不多疑。凡是大家都有的毛病那都不叫毛病,可为什么慕达夫却暗示我去看心理医生?"大坑案"在凌芳负责一个月后又由我负责了,有人在盼望我创造奇迹,也有人在等着看我的笑话。吴文超到底躲在哪里?抓到他是不是就可以结案?慕达夫嘴上说不想离婚,但私底下却与贝贞频繁接触,叫我如何相信他?唤雨真不在乎我们离婚?慕达夫还爱我吗?我说"不爱他"是赌气还是发自内心?……每一个问题都在突突跳跃,开始是单跳,后来是交叉跳,再后来就跳成了交响曲。她开灯,爬起来拉开床头柜,找了两片助眠药吃下,心里一阵伤感,忽然觉得自己好孤独好委屈,烦的时候没人说话,累的时候没有肩膀依靠,遇到困难时没人分担,全世界仿佛就她最可怜。想着想着,眼泪就流了出来,流着流着,哭声就响了起来。

相反,慕达夫书房的门从来不关,他既要帮唤雨半夜起床喝水或上厕所开灯,又要密切关注冉咚咚的动静,好像他是她们的中枢神经。现在他忽然惊醒,原因是听到从主卧传来隐隐约约的哭声。他轻手轻脚地来到主卧门口,扭了扭门把手没扭开,心里顿时紧张起来。他拍拍门,叫了一声咚咚,哭声中断了。他又拍拍门,说让我进去。里面没有动静,他说你再不开我就踹门了。他真的在门板上踹了一脚,但不是很响。他说为了不惊动唤雨,请你开门。他听到她走过来的脚步声,开锁声,走回去的脚步声。他留了半分钟的时间再打开门走进去,看见她躺在床上,脸是干的,虽然眼睛微肿。他问为什么哭?她说谁哭了?我睡得好好的你踹什么门?他扫了一眼卧室,没发现异样。他看她的枕巾,也是干的。他说我是被哭声惊醒的。她说你做梦吧。他说没事就好,说完,转身欲出,却看见门把手上沾着一丝血迹。他立刻掀开毯子,抓起她的双手,看见她左手腕子上有一道浅浅的血痕。他心里泛起不祥,说为什么要这样?

"现在我终于明白夏冰清割腕时的感受了。"她把手飞快地缩回去,像什么事也没发生似的,"体会一下受害人的绝望,也许能获得破案的灵感。"

"荒唐。"他从抽屉找出一块创可贴,贴在她左手腕子的伤口上。他紧紧地捂住那个伤口,好像要为它止血,而其实它早就不冒血了。虽然它只是一个浅尝辄止的伤口,但在他看来却是一道深渊,是她心理崩溃的信号。他说做个交易。她把手从他手里挣脱,问什么交易?他说要么去看心理医生,要么我把你割腕的事告诉专案组领导,让他们给你休假。她说你胆敢阻止我办案,我立刻跟你办离婚手续。他说我可以用离婚来换你的身心健康。她忽然冷笑,说你想提前办手续就跟我明说,何必用激将法,我又不是不想成全你。他说你别声东击西,我对待生命比对待任何事情都要认真一百倍。她见过他认真的样子,有时为了考证某个字或某句话的出处,他会看几本厚厚的著作。因为跟胡教授争论"现代主义文学与后现代主义文学哪个更牛",两人在餐桌上翻脸,二十年的友谊经不起一个"后"字的考验,至今不相往来。胡教授认为凡是带"后"字的文学都一文不值,没有建构。但他从青春期开始就是个解构的主儿,容不得胡教授用不屑的表情贬低"后"字。也许他仅仅是反对胡教授的表情,也许他态度如此坚决仅仅是为了跟胡教授抬杠,但他一旦亮出观点就会像狮子捍卫领地那样捍卫,以此表明:做学问,他是认真的。

"能不能等我抓到了凶手再去看心理医生?"她让了一步。

"那就别怪我出卖你。"他态度坚决。

第二天早上,他们一起送唤雨上学,等唤雨走进校园,她转身想溜。他说别忘了我昨晚说过的话。她说你不会当真吧?他说我连婚姻都赌上了,你说当不当真?她站了一会儿,很不情愿地钻进他的车里。一路上谁都没兴趣说话,他担心她的身体,她像是赌气又像在寻找对策。他把车开到大学路普奔巷一幢四层的青砖楼前。她一抬头,就看见挂在门旁的"一念心理咨询室"。虽然她有心理准备,但心里还是排斥,说慕达夫,你真把我当精神病患者了?他说既然不是,为什么不敢进去?她说我连持枪犯都抓过,还怕进这种地方?说完,她甩门而去,他紧紧跟上。他们走进砖房小院,院子里鹅卵石小径七弯八拐。她习惯性地放轻脚步,生怕惊动谁似的。来到一楼咨询室门前,她站定,做了一次深呼吸。他推门,门铃叮叮咚咚地唱起来,是一支十分熟悉却又想不起名字的曲子,很疗愈。金医生起身迎接,请他们就座。慕达夫介绍冉咚咚,但他刚一开口就被金医生打断。金医生说我不要你说,我要她说。慕达夫尴尬地站起来,踮起脚尖出去。

一小时后,冉咚咚推门而出。慕达夫看见她神采奕奕,整个人像打了鸡血似的精神抖擞。看到她状态转好,他心里暗自高兴,以为咨询产生了效果。他把她送到单位,立刻回到金医生这里。金医生说她逻辑清晰,谈吐正常,不像你说的有什么心理问题。慕达夫就纳闷了,她明明半夜三更在哭,明明割了手腕子,怎么会没有心理问题?为什么每次她都能证明她正确?难道是我患了多疑症?

"你们都谈了些什么?"他好奇。

"先是听她讲了半小时吴文超的故事,然后她问我吴文超有什么心理弱点?我告诉她吴文超是一颗孤独的灵魂,严重缺乏爱,渴望爱,尤其是渴望母爱。她说可不可以利用这个弱点抓到他?我说理论上有可能。"

"你被她带节奏了。"

"在我这里,不管她谈论谁最终都是谈论自己。她像吴文超一样孤独,尽管她表面上被爱包围。"

"金医生,你竟然说一个泡在蜜糖里的人不甜,用盐腌过的萝卜不咸,把眼睛睁到天明的人不失眠,我严重怀疑你的专业水平。"

金医生微微一笑。慕达夫觉得这个笑倒是很专业,是压住怒火以及鄙视后装出来的笑。为此,他的心里很是不爽,就像别人质疑他文凭似的不爽。半小时后,他在回程的路上等红灯时,心里嘀咕自己是不是太敏感了?

46

去见邵天伟之前,慕达夫在自己的书房踱了七步,凡遇到犹豫不决之事他都养成了在书房走七步的习惯,灵感来自曹植七步成诗的典故,但同时他也认为再难的事情都可以在七步之内思考清楚,更何况这七步可快可慢。有时他以为把问题想清楚了,但就在抬腿的一瞬间忽然发觉还没想清楚,于是赶紧把迈了一半的腿收回。有时他两腿叉开,像鲁迅在《故乡》里形容杨二嫂那样圆规似的立着,直到把这一步该想的想清楚了才迈下一步。冉咚咚经常看见他把腿劈开后一动不动,以为是在锻炼身体,后来才明白这是他的"七步强迫症"。

踱完七步,他带着三本国外的侦探小说登门拜访邵天伟。他说我给你推荐的这几本表面上是写破案,实际上却是写人性，简直可以用"犀利"来形容，你冉姐之所以破案厉害，就有这些小说的贡献。邵天伟激动地摸着书的封皮，恨不得马上阅读，可慕达夫已经坐下，看样子一时半会儿还不想走，他只能堆起笑脸奉陪。慕达夫从邵天伟的房租开始聊，一直聊到他交没交女朋友，家乡脱没脱贫，父母的身体好不好，天气怎么会这么热，每个行业都需要职业操守以及男人应该找一个什么样的女人结婚……他东一榔头西一棒子地聊着，聊得邵天伟大脑缺氧，始终跟不上他的节奏。邵天伟知道刚才聊的都不是慕达夫想聊的，他在试探，观察，绕圈子，就像文章的开头仅仅是个铺垫，但这个铺垫也太长了。邵天伟说慕教授，有话请直说。他犹豫着，掂量下面的话该不该讲。答案是不该讲，但不讲他又担心冉咚咚的身体，于是他强迫自己，说你冉姐最近有点累，请你帮我判断一下，她继续办案合不合适？

"我从来没见她累过，尤其是办案的时候，年轻人都熬不过她的身体。"邵天伟说。

"那是体力，我指的是精神上的疲劳或者说心理感冒。"慕达夫用右手食指敲了敲右侧的太阳穴，"近期她有没有不对劲的地方？比如敏感多疑，情绪低落，经常发呆，记忆不好，思维迟缓，脾气暴躁或喜怒无常，一会儿哭一会儿笑什么的……"

"你说的不就是精神病吗？这跟冉姐一条都对不上。她思路清晰，既克制又理性，比我们专案组的任何人都冷静。她记忆力超好，嫌疑人的照片过目不忘，询问当事人的每句话好像都记得。她不仅对案件走势有准确的判断,而且还善于发现被人忽略的细节。她从来不对同事发脾气,也不说谁的怪话,包括竞争对手。工作之余她有说有笑,经常请我们聚餐,还组织大家唱歌。在我看来,没有比她更完美的了。"邵天伟一边说一边想词,自认为概括得相当准确。

"最重要的一条你没回答。"慕达夫想这小子挺聪明。

"干我们这一行的谁要是不敏感,基本上都会被淘汰,而多疑是办案的优点之一,否则根本就破不了案,就像你做学问,要在无疑处有疑。"

"可是昨晚,"慕达夫做了一个割腕的手势,"她让我揪心。"

"不可能。"邵天伟忽地睁大眼睛,仿佛被吓着了。

"所以我很矛盾,告诉你吧,肯定会影响她在专案组里的威信,而且家丑外扬,不告诉你吧,我又拿不定主意,疑虑有三:万一她发病会不会影响办案?再这么熬下去她的身体扛不扛得住?我要不要找专案组的领导反映这个情况?"

"千万别乱讲。首先,她没有你说的那些表现;其次,现在是办案的关键时刻,如果你反映不当领导把她调走,那这个案可能又要变成悬案。你们知识分子天生就有正义感,难道你希望凶手逍遥法外吗?"

"不希望,但任何家庭都承受不起疾病的折磨,所谓幸福都以健康为前提。"

"她的健康没问题。"

"如果有问题你负得起责任吗?"

"负得起。"

"你怎么负?"

邵天伟被问傻了,他只顺口一答,却没想过怎么负责。看着慕达夫咄咄逼人的眼神,他忽然明白平时脱口而出的语言根本就经不起追问,只是说惯了,听惯了,以为拿来一用就可以搪塞和应付,就像说"没关系""放心""啥都不用说了"那样。但慕达夫偏偏不吃这套,他是整天跟文字打交道的人,对每个字词的含义都要认真检验并落实到位。邵天伟尴尬了,因为这个责任他压根儿就负不起。他说我得想想。慕达夫说我特别在乎你的意见,这事我不可能再找别人商量,包括她的父母,他们平时走路都颤颤巍巍的,哪经得起这个刺激。如果她的情绪有波动,麻烦你及时告诉我,另外,拜托你在工作中帮我照顾照顾她。说着,慕达夫掏出一个厚厚的信封递过来。邵天伟问这是什么?慕达夫说一点活动经费,用于请她吃饭唱歌什么的,总之是让她开心。邵天伟把信封推回来,说你一个教授,怎么动不动就用钱来解决问题?

这话把慕达夫㕷得脸都红了,他捏着那个信封像捏着自己的尾巴,递也不是,收也不是。他说夫妻为什么称对方为另一半?因为他们合起来才算完整,也就是说这一半生病了那一半也会痛,她失眠我也失眠,她吃药我也吃药。看着她紧张焦虑难受,我急得直跳脚。她是个要强的人,不愿承认自己有病,也不愿接受我的关心和照顾。我只能事事顺着她,在外围悄悄地做点缓解她压力的工作,还不能让她知道,就像跟领导打球或下棋,即便输也不能输得太明显。她的情绪是我生活质量的晴雨表,客观地讲,我的生活质量不高。在她的影响下,我也快变成高压锅了,每天都想爆发。但男人嘛,手劲大,锅盖也就拧得紧一点。每天我都在想如何才能让她像从前那样快乐?只有她快乐我们全家才快乐。可是,我找不到让她快乐的钥匙,连跟她交流都有心理障碍,因为她宁可相信任何人也不愿相信我。我历来都鄙视用钱解决心理问题,但当别的办法都尝试无效后,才发现钱也许是办法之一。如果你把这钱拿着,那就相当于答应帮我,让我心里产生一点希望,希望在你的帮助下她的病会好起来,没准真的会好起来。

"行吧,那你先把钱放我这儿。"邵天伟看见慕达夫说得眼眶都红了,不好意思再拒绝。

47

第二天早上,邵天伟一走进办公室就先瞄冉咚咚的两只手,可她穿着制服,无论他怎么瞄也瞄不到她手腕子上到底有没有割痕。上午,专案组分头排查各宾馆及租屋,继续寻找嫌疑人下落。冉咚咚这个组负责排查城西路,邵天伟跟着她从这家宾馆查到那家宾馆,从这栋租屋查到那栋租屋,但他始终没机会看到她的手腕子。他想直接问她,却怕她反感。中途休息,他说他最近学会了看手相,可以看出一个人一辈子有几次爱情,离不离婚。两位年轻的警员先后把手伸给他看,他竟然说中了他们到目前为止谈过几次恋爱,惊得他们的嘴巴都合不拢了。他说冉姐你要不要看一看?冉咚咚伸出右手。他捏着她绵软的手掌,看着她掌心交错的纹路,说真没想到你只谈过一次恋爱。她说瞎扯,我更感兴趣的是会不会离婚?他说那得看左手。她说不是男左女右吗?她警惕地把手抽回去,左手不经意地往后一躲。从这个动作判断,他知道她的左手腕子有秘密。

下班后,他说请她吃晚饭。她同意了,就近选了一家简餐店。两人落座,边吃边聊。她问为什么要请我?他说感谢你一直关照。她说都关照几年了,为什么偏偏是今天请?他说以前你一直不给机会。她说撒谎,你请我是为了这个吧?她挽起左衣袖。他看见她左手腕子上贴着一块创可贴,说你怎么知道?她说从你早上进办公室的那一刻起,我就发现你的神色不对,像个卧底,不仅看人的目光是斜的,而且看我的次数比平时至少多出百分之八十。平时你看我是看我的脸色,但今天你看我是看我的双手。不过你放心,只是破了一点皮,相当于被蚂蚁咬了一口。说完,她放下衣袖,用力压了压袖口,生怕它撑开。

"可以问为什么吗?"邵天伟因为紧张声音有点滞涩。

"我做噩梦了,但明知道是梦却怎么也醒不来,于是就制造一点痛感把自己唤醒。"冉咚咚闭上眼睛,似乎在回忆当时的感受。

"这会影响你办案吗?"邵天伟不放心。

"我办案跑偏了吗？或者说我违法违规不讲逻辑了?"

"没有。"

"那你担心什么?"

"担心你的身体,我想帮你分担压力,却不知道怎么分担。"

"吻我,"她指着自己生动的嘴唇,"现在就吻我。"

他吓了一跳,身体下意识地往后一靠,背部重重地撞在椅背上。他不是没有这种冲动,以前就有过,虽然她比他大十岁,但她是美丽与智慧的化身,在他面前自带流量。她睁大眼睛逼视,第一次离得那么近。他发现原来她的眼睛如此透明,仿佛有一股力量要把他吸进去。他忽然感到害怕,与其说是害怕这种温柔的诱惑,还不如说是害怕自己立场不够坚定。她微微一笑,试图缓解眼前的尴尬。她的笑竟然那么迷人,他想,将来找对象就得找像她这样的。她说要不,你到对面的宾馆去开间房？他说冉姐,玩笑开大了。她说机会稍纵即逝,就看你想不想把握。他说你现在讲的和平时你教导我的不一样,我很难受。她说又不要你负责,只是逢场作戏,你紧张什么？他忽地站起来,说要不我先回了。她说坐下,话还没说完呢。他侧身坐下,开始只坐了半边屁股,觉得不舒服才又慢慢把屁股挪正。她忽然笑了起来,笑得他脊背一阵发凉。他说慕教授昨晚找我了。

"我猜到了。"她说。

"一个那么有学问的人竟然向我请教,我感动得好久都站不起来。一说到你的健康,他急得眼圈都红了。他很爱你,希望你别做对不起他的事。"

"他向你请教什么?"

"怎么帮你。"

"你已经帮我了。"

虽然他被说糊涂了,但从她脸上灿烂的表情可以断定她是真的高兴。她说你对我最大的帮助就是让我看到了好人,看到了在这个世界上还有作风正派的人。我们每天接触的都是些什么案件呀?不是出轨就是凶杀,不是偷情就是谋财害命,不是贪污就是养小三,不是骗别人就是骗老婆……徐山川出轨了多少女人?夏冰清难道真的只讲感情不爱钱吗?吴文超父母相互怀疑,号称感情很好的洪安格和贝贞也离婚了,本来她还想说一句就连我父亲都出轨隔壁的阿姨,但她突然踩了一脚刹车,发现这一句不能讲,立刻省略,直接跳到请问还有谁值得信任?知道我为什么失眠吗?他摇摇头,因为他从来没失眠过,连一丁点的失眠经验都没有。她说因为我害怕一闭上眼睛就有人作恶,这是典型的守夜人心态,以为只要自己醒着就能防止坏事发生。他点头,发觉自己偶尔也有这种想法。她想起小时候半夜三更竖起耳朵,生怕父亲趁母亲熟睡时偷偷地爬起来,轻轻地打开门,去按隔壁的门铃。而事实上她曾经两次听到父亲半夜出门的声音,但她太小了没敢爬起来阻止,为此一直内疚。她说假如刚才你按我说的去做,那我也许会再割一次手腕子。你要小心,由于我对人性有太多怀疑,所以经常会用我的方法测试别人,而每每测试,结果大都让我失望。如果你想帮我,那就坚持做个好人,让我尚能看到光,好人就是一束光,能驱散心灵的阴霾。

"难道这个也是测试吗?"他在自己的手腕子上比画了一下。

"这叫自我测试,我想知道我可以跌得多深,自己对自己有多狠,心里的阴霾到底有多厚?只有了解自己才会了解别人,尤其是了解那些我们正在追捕的人。"她的表情和语气都显得轻松,却看得出是假装的勉强的,但当她把这句话说完之后,一股久违的轻松真的溢满她的心头。她想这是不是就是自我教育或自我暗示?其实,很多想法当初并不当真,只不过说着说着也就当真了。

48

回家路上,冉咚咚忽然感到心紧,紧得胸口好像刚刚拉皮。她就近把车拐进公园路停车场停住,打开车窗,放斜靠背,做了几次深呼吸,胸口的压迫感才渐渐消失。最近,只要一听到下班铃声她便下意识地哆嗦,整个人莫名其妙地紧张,好像下班会剥夺她的自由似的。她不想回家,害怕面对慕达夫,因此她总比别人晚一到两个小时下班,还故意把回家的车速降了又降,仿佛这样做就能用时间换空间,最终会赢得抗战的胜利。有两次,她在半路转向,直接把车开到父母居住的楼下,但只停了几秒钟便把车开走,因为她觉得面对父母比面对慕达夫更难受。在她眼里,父母只剩下滔滔不绝的嘴巴了,他们的嘴巴也不是嘴巴而是教育工具,都几十年了还像她小时候那样轰鸣,连内容都不改一改,仿佛儿童与成人用的是一本教材。风从车的右窗吹进来,摸一把她的脸蛋后从左窗吹出去,它们带来了公园里树木花草的信息。她闭上眼睛,想在这里睡上一觉,可她一闭上眼睛脑子就转得飞快,就像汽车关掉其他功能后空调变得更冷。

她想为什么要割腕?尽管跟慕达夫和邵天伟分别说了理由,但她怀疑那都不是真正的理由或者说不够准确,可以蒙混他们却仿佛不能说服自己。难道我真的病了?没有,我认为没有,因为我看得见边界,看得见画在周围的金光闪闪的白线,知道那是不能跨越的界限,知道哪里是康庄大道哪里是危险的悬崖,哪些可以触碰哪些触碰不得,也就是说我尚有控制自己的绝对能力。既然自认为能够控制自己那为什么没有控制住刀片?她回忆那个片段,已经回忆 N 次了,就像反复播放作案现场的监控录像,必须从中找出蛛丝马迹——那天深夜,她睡不着,拉开床头柜抽屉找助眠药,发现抽屉里竟然有一把老式剃须刀。这把剃须刀是她多年前给慕达夫买的,当年她还拿着它帮他剃胡须。但自从他改用电动剃须刀之后,它就像个低调的逃犯,缩头缩脑地躲在抽屉的角落,没人在意。不知道出于什么目的,因为要说清这个目的非常之难,也不可信,唯一合理的也是最接近本质的解释就是无聊。她无聊,反正也睡不着,就打开盒子,发现刀片还卡在架子上,看上去锋利依旧,便用它来刮手上的汗毛，没想到刮着刮着手一偏，刀片就把手腕子割破了。可这个版本谁信？人人都喜欢高大上的理由，事事总得有个理由，如果没理由许多简单的事都说不清楚。

　　她认为这绝对是一次意外，如果有别的想法，那我为什么不把刀片卸下来直接割？为什么不割得深一点更深一点？当然她不排除"夏冰清式割法"，割是为了给对方施压。她之所以不排除这种可能，原因是她割完后竟然哭了。哭不是因为痛，而是想引起他的注意，但每每这么一想，她就一万个不服气。我为什么要引起他的注意？我都跟他订了离婚协议为什么还要引起他的注意？难道我还留恋他不成？所以，她更愿意相信哭是因为孤独。许多事一想就通，许多事越想越堵，就看你的落点在什么地方，仿佛赌钱有输有赢，胜负就看你何时离开牌桌。一个小时过去了，她重新启动车子，一边开一边告诫自己不要生气，而且也犯不着生气。

　　回到家，她看见慕达夫在客厅收拾行李，拉杆箱里整齐地码着五个分装袋。她想问他去哪里出差？但话到嘴边却怎么也说不出口，好像一问就表明她还在乎他，怕他得意或对婚姻仍抱幻想。他微微一笑，说美女回来啦。她很开心，差点报之以微笑，但笑容在爬上脸蛋的瞬间忽然熔断，立刻变成幸好没有受骗上当的表情。他不管她的表情，仿佛自言自语：唤雨在外婆家，红茶我给你泡好了，如果想吃夜宵我给你煮，洗澡水六十度，冰箱里有我刚买的冰淇淋，唤雨这次数学测试考了九十六分，你爸说有空给他打个电话……她在他的汇报声中脱鞋,放包,洗手,进卧室,换衣服,始终一言不发。当她从卧室出来时,她才发现箱子是她的。她说你出差干吗用我的箱子？他说这是我帮你准备的,你们明天不是要去兴龙县吗？

"谁告诉你的?"她感觉一股无名的火气直冲脑门,好像自己被谁出卖了。他停住,面无表情地看着她,好像她发火在他的意料之中。她不喜欢这种没有表情的表情,就像不喜欢没有态度的态度。"谁告诉你的?"尽管她知道是谁告诉的也还要问。"难道你出差是机密吗?""不是,可我不喜欢你在我的身边安插间谍。"她打开箱子,把码得整整齐齐的分装袋一个个拎出来摔到沙发上,仿佛这股无名的火气是这些分装袋引发的。

"人家一片好心,说你办案太忙了,让我帮你准备准备。"他解释。

"以前我出差你帮我准备过行李吗?"她问。

"没有。"他说。

"所以我不适应,尤其不适应有人突然对我好。如果有人突然对我好,我会怀疑他有不可告人的目的。况且,你也不知道我想带什么,我要带的东西必须由我一件一件地整理,这个习惯你不是不晓得。"

"虽然没有你考虑得周到,但我已经尽力。"

她打开第一个分装袋,里面装着她的化妆品和护肤品,一样都不少,一样也不多,量也刚好。她打开第二个分装袋,里面装的是贴身衣物,五天的使用量。第三袋装的是上衣,第四袋装的是长裤,虽然外衣外裤分开装,但颜色与款式都搭。第五袋装的是日用品,有雨伞、充电器、安神精油、灭蚊液、清凉油、指甲剪等等,比她考虑得还细致。她第一次发现他有这种能力,平时不在意,关键时却心细如发,竟然把行李收拾得全部合乎她的心水,简直就是她的脑回路。但她不想让他得意,不想让一个长期揣摩别人的人被别人揣摩透。她拍着那些袋子,说你是怎么做到的?他说就像写文章,设身处地,把我当成你,就像鲁迅写阿Q的时候把自己当成阿Q,写祥林嫂的时候把自己当成祥林嫂。她说可是你对女性化妆品和护肤品并不了解。他说是有点吃力,我在网上看了一个多小时才弄清它们各自的功能。

"没有请教别人?"她的脑海里闪过贝贞。

"又来了,明知道你嗅觉灵敏,直觉发达,联想丰富,我干吗还去问她?况且我帮你收拾行李又不是出新书,有必要跟别人宣传吗?"

有道理,她想,于是轻轻说了一声谢谢。她把袋子一个个拉上,又一个个放进行李箱。她说你知道夫妻在外有四不讲吗?他说不知道。她说一是不能在外面讲家庭收入,讲多了别人会来借钱,讲少了别人看不起;二是不能讲家庭矛盾,没人会帮你解决问题,反而会煽风点火,因为每个人都希望过得比你好;三是不要讲对方的缺点和短处,好与坏都是你自己的选择;四是不要讲夫妻之间的私生活,因为个个都有窥视欲。可是,你却去跟邵天伟讲我有病,差点让我不能办案。

"对不起,有的事我一个人实在是解决不了。"

"谁让你解决了?真是自作多情。你是不是还跟他说了我们早就分床了,早就没有性生活了,马上就要离婚了,我抽烟吃药了,网购内裤考验你了?"

"除非我有病,否则说这些干什么?"

一听到他说"有病",她以为他讽刺她,于是用坚定的语气说你肯定说了,否则邵天伟不会用居高临下的眼光看我。他是我的手下,你跟他说这些让我在他面前怎么树立威信?他说你办案的时候懂得分析什么人说什么话,可你在指责我的时候却从来不考虑我的身份,好像我是一个搬弄是非的小人,连利弊都不懂得权衡。她认可他的反驳,但她还是不想让他赢。她说你知道我明天出差,还让唤雨去外婆家?连个告别的机会都不给我,好像她只是你的女儿。他说那我现在就去把她接回来。说完,他换衣换鞋,拿起车钥匙出门。当门嘭地关上,她感觉鼻子一酸,眼泪唰地流出来。她想我怎么会变成这样?明明被他感动了却对他恶语相向,明明自己输了却故意对他打压,我是输不起呢还是在他面前放肆惯了?我怎么活成了自己的反义词?

49

冉咚咚出差后,慕达夫把唤雨交给外公外婆管理,然后关机,在书房补觉,从上午十点睡到晚八点。躺下时是白天,看得见窗帘外炽热的白光,醒来时是黑夜,伸手不见五指。两种景象之间相隔十小时,而这十小时在他的脑海里没留下任何痕迹,没有担心,没有做梦,没有上厕所,如果不是因为精力变充沛了,他都怀疑这十个小时是不是真的存在过。一个人待着真好,不需要迁就别人的作息时间,不用看他人的脸色,甚至不用开灯,不用吃饭,自己就是自己的主人。他想象自己是卡夫卡《变形记》里的那只甲虫,因翻不过身来而不得不这么躺着。他就想躺着,觉得做一只甲虫没什么不好。他想一直睡下去,但他睡不着,仿佛充满了电的电池再也充不进一点点电。鼻子敏感起来,老书本的气味新书本新报纸的气味木地板的气味以及电插头电脑的气味混杂着飘荡,让他惊讶为什么以前没注意这些天天陪伴自己的味道。偶尔睁开眼睛看一下天花板,渐渐能看见吊灯的形状,书柜和书桌的大致轮廓也慢慢显现。对面家庭的声音断断续续地传来,那是一家人围桌吃饭的声音。从更远处传来被高楼遮挡被距离消耗过的汽车碾压路面的声音,越听那声音越清晰,于是干脆不听,声音也就消失了。本想把脑袋彻底放空,却间歇性浮起乱七八糟的想法,时而模糊时而清楚,一直躺到第二天下午四点钟,饿得胃像刀刮似的,才慢慢地坐起来,慢慢地刷牙洗脸,煮了一碗面条,慢慢地吃下去。

要不要开手机?他犹豫,开肯定一大堆无聊的事,不开又怕唤雨万一生病万一摔倒万一被车撞伤岳父母联系不上自己。于是,他把手机打开了。立刻,叮叮咚咚的声音像放炮仗,响了十几秒钟。他查看信息,第一眼就看到唤雨用外公手机发来的短信:"爸爸,你为什么不开机呢?想你,唤雨。""爸爸你是不是生病了?如果生病了要告诉我啊,唤雨。"他的心头一暖,眼里滑出两行热泪。他已好久没流泪了,想不到睡了一个长觉竟然变敏感脆弱了。接着,他看到冉咚咚昨天下午五点发来的信息:"安全到达兴龙县。"她几年不跟他报平安了,现在突然报了一条,弄得他都不适应,好像吃苦瓜突然嚼到了冰糖。然后,是贝贞的八个未接电话以及五条短信。"慕教授有空吗?明天聚聚?有事请教。""是不方便回复还是想跟我玩失踪?""今晚有空聚聚吗?""怕老婆怕得信息都不敢回?""开机后请复。"正在看信息,贝贞的电话打了进来,他想接又不想接,直到铃声自行中断。不到一分钟手机又响,还是贝贞的,他犹豫着仍然没接。他不想见贝贞是怕冉咚咚知道后矛盾升级,想见贝贞是因为除了她,他没人可以说真心话。他希望贝贞再拨一次,或者来个短信,可是他等了十分钟、二十分钟手机也没有动静。他突然有点伤感,觉得自己被朋友抛弃了,仿佛抛弃他的不仅是贝贞而是所有的朋友,甚至整个世界。手机搁在茶几上,他伸手欲拿却没有拿,右手悬空了十秒、二十秒、三十秒……直到他意识到自己在发呆才把手机拿起来回拨。电话刚一接通,就听见贝贞说慕教授我生病了,你能不能来看看我?他忽然担心起来,说在什么地方,生什么病,我去哪里看你?她说我在我住的地方。他说如果你能行动,那就在水长廊餐厅见,我请。贝贞说了一声OK,就把电话挂了,生怕挂慢了他会反悔。

他先到学校去接唤雨。唤雨看见他远远地跑过来,扑进他的怀里,对着他的脸用力一吸,说爸爸你生病了。他说你怎么知道?她说我是猫,一闻就知道,要不然你的电话不会打不通。他说爸爸没病,你想吃什么?她摇摇头,说我找不到你很着急,今后你能不关机吗?他说能,然后把她背到背上,朝停车场走去。同学们围上来嘲笑她。她说爸爸爸爸快把我放下,我不想不劳而获。他说不是你想不劳而获,而是爸爸想将功补过。她的双脚在空中踢着,小手不停地拍着他的肩膀。但是他没有松手,一直背着她走到轿车边。坐进车里,她嘟着小嘴不说话,觉得这么大还要爸爸背在同学们面前丢脸了。他说能不能给爸爸讲个故事?她没搭理,扭头看着车外,侧脸像极了冉咚咚,就连脾气都像。他启动车子,车子行驶了两公里她也没把脸扭过来。他说宝贝生气啦?

她说从前,有一只小山羊非要爬一座又高又陡的山,小牛说太危险了,你还是跟我到山下去吃草吧。可小山羊不听小牛的劝告,说山顶上的草比山下的草更好吃。它爬呀爬呀,爬得蹄子都破了,累得都走不动了,但它想到山上的草就不停地给自己打气。小牛怎么也劝不住它,走了。它气喘吁吁地爬上了山顶,顶上一棵草都没有。看着陡峭的山壁,它四脚发抖再也没有力气爬下来,结果饿死在山顶上了。爸爸,刚才你那么固执,是不是像那只小山羊?他说唤雨讲得好,爸爸就是那只小山羊,咩……这时她才把脸扭过来,仿佛原谅了他。他没想到一个童话竟然隐喻了婚姻,小山羊吃腻了山下的草,以为山上的草更好吃,好不容易爬上去,结果山上什么也没有,还回不来了。暗示无处不在,就像小草,只要有一道缝它就能钻出来。

50

贝贞先到,水长廊餐厅已经没有包间,她在大厅选了一个靠窗的位置,隔着落地玻可以看见河两岸的景色。她看了一会儿河流花草,慕达夫还没到,便开始点菜,正点着就看见慕达夫戴着帽子、墨镜、口罩走进来。她招招手,他看见了却没回应,而是像个地下工作者警惕地扫视一遍大厅,没有发现可疑人物才走到她的对面坐下。她说你怎么把自己装在套子里了?他取下口罩、墨镜,说好像有人跟踪我。她问谁?他说不知道,也许是我甩不掉的影子。她下意识地回头,仿佛身后也有人跟踪她似的,但马上她就为自己的这个动作感到可笑。她说你又没做亏心事,怕什么?这么热,把帽子摘了吧。他伸手拿起帽子,还没拿开又扣到头上,说还是戴着安全,你生什么病了?她说不讲生病你会出来见我吗?他说抱歉,最近有点烦。她说我只想找你说说话,也想跟你讨论一下我的长篇小说,前半部分我构思得很顺利,因为有生活可以模仿,但后半部分,尤其是结尾部分很纠结,到底是让女主重新找到真爱呢还是让她找不到?

"她肯定找不到。"

"为什么?"

"哪一部世界名著里的女主角找到过真爱？真爱指纯粹的真诚的情感，它绝不建立在欺骗和幻想之上，可幻想和欺骗恰恰又是制造真爱的必要手段，就像摄像机之于电影。所以，真爱是个伪命题，或者说是两个被包装的字眼，它被提出来仅仅是想让人类为之奋斗，却不能保证可以兑现。"说到一半时他的眼睛开始发亮，就像十五瓦的灯泡换成了五十瓦的。这通话是没打过草稿的，如果不说，他还不知道自己有这些想法，说了才明白自己原来是这么想的，仿佛自己给自己上了一课，也仿佛自己在说服自己。

"为什么文学大师们都喜欢折磨女主人公？"贝贞问。

"因为他们都没找到过真爱，于是把自己的情绪投射到小说里。二十世纪怀疑论和虚无主义的重要思想家埃米尔·米歇尔·齐奥朗曾说过，作家是一个精神失常的生物，通过言语治疗自己。"

"太偏激了，以前你不是这样的，你曾在文章里赞美过爱情。"

"请原谅我曾经幼稚，当我把文学作品中的爱情认真地研究之后，才发现真爱是个天大的谎言，即便有那也受时间控制，时间一久背叛的背叛，欺骗的欺骗，应付的应付，不信，你举一部真爱的作品来说服我。"

"电影《泰坦尼克号》算不算？"

"男主死得太快了，他们的爱情没有经过时间检验，能不能举一部结了婚还爱得死去活来的？"

"……暂时想不起来。"她继续想着。

"根本就没有。"

"难道你想让我的女主角也像名著的女主那样卧轨,吃砒霜,伤心过度而亡吗?"她有些着急。

"让她破镜重圆,回到她前夫的身边。"他用拜托的眼神看着她。

"太假了,而且她的前夫已经跟情人结婚。慕教授,你不是即将离婚了吗?难道你不希望我的女主爱上一个教授?"轮到她用拜托的眼神看着他。

"不希望,因为慕教授不再相信爱情。"他看着天花板,像看着答案。

"撒谎,"她掏出一封信摆在他面前,"你真不长记性。"

没错,信是十年前他写给她的。当时他们还不认识,他在杂志上看到了她的小说、照片和简历,一激动便写了这封信,寄到她所供职的艺术创作中心,说自己如何如何喜欢她的小说,尤其喜欢带自传色彩的那篇《巧遇》,恨不得自己就是作品中的男主人公,并决定从此把她的小说纳入自己的研究范围。但现在他拿起信来一看,顿时惊着了,信笺上被她用红笔画过的句子竟被他忘得一干二净,一条条红线好像在提醒他为什么偏偏忘了重点。例如:"你的文笔真美,美得像你红扑扑的脸蛋,想不到你的才华竟与相貌成正比。""我渴望研究你,当然我指的是研究你的小说。""你让一次巧遇毁灭一桩婚姻,且毁灭得如此动人,真叫人心驰神往。"仿佛回看自己的处女作那样不忍卒读,他忽然感到脸热,就像在课堂上偷看黄色小说被老师当场抓获那样,有一种深深的羞耻感。为了摆脱这种耻感,他说这么拙劣的信还是撕了吧?她把信夺过来,说你不知道这封信对我有多重要,每当有人恶评我的作品时我就把它拿出来看看,鼓励鼓励自己,每当我的情感遇到挫折时,我也会拿出来读读,以证明自己优秀。如果当时你没结婚,也许我十年前就投奔你了。

"仅凭几句不痛不痒的话,你就敢投奔别人?"他故作轻松,感觉一股无形的压力扑面而来。

"这么明显的暗示,连小学生也看得出来吧,别以为只有你聪明。"她把信折好,放进信封,像装银行卡那样装进手提包。

"那时我太不成熟……"

"什么叫成熟?写信时你三十四岁,已身为人父,就算你一时冲动,但五年后你该成熟了吧?你记不记得五年后在桂林笔会上跟我说过的话?"

他摇摇头,努力回忆,却怎么也回忆不起当时说过什么。她微微一笑,认为他在装,便提醒他你跟我说只要我离婚你就离婚。他急得差点跳脚,说开什么玩笑?我怎么会说出这种大白话?毫无技术含量。她说你忘了,就像你忘记这封信里的那些句子,我都怀疑你有暂时性或选择性记忆障碍。时间是下午四时,地点芭蕉溪,阳光透过芭蕉林落在溪水上,水面闪烁着星星点点的光斑,两只蝴蝶在岸边嬉戏,林子里鸟鸣虫唱。大家坐在溪边喝茶聊天,你和我坐在一块石头上,说了许多悄悄话,但悄悄话里最重要的就是那句我离婚你就离婚。说着,她从手机里翻出那张他们坐在石头上的照片递给他看。他立刻想起那个遥远的下午,但他的脑海里却没有蝴蝶翻飞、鸟鸣虫唱。

"照片又没声音,怎么证明我说过那句话?而且当时我家庭和睦,夫妻感情尚好。"他说。

"你对我的所有表现都在证明你不在乎夫妻感情,否则你不会给我写那样的信,说那样的话,做那样的事。"她目光迷离,仿佛陷入更深的回忆。

"我做了什么事?"他有些紧张,开始对自己的记忆产生怀疑。

"一年前,赞朵笔会,半夜推开门进入我房间的难道不是你吗?虽然当时没开灯没说话,但听喘息声像你,闻气味也像你,论智慧和胆量非你莫属。你跟我缠绵了一个多小时,每个动作我都记得,难道你不记得了吗?"她像看着嫌疑人那样看着他。

"这是你小说《一夜》里的情节,你是不是把虚构与现实弄混了?我记得你小说的背景是在海边,而不是赞朵。"

她哼地冷笑,笑得他身上起了一层鸡皮疙瘩。她警觉地看了看四周,发现没人偷听才说,如果不把小说背景放在海边,那别人就会怀疑这个故事是真的,海边那次笔会洪安格去了,有他在就能证明小说是虚构,但是不是虚构你最清楚。"我不清楚。"他差点喊了出来,但外表却像个厚厚的铁罐纹丝不动。他告诫自己别失态,别像个煤气罐似的爆炸,尽管自己有多么想爆炸。然而她不镇静了,她的眼里噙满泪水,仿佛受了天大的委屈,说你的信在暗示我,你的行为在引导我,正是因为你,我才有了跟洪安格离婚的勇气。我不熟悉这座城市,在这里没有朋友和亲人,之所以来全是因为你。我以为你会用一个紧紧的拥抱迎接我,却不想你迎接我的是阿尔茨海默病,竟然什么都不记得了。没想到你如此不负责任,让我进退两难……她说着说着就把自己说成了世界上最可怜的人,并伏在桌上呜呜地哭泣。餐厅的人都扭头看着,目光像探照灯照着他俩,仿佛照着两只用于实验的瑟瑟发抖的小白鼠。他一阵恐慌,赶紧戴上墨镜、口罩,扶着她离开。

　　坐到车里,她的哭声小了一些。他想她的离婚后遗症终于爆发了。这个世界就是这样,你不爆发她就爆发,反正总会有人爆发,但令人啼笑皆非的是他竟然要为她的虚构买单。她仿佛看透了他的心思,说不要怀疑我的记忆,我的记忆就像母亲那样可靠。他无语,都不知道该把车开往何方。他停住车,打开空调等待她情绪好转。等待中,他想她刚到的时候曾跟我比对过记忆,我们都确定没有绿过他们,可仅仅半个月她便改口了,原来记忆是为需要服务的,就像历史任人打扮。

第七章　生　意

51

十五点,黄秋莹准时推开冉咚咚的房门。冉咚咚朝她身后看了一眼,问吴文超呢?黄秋莹喘着粗气,好像刚刚爬了几十级楼梯似的。冉咚咚请她坐下,为她倒了半杯温水。她端杯子的右手明显颤抖,仿佛整个人整个房间都跟随她的手抖动起来。看着她紧张的样子,冉咚咚想吴文超是不是跑了?黄秋莹一口水没喝就把杯子放到茶几上,说冉警官,你真能对他宽大处理吗?冉咚咚说前提是他必须自首。她说你也有孩子,如果你的孩子犯了错误你会带她去自首吗?

"会。"冉咚咚不假思索,但回答后立刻不爽,觉得黄秋莹的类比是心理绑架。她没有遇到过这样的难题,无法预测遇到后的真实反应,而且也不想遇到,哪怕仅仅想一想都是对女儿唤雨的玷污。唤雨纯洁得像个天使,她怎么会犯错误?

"可我为什么有一种出卖他的感觉？"黄秋莹说。

"这是道德困境，人人都有，就像母亲和丈夫同时掉进水里你先救谁那样难以选择，就像伦理学研究的'电车难题'那样让人为难……按常理，母亲舍不得交出孩子，但那必须是没有犯错的孩子。如果孩子犯错了你就必须惩罚，否则他会一直错下去，错到连挽救的余地都没有。你是老师，假如学生问你这个问题，你的回答肯定也和我的一样，这是标准答案，我们都无权篡改。一旦篡改，你的心会不安，他也会提心吊胆一辈子。没有绝对正确的选择，只有比较后的相对合理。只要比较，你就会发现自首是他最好的选择。"

黄秋莹沉默了，与其说她被冉咚咚说服还不如说她自己说服了自己。她在把吴文超叫回家来之前就已经说服了自己，这两天她无时不在自我说服，之所以现在还在犹豫是想寻找外部认同。没有第二条路可走，她把吴文超从地下停车场叫了上来。当吴文超被邵天伟和小陆押走的时候，她忽然放声大哭，追出门去，说文超，妈对不起你……哭声越走越远，直到进入电梯间后消失。

冉咚咚的腿一软，瘫坐在床上，体会着黄秋莹的体会，仿佛刚刚押出去的是唤雨而不是吴文超，这种幻觉越来越强烈，任她怎么抹也抹不掉，心里空空的，慌慌的，生起一阵阵不祥之感，仿佛要把她击垮。她赶紧给慕达夫打电话，说老慕，我们订离婚协议的事你跟唤雨说了吗？慕达夫说没有。她说千万别说了，唤雨还小，经不起这样的打击。慕达夫说你不是说你已经跟她说了吗？她说那是唬你的,唤雨呢？慕达夫说在学校。她说你立刻到学校去,我要跟她通话。慕达夫说放学以后不行吗？她说不行,我必须马上听到她的声音。慕达夫说那我现在就去。挂完电话,她发现手机湿了,掌心里全是汗,就连额头以及后背都冒出了一层细汗。她想我是不是病了？关键时刻千万别病倒。她想站起来,但站了几下才发现自己身体虚弱,身子摇晃了一下。直到确定已经站稳,她才扶着墙壁走进沐浴间,冲了一个热水澡。

　　半小时后,他们离开了兴龙县。小陆开车,冉咚咚坐副驾位,邵天伟和吴文超坐后排。大家都不说话。冉咚咚看着窗外的远山近树,郁闷的心情稍有好转。忽然她的手机铃声响了,是慕达夫打来的。她按下接听键,把手机贴近耳朵,唤雨的声音传来,一股幸福的酥麻顿时传遍全身。"妈妈,我想你。""妈妈也想你。""你什么时候回来呀？""正在回来的路上,你没跟同学吵架吧？""没有,同学对我可好啦。""身体好吗？没生病吧？""好着呢,每餐吃一碗饭,一天喝一杯牛奶,吃一个苹果。""觉睡得怎么样？""一觉睡到天亮,连厕所都不上,爸爸每天早晨都夸我。""瘦了还是胖了？""不瘦也不胖,妈妈你快点回来,我要去上课了。""去吧,宝贝,妈妈回来了带你去游乐园。""妈妈再见。""再见。"

　　通完话,她堵着的胸口一下就开阔了,心里有了一种踏实感,就像空着的地方填满了沙土,滑坡的地方砌上了挡土墙,证据不充分的案件补足了证据。她闭上眼睛想休息一会儿,但忽然心生愧疚,是那种自己吃饱喝足了而别人还饿着肚子的愧疚。于是她睁开眼睛,朝车内后视镜瞟了一眼,看见吴文超全身颤抖,嘴唇紧咬,发红的眼眶里噙满泪水。她说想哭就哭出来吧,谁没哭过,别不好意思。哇的一声,吴文超的哭声像开闸的水一泻千里。十年才回家他没有哭,跟母亲告别时他也没哭,直到现在他才哭。他哭着说妈妈,你为什么要抛弃我?为什么?为什么你从来不问我生没生病、吃不吃得香、睡不睡得好……他哭得撕心裂肺,仿佛要哭出灵魂。

52

回到局里,冉咚咚立刻对吴文超进行讯问。吴文超说今年二月二十号,星期六,晚十点,我在公司加班,徐海涛提着一个鼓囊囊的帆布口袋来见我。这之前,我只远远地见过他几次,都是在半山小区大门前的停车场,他接送夏冰清时偶尔会钻出来为夏冰清开车门,但我从没跟他接触,连话都没说过。他五官端正,身体壮实,喜欢抽烟。他把帆布口袋重重地摔在办公桌上,像个熟人似的坐在我对面,说我观察你已经很久了。我吓了一跳,问他为什么要观察我?他说因为你是个人才……我听到过有人称我"鬼才",有人说我"聪明"或者"小聪明",可把我称为"人才"还是第一次,心里难免小高兴,对他的警惕一下就解除,甚至想接着往下听,但他偏不接着往下说,就像好处不能一次给完。话只说了半截他便掏出一支烟来吸,公然蔑视摆在桌上"请勿吸烟"的牌子。看他吞云吐雾的样子,好像这个办公室是他的。我咳了两声,他没在意,就去开窗。他说关上关上,把窗帘也给我拉上。我拉上窗帘,回到座位。他说你哪来那么多话呀?我说不是你一直在说吗?他说我指的是你跟夏冰清哪来那么多话?我说你应该去问夏冰清。他说没兴趣,只是随口一说,你帮我叔策划的生日会蛮好,看得我的眼睛都涩涩的。我问他在哪里看到?他说管我在哪里看到,你收了夏冰清多少钱?我没回答。

抽完那支烟,他忽然把张开的右手掌递到我面前,说我有一巴掌的生意,你愿不愿干?我问巴掌后面几个零?他说五个,也就是五十万。像我这样的小公司,一下来了这么大的生意,心里那个高兴劲差点就脱颖而出。好在我积累了一点谈判经验,强行捂住内心的喜狂,说那要看是什么生意?他说你的强项,搞个策划。我问策划什么?他说让夏冰清不再骚扰我叔叔,永远也不要骚扰。我说不让她骚扰都挺难的,更何况是永远不要。他又点燃一支烟,把烟灰弹到纸巾里,仿佛在抗议我不给他拿烟灰缸。我说我又不能天天跟着夏冰清,怎样才能让她永不骚扰?他说我要是知道怎么做还出钱请你?我说给点暗示。他说没有暗示。我说你身体这么壮实,这事你应该自己干,而不是找我这种瘦弱型的。他说你什么意思?我说那你什么意思?他用指头敲了敲脑袋,说这不是力气活是脑力活,除了不杀她,什么办法都可以用……

"你确定他说过这句话吗?"冉咚咚打断他。

确定,他说,听徐海涛这么一讲我就感到胸闷,特别他说了"杀"字,这个字就像一把刀顶着我的后腰,让我感到不舒服,尽管他在前面加了"不"。我说这是不可能完成的任务。他拉开帆布口袋,让我看里面一坨一坨的新钱,说既然有才华,干吗不挣?我的眼睛噌地亮了,恨不得把那些钱立刻赚过来,不瞒你说,像我这种没爹爱没娘疼的孩子,除了爱钱就不知道爱什么了。我问袋子里一共有多少现金?他说五十万。我说你是一次付清吗?他说先付五万,事成之后再付四十五万。我笑了一下,说谁还缺五万呀?他说那你想要多少?我说至少先付三分之二。他说哪有这样做生意的,最多先付十万。我摇摇头。他又抽了一支烟,说看你像个诚实人,先付你十五万吧。我还是摇头。他伸手去关钱袋子,但手伸到一半又收了回来,说要不先付你二十万?否则我就找别人了。我说如果别人能办你不会找我,能办这事的人不仅要跟夏冰清熟悉,还要获得她的信任。他重新看了我一眼,微微一笑,说果然是个聪明人,这样吧,先付你一半,这是我目前能够做到的极限了。我想不能再摇头了,如果再摇头这些钱就要跟我说拜拜了。他见我不吱声,知道是默认,便从袋子里拿出二十五坨摆在桌上,要我写个收条。我当场写给他。他把收条丢进帆布袋,提着剩下的钱离去,快出门时,他说这一半我先帮你收着。事后,我慢慢回忆,发现他很会谈判。他怕我不接单,故意把五十万元全都拿来给我看,刺激我的欲望,然后又一点一点地抠首付……

"你的收条是怎么写的?"冉咚咚再次打断。

今收到徐海涛首付策划费二十五万元整,他说,除了这十几个字,一个多余的字都不敢写,生怕产生歧义或误会。但收下这笔钱后我一直坐立不安,就像收下一个肿瘤,也不知道是良性还是恶性。我一面想挣钱来付我的房款,一面又害怕完不成他交给的任务,为此我掉了不少头发。我掂量怎么去说服夏冰清?先后想了不下三种方案,却没有一个方案能够说服我,连自己都说服不了又如何去说服她?

"你能说说是哪几种方案吗?"冉咚咚问。

他说太幼稚了,都不好意思说出来,比如先在她面前丑化徐山川,每天都曝光徐山川的黑料,直到把徐山川全面洗黑,让她一看见徐山川就恨不得扇他耳光;然后,再用循序渐进的方式为她规划一个美好的未来,告诉她像她这么优秀的人应该找一个诚实的专一的男士。为此,我打算请人不停地跟她相亲,从跑龙套的演员到公务员到运动员,只要诚实专一的都可以给她介绍。我像平时搞广告策划那样在黑板上画出密密麻麻的线条,结果没有一条线是直的。问题出在诚实专一上,一般诚实专一的人都是些老实人,他们显然入不了夏冰清的法眼,况且表面老实的人也未必就真的老实,他们要是坏起来也许比谁都坏。那么,能不能出大价钱请一位帅哥去勾引她?把她的注意力或者说情感依赖从徐山川的身上转移过来,哪怕转移半年或几个月,但这个想法在我脑海仅停留两天就被划掉了。凭我对夏冰清的了解,光帅是吸引不了她的,否则她怎么会爱上徐山川,徐山川一点都不帅,帅的是他有钱。因此,唯一的可能就是找一个比徐山川更帅更年轻更有钱的人来爱她。去哪里找这样一个人?简直比找不好色的男人还难。现如今,只要拥有其中一项的人都不会愁娶,更何况集三项于一身。于是,这个想法也被我划掉了。那段时间,我即便走路、吃饭、睡觉、喝咖啡或聊天都在想解决方案,越想越发现自己能力有限,越想越感到自己渺小,忽然发现徐海涛是个挖坑高手。

"你认为徐海涛给你挖了什么坑?"冉咚咚问。

他说只是怀疑,没有证据。冉咚咚说我们想听听你的怀疑。他犹豫,低头看着地板。她说你到底怀疑徐海涛什么?他说我怀疑他想借刀杀人。她说为什么?他不是强调你别杀夏冰清吗?他说这正是他的狡猾之处,因为我想来想去,只有杀人灭口才能让夏冰清永不骚扰,但徐海涛为了逃避责任故意说反话,想把我套牢。她说你进套了吗?他说谁会那么傻,猎物一旦发现陷阱都晓得绕道走,何况是我。说这话时,他憔悴而绝望的脸上不经意地露出一丝得意,似乎在佩服自己。她对这个表情反感,觉得施害方的智力炫耀就是对受害方的不敬,哪怕这个炫耀只有一点点。

53

　　第三周,吴文超说,我想到了一个策划案。他一直把这件事当策划,有意无意强调这是一桩生意,目的是想掩盖谋害。冉咚咚看透没说透,先让他的讲述飞一会儿。他说我的灵感来自刘青,刘青是我大学同学,当时在 A 移民中介公司上班。他身高一米七八,微胖,手粗腿粗,掰手腕班上没有任何人掰得过他。冉咚咚想为什么要说掰手腕?他又在强调力气。他说但是刘青的口才不好,一紧张就结巴,虽然他长得帅。毕业后他应聘过无数单位,每次都进入面试,但每次都被刷了下来,原因是他回答问题时太紧张,说话断断续续,关键时刻每个字都有回响。很奇怪,当他与熟人、朋友或家人聊天时舌头是薄的,话滑得就像泥鳅,吹起牛来不用打草稿,可一旦遇到陌生人或面临紧要关头,他的舌头立刻就变厚,话卡得就像卡带,每个字都要响两遍以上。每次结巴他都想用下一次来纠正,可当下一次机会来临时环境变了考官变了,他的老毛病又犯了。没办法,他只能在家啃老,每天都被父亲冷嘲热讽。他父亲在市图书馆工作,看了许多书,政治的经济的文学的都看,说起话来声音不大却绵里藏针,刘青常常把他父亲的话比喻为"暗器"。看见刘青打游戏,他父亲说没关系,老一辈也打,但他们打的是江山,你打的是未来;看见他窝在家里不出去找工作,他父亲说守业比创业更难,我买了这套房子,你就守这套房子;看见他的房间乱糟糟的不收拾,他父亲说今天的邋遢是为了明天的干净,今天的懒惰是为了明天的勤奋,这就是唯物辩证法;看见他隔三岔五跟他母亲要钱出去会女朋友,他父亲说真正有本事的不是花自己的钱,而是花别人的,就像大老板们花的都是银行的贷款。被父亲讽刺多了,他也曾反击,说别人找工作拼的是爹,我明明有个爹却拿不出手。他爹哪里受得了他的"暗器",第二天就从图书馆借了四本励志书,放到他的游戏桌上。他哪有心思读这些书,但他每反驳一次他父亲就在他桌上放四本,要求他必须读,并不定期交流读后感。桌上的书越堆越多,多得桌面都压弯了。看着那些厚厚的书本,他不再反驳他父亲,因为他觉得图一时嘴快换惩罚性阅读,简直就是在做亏本生意,哪怕只读读那些著作的大标题与小标题,他都觉得堪比公司破产。于是,他像母亲那样变得沉默寡言。他母亲一直讲不过他父亲,结婚后不久便养成了不发言不表态不争论不交流的"四不习惯"。五年前他母亲从企业下岗了,现在除了做家务,剩余的时间就去跳广场舞。

跟母亲要钱太频繁他不好意思,便跟表姐借。他表姐知道他借钱是老虎借猪,每次只借百把两百元,但借的次数多了她也不想借了,就把他介绍到自己上班的 A 移民中介公司。公司给他的条件是没有基本工资,只拿项目提成,也就是他做成一单就拿这单的提成。移民中介靠的是一张嘴,帮他介绍这份工作简直是拿他到火上烤。好在他没有畏惧,而是尽量少说话多提供材料,少劝说少灌输多留时间给顾客思考。虽然大部分客户喜欢找嘴巴甜的中介,但也有极少数喜欢找像他这样话不多看上去显得诚实的。他做的就是极少数人的生意或者熟人的生意,偶尔做成一单,勉强可以挣够饭钱和维持日常开销。虽然他经常来跟我吃饭聊天喝咖啡,但从不跟我借钱。在我面前他尤其重视尊严,宁可在家待业也不愿意到我的公司上班,我诚心邀请过他。他越是不在我面前说他的困难,我就越明白他不服气,尽管我比他混得好,这也是我们心里始终隔着一层纸的原因。他这么自尊,一是因为他长得比我高帅,二是因为读大学时他曾因为爱情风光过。我们的班花叫卜之兰,好多同学都喜欢她,但泡上她的不是别人却是刘青。刘青先不跟卜之兰说话,在班里能不开腔他就尽量不开腔,等全班同学都混熟了他的话才慢慢多起来。当时,他父母对他的未来充满了夸张的想象,经济上无条件地给予支持,虽然他不富裕却也不缺钱花。恰巧,卜之兰不是物质女孩而是帅哥控。于是,两人动动眉毛眨眨眼睛便好上了。他们出双入对,撒狗粮,秀恩爱,引来全班同学嫉妒。有人面对别人的嫉妒是尽量收缩自己,而有的人却把别人的嫉妒当作成绩尽情享受。他俩属于后者,就像那些"凡尔赛"。

"凡尔赛指什么?"冉咚咚问。

他说这是网络上的梗,名称来自一本名为《凡尔赛玫瑰》的漫画,画里的生活华丽高贵,有人就用"凡尔赛"代替貌似过着这种生活的人。他们在自媒体上假装抱怨,其实是为了炫耀,往往用正话反说的方式来表扬自己,比如明明自己很瘦却说自己胖了,坐着豪车却说这车可惜有点窄,买了名牌包包却说价格没想象的那么贵,反正就是变着法子自恋。刘青和卜之兰就有凡尔赛性格特征,当然他们炫耀的不是财富而是爱情。比如有一次,刘青在朋友圈晒一张卜之兰帮他洗衣服的照片,还配发了一段文字:"女人漂亮有什么用?既不跟我谈哲学也不跟我谈诗歌,偏要帮我洗衣服。"卜之兰秒赞,留言:"讨厌,要是知道你不喜欢漂亮的,我就叫我妈把我生丑一点。"又比如刘青在朋友圈晒一束玫瑰,配文:"这花那花不如班花。"卜之兰就在下面留言:"这草那草不如班草。"再比如,刘青晒了一张他们的合影,配文:"有人说他们是天生的一对,我看未必。"卜之兰立即留言:"虽然我也听到了,但我就是不发圈,难道你不晓得说真话会招人嫉恨吗?"这种假装谦虚实为自夸的体裁,渐渐演变为"凡尔赛文学"。刘青和卜之兰知道我们嫉妒他们,但我们越嫉妒他们就越拉高恋情。他不止一次跟我讲别人嫉妒多了就会变成嫉羡,即又嫉妒又羡慕。他认为我是唯一不嫉妒他的人,因为按身高按长相我还配不上嫉妒他。虽然我心里不爽,但又不得不默认他的这一认知。他不明白喜欢美好是人的天性,包括喜欢美丽的同学,不管自己配不配得上。

我们成了朋友,这种关系一直保持到毕业后。今年三月下旬,他到公司来跟我聊天,我忽然想为什么不让夏冰清移民?这个灵感像一道闪电划过我的脑海,让我全身悄悄兴奋,兴奋到悄悄战栗。我抑制不住内心的欢喜,免不了多看他几眼,发现他的笑容如此憨厚,竟洋溢着一种值得信赖的可爱,真是好想法产生好心情,好心情加深好友谊。当晚,我就想跟他谈这个构思,但我拍了一下脑袋让自己冷静下来,我得先摸摸他的底。

我通过他认识他的表姐,再通过他表姐了解到他与卜之兰早就分手了,原因是卜之兰嫌弃他没有稳定的收入。他在中介公司也干得不好,一是因为他不会忽悠,二是因为他不想忽悠。摸清他的底细后,我把他约到公司喝咖啡。我说我手上有一单十万元的生意,你想不想做?他连眼皮都不抬一下,说那要看是什么生意?没想到他比我还能装。我说劝一个美女移民,如果劝不动就跟她恋爱结婚。他说美女有两种,一种是真美女,一种是我爸说的美女。我从手机里翻出夏冰清的照片给他看,他说劝她移民我可以理解,让我跟她恋爱结婚令人可疑。我说这是别人交给我的任务,因为我完不成,所以想把这单生意转给你。他问老板的终极目标是什么?我说让她永远不再去骚扰他,她是他的情人,现在他烦她了。他说十万元费用怎么支付?我说先给一半,完成任务后再给一半。他说让我认真思考七十二小时。

但他只思考了二十四小时就到公司来找我,说愿意接下这单生意。我说据我所知,你在公司的业绩一般,你有把握劝她移民吗?他嘿嘿一笑,说不是还有美男计吗?我说她看不上你,让她移民才是你挣到这笔钱最靠谱的办法。他说这个不敢保证。我说我有方案也就是剧本,只要你按我的剧本走,十有八九会成功。他问什么剧本?我把方案跟他讲了一遍,他说行,那我就按你说的做。

"把你的方案跟我们讲一讲。"冉咚咚说。

"别急,我会全部坦白。我知道坦白从宽抗拒从严,"他喝了一口水,"但是,现在我想上一趟厕所。"

54

十分钟后,讯问继续进行。吴文超说我设计的第一步是"巧遇"。夏冰清不像从前那样经常来我办公室喝咖啡了,尤其是我帮她策划了徐山川的生日会之后,而且偶尔来也不像从前那样口无遮拦,仿佛她不是原来的她。四月上旬的一个下午,具体哪天我记不清了,她出现在公司的大门口,回头望了一眼才走进来。她说能不能把窗帘拉开?由于工作太忙,我都没注意窗帘是关上的。冉咚咚想一定是接了徐海涛的生意后才不敢拉开窗帘的,人的心一旦阴暗就怕见光。他说我拉开窗帘,自然光照进来,半山小区的大门车来人往。我给她煮了一杯咖啡,她闻了闻,说没从前的香,一口都不喝,好像咖啡里有毒。冉咚咚想为什么用这个比喻?难道他潜意识里想过在咖啡里下毒?我对她说咖啡没变,是心情改变了你的味觉。她用怀疑的眼神看着我,说文超,我跟你说了那么多不该说的,你没告诉别人吧?我说告诉别人我能得到什么好处?冉咚咚想反之,如果有好处是不是你就出卖她的秘密了?他说夏冰清这次来找我就是要我为她保守秘密。她说我和徐山川的关系越来越复杂,我的事你千万别跟人讲,经历了这么多,我都不敢相信任何人了,但你是个例外。我说放心,你的秘密早就烂在我的肚子里了。她说感谢不卖之恩。

事实上,我从来没跟谁说过她的秘密,要不是为了配合你们调查案件,我也不会跟你们讲得这么详细。我见她不喝咖啡,就给她拿了一瓶矿泉水。她看了看矿泉水的标签以及密封的瓶盖,扭开,咕咚咕咚地一口气喝了半瓶。冉咚咚想她为什么不喝咖啡而喝矿泉水?说明她开始警惕别人提供的饮品了,包括警惕她信任的人。他说进门后她一直心神不宁,久不久便朝身后看一眼。她说有人想杀我,我该怎么办?我说谁有那么大的胆子?是不是压力太大你出现了幻觉?她说有人跟踪我,而且徐山川不止一次提醒我出门小心,每天我都觉得好像要出事了,吃不香,睡不踏实,一晚上要起来看几次大门反没反锁,窗口关得严不严实。我说如果心里很紧张身上又出虚汗的话,那最好去看看医生。她说糟糕,医生又不管案件。我劝慰她,但她好像一句都没听进去,整个人坐立不安,一会儿挠头,一会儿摸鼻子,一会儿挪屁股,一会儿看手机,人在这里心在别处。

"她跟你说过什么人跟踪他吗?"冉咚咚问。

"没有。"

"她说没说过徐山川怎么提醒她?"

"没有。"

"你继续。"

他说我们正聊着,刘青夹着包走进来。刘青是接到我的短信后赶来的,我想让他们巧遇。刘青说吴总,你的方案已经做好了,是现在看还是……夏冰清站起来欲走,我说是个移民方案,如果有时间请你帮着参考参考。她犹豫了几秒钟重新坐下。我怕她怀疑,不敢隆重介绍,只轻描淡写地说了一声这是刘青,这是夏冰清。他们相互点点头。刘青把U盘插入我的电脑,把"吴先生移民方案"投射到墙壁上。他做了三个选项,第一个移民美洲,第二个移民欧洲,第三个移民亚洲,而在亚洲的子目录里,新加坡是重点介绍的国家。

看完方案,我让刘青先走,然后问夏冰清如果她是我,会选择移民哪里?她说新加坡。我问为什么?她说新加坡治安好,干净漂亮,华语可以通行,生活饮食习惯接近……她每说一个优点我就点一下头,点了十几下,她突然问我为什么要移民?我说我压根儿不想移,因为刘青拉不到生意天天来磨我,我就让他做个方案看看,没想到他当真了。我一个做广告生意的,到了外国没法挣钱,倒是你这样的白富美适合出去享受生活,反正又不缺钱,来去自由,既可躲避别人的跟踪,又可省去感情上的纠结,像你这样的条件在新加坡找个高富帅还不是点点头的事。她一下就坐稳了,手上的小动作也没了。我把方案又放了一遍,她说你能把刘青的电话号码给我吗?我拔出U盘递给她,说方案后面就有刘青的电话号码,他是单身汉,人又长得帅,你别移民没弄成感情被他骗了。她笑了笑,说我有那么轻浮吗?

我设计的第二步是"憧憬",就是要让她看到移民后的远景,包括就业买房结婚生子以及孩子上学等等。资料刘青事先都准备好了,说服夏冰清的方案我们共同商量了两次。我告诉刘青一定要倒着说,就是先说新加坡有两所亚洲一流的大学,然后再说中学、小学、幼儿园如何如何好,任何一位女性只要你一说学校她就会联想到孩子,这时你再说结婚生子,再说买房,就业。许多看似困难重重的事情,只要你一倒着说或者反着说就迎刃而解。就业我们重点推荐她开办一家华语儿童培训中心,新加坡的官方语言是英语,但华人占74.2%,他们即便把英语说得再溜也要让下一代记住母语。

三天后,刘青跑来见我,说夏冰清找他了,他把我们事先准备的方案给她演示了一遍,她表现出浓厚的兴趣,甚至开始询问中介费多少,从提出申请到获准移民大约需要多长时间等具体问题。汇报完,刘青做了一个数钱的动作,意思是想跟我拿五万元定金。我让他等一会儿,出门给夏冰清拨了一个电话。我说前次劝她移民很不礼貌,希望她别见怪。她说哪里哪里,感谢都来不及,我准备正式委托刘青帮我办理移民手续。挂了电话,我回到办公室,从保险柜取出五万元交给刘青,反复嘱托他如果办成了还有五万,如果搞砸了五万元必须退给我。他接钱时激动得双手发抖,还把其中一坨撒落在地板上。他蹲下去捡钱,一个劲地表示感谢,不停地说照办。

当我听到夏冰清说想移民的时候,心情就像冰河解冻,紧张的情绪顿时舒展,仿佛春天来了万物复苏,仿佛绑久了的手脚突然松开,可以做扩胸运动了。说真的,徐海涛把这么大一个难题甩给我,连我自己都怀疑是不是可以完成?我想赚钱又不想伤害夏冰清,但鱼和熊掌不可兼得,没想到一个好的策划帮我解决了两者的矛盾。当晚,我请刘青喝了几杯。平时我不喝酒,但那晚我喝多了。我对刘青说夏冰清挺可怜的,她再也经不起伤害了,希望你做这单生意时不要骗她。那晚,我鼻子酸酸的,把自己给说哭了。

55

吴文超说十天后刘青又来找我。刘青说夏冰清已跟他签订了委托办理移民合同,还付了定金。我想这事成了,一想到成事后徐海涛还得支付二十五万元,我就像谈恋爱的人提前进了洞房那样兴奋。我一边兴奋一边紧张,突然有了一种赚钱赚得太快的罪恶感,也就是"道德恐怖症"。但我太需要钱了,我需要按揭住房,需要维持公司运转,需要给职工发工资交保险,需要向抛弃我的父母证明我会活得比他们好。我想为什么徐海涛、徐山川没有"道德恐怖症",而我赚了一点小钱就恐怖得心里像发生了九级地震,整个人都跟着摇晃?冉咚咚想你恐怖的不仅是赚钱,还有可能害怕发生意外,也许从那时起你就预感到了会出人命。他说我告诉刘青绝对不能有半点闪失,否则你就白干了,人不怕挣不到钱,怕的是挣到了钱还要吐出来。他嘴一撇,露出满满的自信,说放心,夏冰清正一步步走向我们的预期。我问他这事办妥需要多长时间?他说移民新加坡有三种方式:投资移民、创业移民和技术移民,夏冰清选择投资移民。投资移民速度最快,只需等待六到八个月,但投资额度要两百五十万新币,也就是一千万元人民币左右,目前她还凑不够这个数,需要时间筹款。我问其他移民方式需要多长时间?他说两年左右。我说尽快,周期越短利润越高。

五月中旬,好像是五月十二号,中午,徐海涛到我办公室来,说我工作不力,夏冰清不仅没有停止对徐山川的骚扰,反而越来越频繁,甚至还逼徐山川给她一笔巨款。我跟他解释,说夏冰清确实需要一笔钱,否则没法移民。徐海涛说你是策划她不骚扰还是跟她合伙诈骗?如果要付给她那么多钱我找你干吗?想一想时间快成本低的办法,必须在两个月内搞定。我说我再想想。他气呼呼地离去,走到停车场又返回。我以为他是回来补充批评我的,紧张得头皮都硬了,但他伸手一抓,我才发现他是回来拿车钥匙的。压力产生幻视,我竟然没看见办公桌上有车钥匙,好像车钥匙是他伸手时变出来的。当晚,我就把刘青叫到办公室了解情况。他说夏冰清还在筹款。我说时间不允许等得太久,能不能找一个移民成本又低时间又快的国家推荐给她?他说塞浦路斯,只要在那个国家购买一栋三十万欧元的房子,两个月就可以获得绿卡,但夏冰清说那个国家太远了,来回不方便,语言也不通,而且她父母也不适应那里的生活。她不是一个人在移,而是要和父母一起移。我问他还有没有别的办法？他支支吾吾，说夏冰清可能爱上他了。

我惊讶之余不信，说夏冰清对你有什么具体表现？刘青说她来公司订中介合同那天坐在他的左手边，因为合同的条款要修改，所以两人就凑在一起看。看着看着，他感觉左膀子有点热，轻轻一让，那团热又跟上来。那团热就像满格的Wi-Fi信号，太强烈了。它是夏冰清的右乳，贴着挺舒服，他就不再让了，还故意把膀子压过去。开始它还礼貌性地闪躲，可渐渐地它就不躲了，还在他膀子压过去时主动迎上来。一来二往，两个小时内，膀子和右乳便产生了友谊，仿佛谁也离不开谁似的，直到订完合同它们还靠在一起。刘青说仅凭这点表现他不会相信她爱上他，问题是订完合同后她约他去吃饭，说是要好好庆祝一下。他们庆祝的地方是公司对面的长来饭庄，坐的是卡座。他说吃饭的过程中，她一直在试探他愿不愿意跟她一起移民。她说她一个人带着父母，连个帮忙的人都没有，要是有一个像刘青这样的男人一路同行，那她移民的信心就更足了。尽管她表现得那么直白，但他仍然不敢相信她是爱他，也许是她寂寞了想找个人填空。后来，她约他看了一场电影，恐怖片，她吓得全程都捏着他的手，特别紧张的时刻她竟然扑进他的怀里，一连扑了几次，每一次她的脸都摩擦他的脸，他忍无可忍就把她给吻了。我问他后来呢？他说他还在且听下回分解，因为电影是前天晚上看的。

吴文超歇了一口气，喝了一口水，说我忽然想扇刘青一巴掌，但我没有理由扇他。我跟他说你最好别碰她，她的背景很复杂,一不小心你就会把自己赔进去。她不会真的爱上你,即便有些小动作那也不是爱情而是在寻找刺激。我承认我的策划有瑕疵,让她移民和让你勾引她恋爱结婚是矛盾的,两者不兼容,因为你只要跟她恋爱结婚她就不会移民,只要她不移民就有可能再去骚扰那个老板,只要她继续骚扰老板我们的任务就没有完成,只要任务没完成你就得退钱。我在警告他的时候心情万般复杂,好像自己突然没有了主见,我不想让他吻她的念头比做成这单生意的念头更为强烈,甚至想跟他毁约。我心生妒忌,发现暗恋夏冰清的程度远远高于自己的判断。认识她那么久,说过那么多话,我连她的手指头都不敢用力捏一捏,但是现在我竟然把她送进了刘青的怀抱,而且还付刘青酬金,怎么想怎么不爽。刘青问那你的意思是……我说只让她移民不许发展感情,否则你退出。他说这有什么难的,漂亮的女人我又不是没碰过,问题是你说移民已经来不及了,所以我才帮你想了一个办法。我问什么办法?他说私奔。我说跟谁私奔?他说跟他。他说他曾经跟夏冰清描述过另外一种生活,就是到一个类似"世外桃源"的地方,过陶渊明似的佛系生活。那里有村庄,有牧场,有牛羊,有蓝天有白云,有钟声,有弯弯的小河和弯弯的月亮,还有那心爱的小伙和姑娘,但没有电视没有手机没有任何外界干扰,无忧无虑无烦无恼。她听得眼睛都大了,满脸都是向往的表情。我问他真能把她带走吗?他说只要给他一个月,保证还我一个惊喜,前提是把后面那五万元也付了。我说事还没办完呢。他说没钱做不了陶渊明,更不可能带上她。

想了半小时,我打开保险柜又付了他五坨,说这事就交给你了,我也没精力管了,希望你把她带到一个如诗如画的地方,越远越好。与其说我相信你,不如说我相信她,因为她有太多不愿意面对的事实,隐居无疑是最好的选择。你好好照顾她,让她幸福,别让她痛苦,祝你们白头到老、儿孙满堂。冉咚咚想人间哪有这么好的地方,你说的分明是天堂。吴文超说刘青抽了抽鼻子,眼眶有点湿,说从来没人这么相信过他,包括他的父母,也从来没人一下给他这么多钱。我说从此以后你别再找我,我也不找你,最好连电话也别打,如果听到你进展不顺的消息我会很烦。虽然我还远未到男人更年期,但我已经养成了不愿意听坏消息的习惯。他说明白,谁都不喜欢坏消息。离别时,他给我一个大大的熊抱,抱得我都快窒息了才松开手。

56

"你是什么时候知道夏冰清遇害的?"冉咚咚问。

吴文超的眉头轻轻一皱:"六月十七号晚上十一点左右,半山小区来了一辆警车,又来了一辆警车,警车停在夏冰清租住的那栋楼下,我看见有人在楼下围观,就怀疑夏冰清是不是出事了,立即上网搜索,发现你们在几小时之前已经发布寻找受害人线索的消息。第二天,小区的保安证实警察勘查的就是夏冰清的租屋,门口还贴了封条。"

"为什么你会怀疑是夏冰清出事?"

"直觉或者预感,反正脑海里第一个跳出的念头就是她,也许是担心她,也许是因为知道她一直有自杀倾向。"

"之前我们曾多次对你进行询问,为什么你没告诉我们关于徐海涛找你策划这件事?"

"我怕惹麻烦,怕你们怀疑我作案,所以没敢讲。"

"你参与作案了吗?"冉咚咚逼视他。他迎着她的目光:"没有,我没有参与作案。"

"那你为什么害怕?"

"这事就像蟹黄沾上了裤裆,不是屎也像屎。虽然我没有参与作案,但我收过徐海涛的策划费,又委托过刘青帮夏冰清办理移民。尽管我只是在做生意,但怕你们不相信我。"

"你想到过夏冰清会是这样的结局吗?"

"没有。我想到过她跟徐山川结婚,想到过她跟刘青私奔,想到过她有可能自杀或者移民,但绝对没想到这个结局。"

"你一说绝对我就警惕,这不是你的真实心理,如果要我相信,你必须把自己彻底敞开。我是跟你妈妈聊过通宵的人,她把你交给我就是信任我。信任很重要,我希望你能获得我的信任。"

他低下头,迟疑了两分钟:"对不起,我想到过她会被害,但我非常害怕她被害,我越是害怕她被害,就越不敢想她会被害,生怕想象会变成事实。我不仅想到她会被害,还想到过自己被害,父母外婆外公被害,凡是和我有亲缘关系的我都想到过他们会被害。我不知道为什么会这样。反正经常会这么想,一想就害怕,心里莫名其妙地紧张。"

"你怀疑过夏冰清是谁杀的吗?"

"刘青。"

"为什么怀疑他?是他这个人一直有暴力倾向还是别的原因?"

"我怕他完不成跟夏冰清私奔的任务,选择暴力。"

"你提醒过他或暗示过他别使用暴力吗?"

"没有。"

"那你提醒过他或暗示过他使用暴力吗?"

"不可能,我怕的就是暴力,这是要负法律责任的,再说夏冰清对我那么信任,在我公司困难时还请我做了一单生意,这种无情无义的话不要说讲,就是一闪念我都觉得对她不敬。"

"你真认为刘青有能力说服夏冰清跟他私奔吗?"

"我犹豫过,但在没有更好的方案时我只能选择相信,虽然我没有百分之百地相信,却强迫自己百分之百地相信。"

"你跟刘青有联系吗?"

"没有,自从我把第二笔策划款付给他之后就再也没联系了。"

"他联系过你吗?"

"没有。"

"为什么你们害怕联系?"

他没有马上回答,仿佛被问住了,也好像在找理由。他眨了几下眼睛:"我怕麻烦,既然已经把钱全部付给他,我想这事就应该由他来处理。这是生意上的规矩,谁拿钱谁干活。而且夏冰清爱上他了,他们都爱上了还有我什么事?不可能我出钱请他爱我我暗恋的人,还要听他讲那些相爱的细节,那会多难受。我们做生意的,大部分人都是做完一单就散伙,因为每做完一单双方都觉得对方占了自己的便宜,不愿意再见面。"

"你试图联系过他吗?或者说想没想过联系他?"

"在你们勘查夏冰清租房的那个晚上,也就是六月十七日深夜,我用公司的座机打过他的手机,但我听到的声音是该号码并不存在。他销号了,竟然没告诉我。"

"你为什么突然想打这个电话?"

"我怀疑他害死了夏冰清,想骂他。"

"你知道他现在躲在什么地方吗?"

"不晓得。"

"关于夏冰清爱上刘青这件事,你跟夏冰清核实过吗?"

"这是她的隐私,即便我想核实也不可能开口。"

"关于私奔这件事,你跟夏冰清核实或者试探过吗?"

"不可能核实。我当时的想法是多一事不如少一事,而且生怕一打听会引起夏冰清不必要的联想。她很敏感,自从跟刘青认识后,她就再也没跟我见过面。"

"她不跟你见面,你是怎么理解的?"

"我高兴呀,说明她不需要我这个听众了。她不需要我这个听众,要么是有了更好的听众,要么是再也没什么怨恨可以倾诉。像她那样的处境没怨恨似乎不可能,那就是找到了新的听众。新的听众没准就是刘青,虽然他的表达有障碍,但听觉一流。"

"刘青以前骗过你吗?"

"从来没骗过,他很讲信用,哪怕借我一本书或一支铅笔他都会还给我,这也正是我找他办这件事的原因。"

"徐海涛说他曾中途叫停这个策划,说是只要你停止,定金不用退。他叫停过吗?如果他叫停过,那是在什么时间什么地点叫停的?"

"放他的狗屁。他一共找过我两次,两次都是在我办公室。第一次是二月二十号,他委托我策划并付定金;第二次是五月十二号,他批评我办事办得太慢,警告我必须在两个月内完成。"

"你觉得徐海涛应该付你那二十五万元的尾款吗?"

"应该,因为他交给我的任务完成了,夏冰清不可能再去骚扰他的叔叔徐山川了。"

"你认为这个任务是你完成的吗?"

"不是,是我委托别人完成的。"

"也就是说,是你委托别人杀死了夏冰清?"

"我没有委托别人杀死夏冰清,我只委托别人不让夏冰清骚扰徐山川。我不希望发生不幸,但这个不幸却碰巧能证明我完成了徐海涛交给的任务。"

"你当时在电话里威胁徐海涛,说十天之内不付钱,别怪我出卖你。你说的出卖是想出卖什么?"

"就是吓唬吓唬他,没有具体的出卖内容。我当时想都出了人命,徐海涛肯定怕连累,一定会付我那笔尾款。虽然夏冰清被害不是我所愿,但既然她已经被害,生命已无法挽回,那我就不想便宜徐海涛,反正他有的是钱,而且我也想用这种方式惩罚他。"

"为什么想惩罚他?"

"因为这件事是由他引起的。"

"前面你讲述时,说徐海涛是给你下套子,是正话反说,是想让你杀人灭口,但你明知道这是一个圈套,是一个不可能完成的任务,为什么还敢接下来?"

"我认为能完成,也想出了解决问题的方案,但我没想到执行人违背了我的意愿。"

"难道你不是正话反说吗?你说移民说私奔,故意不说那个你想说却又不敢说的字,就是那个像一把刀顶着你后腰让你感到不舒服的那个字。你把世外桃源形容得像个天堂,这是不是在暗示刘青把夏冰清送进天堂?"

"那是你的理解,但不能作为办案依据,你不能把心理活动当作事实。"

"你觉得夏冰清的死你该负多少责任?"

"道义上我该负一点责任,事实上我没有责任,我没有叫谁杀她。"

"你没有责任那是谁的责任?"冉咚咚气得用力一拍桌子,嘭的一声,吓得吴文超和邵天伟的身子同时一颤。

57

列车一路向西,行驶在崇山峻岭之中。冉咚咚望着窗外,她好像一直望着窗外,自从上车后。十二月了,窗外的大地在阳光照射下色彩斑斓。一座座山峰不时闪过,山脚一层浅绿,树叶依然密实,仿佛不受季节控制。山腰一层金黄,黄得都焦了,焦得没有一点杂质。山的上部是一层红,一树一树的红得鲜艳。其实,颜色的分布没那么死板,尤其是红黄部分大都交叉,偶尔几株浅绿挺立山腰,夹杂在红黄之间像排错队的学生,看上去色彩更为丰富。冉咚咚的脑海忽地跳出"灿烂"二字,她发现阳光和大地的颜色是那么强烈,眼睛的辨析度仿佛提升了,凡是目光碰到的地方色彩都浓了一倍。除了树的颜色,好看的还有山的造型,有的圆,有的尖,有的秃,不时闪过一两座形似动物的山头,也有类似人物肖像或人体器官的山体划过。群山该疏的疏,该密的密,看似随意安排却又像精心布局,疏的地方延伸出缓坡,可以看见村庄,密的地方山脉一浪叠着一浪,与蓝天白云相互映衬,把整个天空都拉低了。小溪除了透明就是白,白是流动中翻起的浪花,仿佛看见就能听见它们潺潺的水声。遇到平静的河面或者湖面,里面盛满了颜色,蓝天和山坡有多少种颜色水里就有多少种颜色。美,冉咚咚在心里惊叹。

她不知道自己有多久没这么安静地欣赏山水和天空了，不说一年半载哪怕三年两载能有一次这样的欣赏或远行，那也有利于心灵的疗愈。结婚后她没到远方旅游过，开始那几年是为了照顾孩子，后面这几年慢慢养成了不出远门的习惯，即使有假期也宁可在家补觉，或做做家务，或走走亲戚，完全忽略了大自然对人心的修复功能，甚至都不相信它有这种功能。婚前，她跟慕达夫有过两次远游，但那时他们正处于热恋中，所有的心思都在对方身上，才不在乎身外的世界，旅游仅仅是个借口，亲热才是真正目的。因此，她觉得旅游不宜过早，而应该是在爱情开始淡薄的时候，这时，对方的魔力消失了，自己才会把注意力转移到景物上。看着美景她感到惭愧，为唤雨和慕达夫没有看到而遗憾，就像自己吃了独食那样不厚道。她真希望这是一次旅游而不是去捉拿疑犯，真希望同行的不是同事而是唤雨和老慕。可这个想法在她脑海没保留多久，便被邵天伟、凌芳和小陆的谈话打断了。他们说着闲话，扯着朋友和同事们的是是非非，眼睛都舍不得朝窗外看一眼，仿佛那些美景是他们司空见惯的茶杯或办公室里的打印机。

他们此行的目的是捉拿刘青。刘青在六月一日购买了一张直达云南昆明的动车票，之后他的身份证信息再也没有出现过。五月二十八日，他注销了他的所有社交媒体。三十一日晚，他与父母告别，说是跟同学到外省做有机农业，而且还把前景夸张地描绘了一番，认为只有这样做农业才能拯救广大的乡村,并列举了这个行业里三个发财的例子,仿佛自己就是那三个中的一个。他父亲说不就是去做农民吗,何必换那么多说法？此话一出,他们的交流就终止了。冉咚咚从后台查他注销的社交媒体记录,发现他经常跟一位名叫"守拙归田园"的博主互动。这位博主在香格里拉县城注册了一家网店,网上销售大米、黄豆、鸡、鸡蛋、木耳、花生以及菌类等绿色食品,并配发食品产地照片。刘青每隔两天就在照片下留言,像是博主的托儿。查博主本尊,竟是刘青的同学兼前女友卜之兰。从六月六号开始,卜之兰的社交媒体上经常晒出束束鲜花,且大都是玫瑰,有一种爱情即来的架势。从后台调看,卜之兰六月十九号下午四点曾发布一张绝美的山谷风景照,但五分钟后即删。她在这张照片前留言:"来了一位帮手,即将有自己的食品基地。"冉咚咚认为这个帮手就是刘青。

第二天中午,他们一行四人到达香格里拉县城,找到卜之兰先前租住的房屋。房东说她半年前就把房子退了,搬到乡下去住了,具体是乡下的哪里,房东也不是太清楚,但房东听她说过一个地名——埃里。冉咚咚找当地公安局协助,把卜之兰晒出来的那张山谷照拿给他们辨认。他们经过打听,比对,确定卜之兰和刘青住在离县城二十公里的埃里村,那张照片是埃里村的实景。次日下午,当地警察小姜开了一辆七座的公务车,带着他们直奔目的地。五点,他们到达埃里坳口,把车停进树林,打算天黑之后步行进村。大家或蹲或坐分散在林子里,被眼前的一幕惊呆,都忘记了说话。这是一片舒缓的山谷,一条清亮的小河从山脚流过,二十来户人家沿河错落有致地排开,家家户户都有耕地,在耕地的外围是大片枯黄的草坡,草坡上散落着星星点点的马匹和牛羊。沿着草坡往上是成片的森林,森林在西斜的阳光照射下五彩斑斓,在五彩斑斓的上方,是透明的蓝天和白得像棉絮一样的白云。鸡犬之声传来,三三两两的人在河边淘米、洗衣、担水,炊烟从各家的屋顶次第腾起,像一条条白色的飘带在风中摇曳。小姜指着河边的房屋,说你们要找的人住在右岸往下数的第五栋,就是门前屋后摆满花盆的那栋,那是阿都家的房子,阿都十年前进城当教师,房子一直空着,一年前卜之兰花了一万块钱把它买了下来,重新装修,半年前入住。冉咚咚想刘青真的找到了一个"世外桃源",简直就是神仙的居所,在这里,再烦的心事恐怕也会得到安抚吧。

天渐渐地黑了下来,像一块纱巾慢慢地挡住了眼前的景色,最后连自己也被罩在纱巾里。他们摸黑进了村庄,在狗吠声中敲开了房门。开门的是刘青,看见一下来了这么多陌生人,他的脸上掠过一丝惊慌。卜之兰不知内情,问你们找谁?冉咚咚说刘青。她仿佛有了不祥的预感,脸忽地沉了下来。

58

当晚,冉咚咚他们在县公安局分别对刘青和卜之兰进行询问。凌芳和小陆负责询问卜之兰,冉咚咚和邵天伟负责询问刘青。

刘青的球鞋上和裤脚上沾着零星的泥巴,两只手皮肤粗糙,手指手背上细小的黑色的浅痕横七竖八,那是干农活时留下的印记。他的头发长了,还蓄起了胡须,脸和脖子被高原的紫外线晒成了褐色,与冉咚咚在照片上看到的那张小白脸判若两人。仅仅离家半年,他就被"世外桃源"塑造成了另一个人。冉咚咚问了几个问题,他都没回答,而是眼巴巴地看着,好像冉咚咚说的是俄语。冉咚咚想是我问得不够巧妙还是他不想回答?她等待着,观察着,看见他憋得脖子都粗了嘴里也没蹦出一个字。她忽然想起吴文超说过他讲话不太利索,尤其是跟陌生人,特别是在有压力的时候。那么,他现在是在跟他的表达能力较劲吗?

"要不,你先别、别考虑,我的问题,"冉咚咚把语气变柔和,板着的脸也松弛下来,还故意把长句切成短句,仿佛在为他开口说话助跑,"或者,你想到什么,就说什么,凡是与夏冰清有关的,我们都想知道。"他的嘴唇动了动,连身体也摇晃了几下,像一辆熄火的汽车被人推着跑了几十米,引擎有了重新启动的欲望,但引擎终是没有响,就在冉咚咚即将失去耐心时,他突然爆出一句:"夏冰清不不不是,我我杀的……"有了这一句,就像恋人有了初夜,之后就再也不尴尬了。开始他说的是短句,每句都说得磕磕绊绊,好像嘴里含着一颗热石头,但他越说越流畅,越说句子越长。

他说我六月一号上午离开家,下午四点到达昆明火车站。卜之兰开车接我,直接把我接到香格里拉县城,当晚住在她的租屋,第二天就到了埃里,之后我就没有离开过埃里村,不信你们可以问卜之兰或者村民。夏冰清遇害,我是在网上看到的。对她的不幸,我深表同情,但也帮不上忙。吴文超要我帮她办理移民手续,她交了定金后又放弃了。她不是企业家,钱需要别人提供。她跟我订中介合同好像不是为了移民,而是要拿合同去跟别人要钱。我催了她五次,她不耐烦了,说我不是没钱,是舍不得离开祖国。没把她的移民办成,我怕吴文超叫我退那五万元定金,就骗他说夏冰清爱上我了。让我去勾引夏冰清,这是吴文超最差的一个策划。夏冰清怎么会爱上我?我是一个月光族,挣的钱顶不了花出去的钱,讲话又不利索,找我去勾引她简直就是病急乱投医。吴文超聪明,精明,很少策划失误,可见这次他是真急得没招了。我不想退定金,还想拿他后面的钱,就顺着他的思路瞎编,没想到他信了。按说他那么信任我,我不应该骗他的钱,但是我想过远离尘嚣的生活,早就与卜之兰约好了。我讨厌父亲的冷嘲热讽,它像小时候我必须要打的预防针,不仅痛还会让身体过敏,起小疙瘩。我讨厌别人说我啃老,连我表姐那么善良的人也说我啃老,不就借她两千块钱嘛,她竟然说再这么啃下去,我连父母的骨头都要拿来熬汤了。我还讨厌那些骂我结巴佬的人,只要我办事慢一点或者没有把事情表达清楚,他们就会说难道讲话卡壳会卡壳智商?好像有钱有位置有辈分有流畅的语言就有随便骂人的权力。总的来说,我讨厌城市,讨厌人群,早就想跑了。谁愿意结巴？就像谁都不愿意穷。穷,我们还可以骂骂别人不公平,但结巴或者身体天生出了故障,你骂谁去？你能骂父母不公平吗？或者你去骂天老爷？你连骂的对象都没有。

一年前,我跟卜之兰在社交媒体上重新取得联系。我们在大学谈了三年恋爱,毕业时她连行李都没拿,人便消失了,手机号码也注销。这事就像一块砖头拍到我的脑袋上,有一年时间,我的脑海里都是轰鸣,还不时发出刺耳的嘎嘎声。我不知道嘎嘎声是什么声,后来我到了埃里,才发现那是木门开合时的声音,因为门的榫头不够润滑,每一次关或开,木门都会发出那种声响。当时我被这种响声烦死了,但现在我理解为一种召唤或暗示。毕业后,我求职没心情,吃饭饭不香,睡觉睡不着,就像一个矛盾体,怎么也想不通,一个曾在我怀里那么软的人心肠怎么会突然变硬？离开时连声招呼都不打,好像恋爱是假的,生活是假的,就连时间空间都像是假的。

那三年,我们同吃同住,热天都不穿衣服,我拍她一下,她拍我一下,然后就滚床单。我们拥抱时亲吻时的狂热,历历在目,连她身体的每一次扭动我都能清楚地回忆起来。越想越不对劲,我怀疑她被暗杀或者绑架了。我去她家找她父母,她母亲说别找了,你跟她不合适。我问为什么不合适？她说因为我的耳朵没有耳垂。干吗要有耳垂？她母亲说因为有耳垂才有福气。这不是理由,而是托词。我说如果不合适,那你让卜之兰亲口跟我说。她母亲沉默,仿佛要用沉默把我赶走。卜之兰一直没出现,我在她家客厅住了一星期,她母亲说别等了,卜之兰出家了。我问,她在什么地方出家?她母亲说不希望我去打扰。我说她为什么要出家?她母亲说有解不开的心结。她家住在二十八楼,我站在阳台上,感觉太阳穴突突地跳,我连跳下去的心都有了。但她母亲说活着,还有可能,你要是真爱她就再等几年,没准她修行够了又还俗呢。这句话像火星子,驱散了我心里的黑暗。我把想跳下去的心收回,也想找地方出家。我在网上搜索寺院,最想去的就是普陀山。我打电话询问有关部门,他们说想出家必须三证齐全,即身份证、父母同意本人出家证,以及当地政府出具的清白证。其余两证没问题,但父母同意证肯定拿不到,于是我打消了这个念头,寻思着找个地方隐居,过世外桃源的生活。但过这种生活也需要钱,我没有,只能空想。

七月五号,一年前,博主"守拙归田园"在网上"艾特"我。她为什么要"艾特"我?是不是想要我买她的农产品?我产生了好奇,翻开她的博文和风光照,发现那些照片美得不要不要的,一看就是我脑海里想象的"世外桃源"。从她的言行,我知道她是女的,但网上没有她的一张照片,弄得挺神秘。神秘就像小时候躲猫猫,躲一时半会儿还有人找,但躲太久又不弄出点动静的话,那找的人就会失去兴趣,甚至干脆不找。我对"守拙归田园"的好奇心慢慢消失了,只是出于好感,久不久给她的产品点点赞。断断续续点了两个月的赞,她私信我,说她姓卜。我的身体突然一麻,像遭遇电击,差点晕倒,原来她就是卜之兰。我又惊喜又怨恨,一连扇了手机五个巴掌,甚至想取消对她的关注,但过了几分钟我又想跟她说话,想狠狠地拥抱她。一星期,我不理她。她每天发来一到两张照片,不是香格里拉的,而是她出家时的。她穿着尼姑服在尼姑庵里念经,打坐,在院子里扫地,在山路上挑水。这是我在她不辞而别四年后,第一次看到她的照片,还是眉清目秀,外加一点楚楚可怜,眉清目秀到处有,楚楚可怜蛮难找,就像煮菜时的调料,让她一下鲜美起来。不看照片,我还可以用不搭理来报复她当年的不辞而别,因为四年来虽然我常常想她,但想着想着就不那么具体了。可一看照片,她与我做过的一切立刻具体起来,就像照片里的人物突然动了,我没忍住,主动跟她联系。她说她还俗了,在埃里买了一栋农房,租了一些耕地,想做一个有机食品种养基地,遗憾的是身边没有帮手,如果有个帮手,那就心想事成了。我说做种养基地需要钱,她说她不缺资金,这两年网上销售赚了不少。她过着的生活正是我日夜向往的生活,但我不好意思两手空空去投奔。她说你比多少钱都值钱。就这一句,把我感动得……刘青抹了一把眼眶,仿佛现在还在感动。他说我已经好久没听到别人的表扬了,我看过一些资料,说植物你天天跟它说好听的,它会长得更茂盛,水你给它听音乐,它的结晶体会更漂亮,何况是人。我读大学时的那些优点,快被周围的人埋汰光了,听她这么表扬,身体立刻茂盛,心情马上开花。我收拾行李,恨不得第二天就见到她,但经过一夜的思考,我给自己泼了一盆冷水,你也可以理解为是我不够自信,就在快要点购动车票的时候,我悬在手机屏上的手指悬了许久,最后还是收了回来。我问她毕业时为什么突然蒸发?她说你来我告诉你,你不来我干吗要讲?我很矛盾,想立刻出发,又记恨当年她离开,想甩着空手去,又想等挣到钱了再去。等了七个多月,我终于等来了吴文超的这单生意。人一旦有了钱,心情就不太一样,连心胸都变得宽广了,空想就不再是空想。

冉咚咚发现只要说到埃里,说到有机种养,刘青就会抽几次鼻子,仿佛嗅到了那里的空气,说话的腔调也变得欢快起来。当他沉浸在往日的讲述时,却渐渐忘了眼前的处境,冉咚咚觉得发问的时候到了。她问让你离家出走的关键因素是什么?他说埃里的美景加卜之兰的爱情。她问哪一个更起作用?他说爱情。她说你不记恨她当年抛弃你?他说在爱的面前恨是没有力量的,没有经过考验的爱情,那不叫爱情。她没想到他能说出这么精彩的句子,就像是在说她和慕达夫目前正面临的情感考验,可见哲学都是生活逼出来的。出于好奇,她问了一个与本案无关的问题:卜之兰不辞而别的原因是什么?她是真的出家吗?他迟疑了一会儿,说这件事连我都不问,你为什么要问?既然我已经决定跟她一起生活,那在一起比什么都重要。有些事她不讲,我也不问,含糊一点感情更牢固,无论是糨糊或胶水,凡是黏手指或黏纸片的东西都是糊状。她尴尬了,发现他是个极有想法的人,难怪卜之兰不嫌弃他的磕巴。她说除了美丽的风景和爱情,你离家出走还有没有别的原因?比如逃避某种责任。他说我是想来埃里了才骗吴文超的钱,而不是骗了他的钱才想来埃里。

"吴文超讲你是一个守信用的人,为什么这次你不守信用?"

"因为他给的任务没法完成。"

"那你为什么敢接?"

"我需要钱,去过我想过的生活。"

"你想没想过谋害夏冰清也是一种完成任务的办法?"

"我没那么残忍,我就是想赚钱。"

"夏冰清是不是你找人杀的?"

他有些愤怒,愤怒地站起又愤怒地坐下,说我找谁?谁会干这种既伤天害理又违法的傻事?她说吴文超怀疑你是凶手。他说诬蔑,他恨我骗了他的钱,想嫁祸于人。她说你为什么要注销手机号和社交媒体?他说我想从此过上安静的生活,谁都不搭理,热爱所有的人。她说你不用手机又不用电脑,你是怎么从网上看到夏冰清遇害的消息?他说我偶尔刷刷卜之兰的手机。她说你是几号知道夏冰清遇害的?他说十八号晚上。她说十九号下午四点,卜之兰在她的社交媒体上发布了一张埃里的风景照,还配了一句话,但五分钟后就删除,你知道这事吗?他说不懂。她说是不是你叫她删除的?他说不是,绝对不是。冉咚咚想为什么要说"绝对"?就像酒醉的人喜欢说绝对没醉,出轨的人常把绝对没出轨挂在嘴边,狡猾者说自己老实,腐败者讲自己廉洁，平庸者夸自己才华横溢，人啊，怎么都喜欢说反话？

59

早晨八点，两个组都询问完毕，四人碰头交换意见。卜之兰和刘青的供词基本都对得上，没有大的出入。唯一出入的是卜之兰说六月十九日下午发布的照片是刘青叫她删的，但刘青却说不知道这件事。冉咚咚说重点不是照片，是配文："来了一位帮手……"刘青为什么害怕暴露自己？凌芳说他是不是害怕吴文超找他还钱？冉咚咚说六月十八日晚，刘青已看到夏冰清遇害的消息，只要夏冰清一死，刘青的任务就算完成，不管这个任务是不是他亲自完成的。既然任务已完成，那他就可以交差，所以他害怕的人不是吴文超，而是我们。为什么害怕我们？我怀疑夏冰清是他找人杀害的。凌芳说刘青不承认，而我们又没有证据。冉咚咚说这是一场硬仗，一时半会儿还撬不开他的嘴巴，大家上午先休息，下午交换看笔录或听录音，看能不能从对话里找到突破口。

冉咚咚洗漱完毕却没有睡意，打开凌芳与卜之兰的询问录音听了起来。卜之兰说夏冰清是谁？什么是"大坑案"？为什么刘青从来没跟我说？她对刘青与这个案件有牵连表示震惊，一连说了十几个不知道，仿佛要证明凌芳找错人了。她说刘青到了埃里村后就没离开过，她也没离开。凌芳问刘青有什么变化，有没有反常的举动？她说刘青的饭量比以前大,睡觉比以前沉,性生活的质量比以前有所提升,无论从哪个角度看,他都不像是个案犯。她用了五分钟帮刘青辩护,说他看见一只鸡崽死了都会悲伤半天,宰一条鱼都要念几声阿弥陀佛,砍一棵树都觉得是犯罪,做爱时戴套都认为是谋杀,这么善良的人怎么可能去害别人?凌芳说了一通表象与本质的关系,提醒她刘青从吴文超那里拿了十万块钱,任务是阻止夏冰清骚扰她的情夫,他连这种钱都敢赚,还有什么事不敢做?她说那一定是误会,也许他是为了投资这个种养基地,找借口跟吴文超借钱。目前,他在种养基地投了八万块钱,她投了十二万。他们租了地,养牛羊,养猪鸡,还请了民工……在接下来的询问里,有用的信息越来越少,偶尔她会表现出对夏冰清的鄙视,说夏冰清毫无尊严,把女人的脸都丢光了。凌芳多次问消失的那三年她在什么地方?她不回答,说这是她的隐私。

　　下午,大家的体力和精力有所恢复,冉咚咚决定两组交换询问,哪怕把昨晚问过的话再问一遍,然后对比他们的回答寻找破绽。虽然与刘青同处一个环境,甚至比刘青提前两年进入香格里拉,但卜之兰的皮肤仍然保持着"城市白"或者说"平原白",脸蛋、双手和脖子均没有"高原红"或"高原褐"。冉咚咚问她使用什么防晒霜和护肤品?她说了两个牌子。冉咚咚惊着了,说我用的也是这两个牌子。于是,两人大谈防晒霜、爽肤水和润肤乳,听得邵天伟一愣一愣的。冉咚咚对邵天伟说我们女人聊天,你坐在这儿干吗?现在没任务,你去休息吧。邵天伟略感意外,但看见冉咚咚目光坚定,便拿起记录本走了出去,顺手把门关上。卜之兰认为他们是在演戏,稍稍放松的心情顿时紧张起来。冉咚咚说同为女性我对你的经历充满好奇,你能说说你离开刘青后的生活吗?我不记录,也替你保密。她说这事连刘青我都没说。冉咚咚说我不会跟任何人讲,包括刘青,每个人都有秘密,就像我和我的丈夫也不是什么话都讲,就像刘青也没把他跟吴文超的这一出说给你听。

她首先判断冉咚咚并无恶意,然后觉得有必要敞开心扉表达一下诚意,非常奇怪,她越被怀疑就越想证明自己诚实,甚至认为诚实地讲述自己的私生活可以证明她有关刘青的供词也是诚实的。看着冉咚咚满脸的期待,她说我爱上别人了。冉咚咚说在我意料之中。她说那个人比我大十四岁,他有妻子和女儿。大二那年春天,他到我们学校做讲座,人长得帅口才又好,我成了他的迷妹,跟他要了电话号码。我以考研的名义去他的学校拜访他,拜访几次,他看出了我的意图,说有一种爱不能爱,那就是学生爱上老师或者老师爱上学生。他一边告诫我一边偷偷观察我,想跟我保持距离又假装不小心蹭我的身体,两天不见就发短信问我在干什么,但我一到他办公室他又满脸嫌弃,说怎么又来了?看他那么虚伪,我一生气就找了个替代品,爱给他看。我把我和刘青的亲热照发给他,他不仅不生气,反而祝福。原来他不在乎我,我的所有表现都是"自嗨"。渐渐地,我跟他不来往了。但领毕业证那天,他突然给我打电话,叫我去他办公室。我去了,他说想招我做他的助理,条件是必须单身。我懂得他的意思，扭头便走，可刚走几步就被他搂住。这一搂，搂出了我压抑三年的怨恨，举手给了他一巴掌，同时，这一搂，也搂醒了我对他的崇拜。仅仅是愣了一秒钟，我就扑进他的怀里，像一个讨债的，恨不得把他这几年欠我的连本带息统统地讨回来，彼此的防线顿时沦陷。崇拜是个可怕的东西，它就像那些再生动物，哪怕你把它砍成几截，也会再长出一个自己。我研究过来自奇瓦瓦沙漠的"鳞叶卷柏"，干燥时它卷成一团，看上去就像死了一样，但只要一接触水它就起死回生。那一刻，我就像"鳞叶卷柏"，他就像水，我的暗恋复活了。

　　做了三年他的助理，他只跟我玩却不给我婚姻承诺，于是我决定离开他。我以为我可以离开他，但真要离开时我才发现撕不开，就像伤口贴着膏药那样撕不开，一旦强行开撕那才叫个痛彻心扉。当初我妈为了骗刘青，说我出家了，真是先见之明。强行离开他之后，我首先想到了出家。我妈是律师，每次帮人打官司之前都要烧香拜佛，烧香磕头多了她也就信了。在我最痛苦的时候她托人找关系，让我到北梁尼姑庵住了两个星期。那两个星期，我一边听庵主开导，一边思考人生，最终决定寻找"世外桃源"，没想到这一点跟刘青不谋而合。我们都是受过伤害的人，都想逃避。冉咚咚说这叫"连环伤"，渣男伤害你，你伤害刘青，刘青伤害夏冰清，每一个伤害都不是单纯的伤害。她说刘青伤没伤害夏冰清我不确定，但我伤害刘青是事实，所以我会用一辈子的爱来弥补他。

"那个伤害你的男人是谁?"冉咚咚问。

"我不想说,其实,我也伤害了他。"

"他到你们学校做的是什么讲座?"

"人文讲座,主要讲文学名著里的女性塑造,重点讲福楼拜如何塑造包法利夫人。"

"这么说,他是文学院的教授?"

是的,她说,他讲得太精彩了。他说同学们,你们没谈过恋爱也应该读读恋爱小说,否则将来你们大学毕业了连恋爱都不会谈。看看福楼拜是怎么写恋爱的?他写罗尔多夫捏住包法利夫人的手时,觉得又温暖,又颤抖,如同一只斑鸠,虽然被捉住了,还想飞走。同学们哗地笑了起来,有人说报告厅里自从有报告以来,还是第一次响起这么欢快而密集的笑声。他接着讲,福楼拜为了让包法利夫人有偷情的机会,故意把她丈夫写得很蠢。包法利夫人的两次出轨都是包法利先生促成的:一次是他叫夫人跟罗尔多夫一起骑马散心,结果罗尔多夫跟他夫人好上了;一次是他叫夫人单独留在卢昂看戏,结果夫人跟赖昂的感情死灰复燃了。包法利夫人住在永镇,赖昂住在卢昂,他们之间有距离,思念了怎么办?不着急,包法利先生会给他们提供机会。因为一份委托书,他叫夫人去卢昂找赖昂,此事办妥,夫人似乎没有理由再去卢昂了,不着急,包法利先生还会给机会。他同意夫人去卢昂学习钢琴,于是夫人跟赖昂的私会得以继续。你们说,天底下有这么傻的丈夫吗?同学们又笑,笑得把平时辅导员的训诫都忘得一干二净。笑声越热烈,他的讲座就越精彩,好像笑声是网上的打赏或点赞。他说作家们为了给女主人公们偷情的机会,总是故意把她们的丈夫写得迟钝一点,他们要是不迟钝故事就没法进行,人物就没法塑造,包法利先生是这样,安娜·卡列尼娜的丈夫卡列宁是这样,《红与黑》中德·雷纳尔夫人的丈夫德·雷纳尔先生也是这样。又是笑声,又是掌声……她沉浸在当年的氛围里,虽然有所克制,但脸上还是挂着一丝甜蜜。

"这个教授是不是姓慕?"冉咚咚打断她。

"你怎么知道?"她惊得双肩一耸,身体一让。

"他是不是叫慕达夫?"

她摇头:"他是姓穆,穆桂英的穆,但不叫穆达夫。"

"他是不是西江大学的?"

"不、不是。"

"你撒谎。他就是慕达夫,他写过一篇论文,叫《论出轨女人们的丈夫形象塑造》,观点跟你刚才讲的一模一样。"冉咚咚忽地拍了拍桌子,"天哪,你怎么跟他搞在一起了?"

卜之兰惊恐地看着,不知道冉咚咚为什么要突然提高嗓门,还把桌子拍得嘭嘭地响,好像她是凶手似的。邵天伟推门而入,冉咚咚忽然意识到自己失态,整个人顿时蔫了。邵天伟问卜之兰,穆教授是不是读过慕教授的文章?卜之兰说我不知道。邵天伟说现如今教授们的观点就像不同的苹果,虽然有口感上的差别,但营养成分却相似。

第八章　信　任

60

冉咚咚把刘青带回本市突击讯问。卜之兰每天都抱着一束玫瑰站在公安局大门外等待。玫瑰撑着她的下巴,除了香气扑鼻,还把她的脸蛋衬托得红扑扑的,吸引不少路人围观。在香格里拉时,冉咚咚说我们只需要刘青回去,你不用。卜之兰说从今往后,刘青走到哪里我就跟到哪里。也就是说卜之兰相信刘青,并用陪伴和等待对他进行毫不犹豫的支持,同时也用这种方式提醒冉咚咚,你们抓错人了。冉咚咚想只有深爱着的人,才会如此信任吧。

五天后,刘青被释放,侦破工作再次中断,专案组研究了两天也没找到新的突破口,大家都陷入了焦虑。尤其是冉咚咚,她满以为刘青是本案的终点,抓到他就大功告成,却不想他既没有作案时间,也没有唆使别人作案的蛛丝马迹。调查他从吴文超手里拿到的现金使用情况:八万元用于投资种养基地,一万元用于偿还他表姐以及朋友们的欠款,一万元退给夏冰清,他说那是夏冰清提前付给他办理移民手续的订金。只有这一万元的使用没有票证,但他一口咬定退给夏冰清了,因为合同上写的是"订金"而不是"定金"。冉咚咚找来合同一看,的确是这么写的,而他说退订金的那天,夏冰清也确实去过公司找他。没有漏洞且死无对证,冉咚咚的推理失败了。她把自己关在办公室里,仿佛不思考出一个方案来绝不开门。同事们以为她回家休息了,慕达夫以为她在办案,没有谁知道她在自我禁闭。

到了第三天下晚班的时间,慕达夫忍不住给邵天伟打了一个电话,问他冉咚咚怎么一直联系不上?邵天伟去拍冉咚咚办公室的门,里面没反应。凌芳站在门前叫她的名字,里面仍然没反应。王副局长把门一脚踹开,看见冉咚咚缩在沙发一角,双手抱肩,像看陌生人似的看着大家,眼神呆滞而又紧张不安,甚至有一丝恐惧,好像一只小动物被人逼到死角那样瑟瑟发抖。王副局长说从现在起,我命令你休息,如果有必要就去住院疗养,案件由我直接负责,你暂时别过问了。冉咚咚说我好像看见凶手了,但每次他都一闪而过,我伸手抓他,但每次都抓到墙壁。王副局长说你养好身体再归队吧。冉咚咚说那不行,我不能半路撂担子。王副局长说是我听你的还是你听我的?冉咚咚说当然是我听你的。

慕达夫把冉咚咚接回家。冉咚咚洗了一个热水澡,倒头便睡。慕达夫每隔一小时就轻轻打开主卧的门,往里面偷偷地看一眼,发现她呼吸均匀,一听便知道是她平时睡得最沉最香的那种节奏,这让他绷紧的心情稍微有些松弛,关门的手劲越来越大。早晨,他为她准备了鸡蛋羹、稀饭、牛奶和水果,但她没起床,睡得像一截会呼吸的木头。中午,他为她准备了人参鸡汤、煎牛扒和炒素菜,但她仍呼呼大睡,似乎要等到有人发明了长生不老药才愿意醒来似的。下午六点,已经睡了二十个小时的她,终于从床上爬起来,坐在床边用了一会儿时间确定时空关系,再走向洗漱台,一边梳洗一边回忆睡前的情形。半小时后她来到餐桌边,看着慕达夫为她准备的热气腾腾的食物,开始吃了起来。吃着吃着,她苍白的脸渐渐有了红润,整个人也变得有了一点精气神。在吃的过程中她一言不发,但他看得出她在一边吃一边想事,大概率是在想与案件相关的事。他不吭声,用沉默陪伴沉默,用蹑手蹑脚的行为如履薄冰的心态伺候她的挫败感。他想她一定在为没抓到凶手而自责,但他唯一能做的就是陪伴。饭后,他泡了一壶她爱喝的非贝贞送的红茶。她仿佛闻到了茶香,走过来坐到他的对面,中间隔着一张茶几,这是她觉得最舒服的距离。她说老慕,你觉得我反常吗?假如你遇到难题,会不会把自己关在屋子里冥思苦想?他说当然,但我们也得承认压力太大了身心或多或少会疲劳生锈,甚至刹车失灵,就像汽车跑了几千公里后必须进店保养,谁都不例外,哪怕你是特殊材料做成的。

"如果这时候我进店保养,算不算逃避?"

"办案就像写文章,要是没有灵感硬往下写,百分之百是废稿,还不如冷静下来找找方向,我的经验是心情越放松灵感来得越快。"

她慢慢地喝了两小杯茶:"要不我们去旅游?"

他以为是幻听,目光在她脸上求证。她说去泰山怎么样?他说泰山好,五岳之一,先后有十三代帝王登山封禅或祭祀。她说算了,那地方帝王气太重没法放松,要不去一个纯天然的地方,九寨沟如何?他说漂亮,世界自然遗产,色彩缤纷水质透亮,是个洗心革面的好地方。她说但这个季节不合适,天气偏冷,树叶已经掉光,看上去会悲凉,要不在桂林找个民宿住几天?他立刻用手机在网上搜索,找到一个深山里的客栈。她看了看客栈的图片和价格,说就这个,你订房订车票。他说唤雨去吗?她说她要上课,去了会影响她的考试成绩,而且我们好久没过两人世界了。他问什么时候出发?她说后天。他立即刷了两张高铁车票,交了住房定金。

第二天,他们一整天都在收拾行李。他按平时套路,不到一小时收拾完毕,但是她一直在调整。先是调整服装,从套装到休闲装反复地调,每一件都拿到穿衣镜前比画,让他帮她参谋。折腾一小时,她才把服装确定下来。然后,她收拾护肤品和化妆品,从大瓶搬到小瓶,从小瓶搬到大瓶,十几个瓶子倒腾来倒腾去,又用去了一个小时。之后,她开始收拾咖啡壶和咖啡豆,说是中西结合,既喝茶也喝咖啡。光选咖啡豆她就耗去了差不多一小时,看品牌看保质期,丢掉了许多过期的。看着那些几年前买的咖啡豆,她才发现自己三年没收拾杂物了。于是,她一边准备行李一边清理库存,丢掉了三双鞋,淘汰了两纸箱的服装,抛弃了一批过期食物和饮料。午后,她上网找电影,找来找去,找到三部她一直想看而又没有时间看的推理片,把它们一并下载,计划带到客栈去看。下载完电影,她开车出去买了一个手机自拍杆,也买了一些日常用品、零食和出行必备药。看她如此用心,他高兴得像有两只手在心里不停地鼓掌,觉得那个曾经的冉咚咚回来了,也许会同时带回来他们曾经的融洽和信任。

但是,到了深夜十点,她想到案件还悬着自己却去旅游,便忍不住蔑视自己,像蔑视逃兵一样蔑视,蔑视着蔑视着,情绪突然低落。她说你确定要去吗?他说干吗不去,车票和房都订好了。她说你是舍不得车票和房费才去呢还是一直就想跟我去?他说一直想跟你去。她说就我们俩?他说没有别人。她说我们俩住在深山里有意思吗?和住在家里有什么区别?他说空气不一样,环境不一样,心情也会不一样。她说可是想说的话都一样,有必要跑那么远折腾自己吗?算了,我还是去疗养院吧。他想糟糕,她宁可住院疗养也不愿跟我去旅游,这得有多大的仇呀。

61

第二天早晨,慕达夫做好早餐,坐在客厅的沙发上等待。他们为旅游准备的两只行李箱还立在门口,仿佛它们有脚,随时可以溜出去,溜过大街,奔向车站,抛下主人自己去旅行。昨晚,冉咚咚虽然拒绝了两人出行,但并没有把行李从箱子里拿出来,因此,他也没退掉客栈的订房和高铁票,幻想冉咚咚一大早从主卧出来,心情大好,说一声出发。然而,等了半小时,主卧的门还没打开,里面一点动静都没有,如果她再不起床,即便心情大好也赶不上这趟高铁了。于是他轻轻地拍门,小心地扭动门把手,推开一道缝,看见她躺在床上,眼睛睁得老大,仿佛从昨晚睁到现在。他说起来吃早餐吧。她连眼皮都没动一下,好像眼睛醒了思维却没有醒。他拉开窗帘,让阳光洒进来,照热了半个房间和半张床铺。热像一排蚂蚁在毯子上爬行,慢慢地爬上她的手臂、脖子和脸蛋,但她仍然没动,仿佛睁大眼睛只是为了睁大眼睛。

他用托盘把早餐端到床头,舀起一勺稀饭喂她。她抬手打掉勺子,就像年迈的人推开搀扶者,以证明自己还没沦落到需要别人照顾的地步。他生气了,似乎她打掉的不是勺子而是他的尊严,可他却不能把这股怨气表现出来,必须闭紧嘴巴像压住大蒜气味那样压住。她说你别对我太好,你付出越多将来心理会越不平衡,与其将来心理不平衡还不如现在撒手不管。他想我不是没产生过撒手不管的念头,甚至想到过提起行李箱拍拍屁股走人,可我走了谁来做唤雨的父亲?谁煮饭洗衣服拖地板?你还能跟谁发脾气?他的心里虽然这么想,嘴里却不能这么讲。他说假如我躺下了,你也会这样照顾我。她说不会。说完,她想我当然会,可为什么心口不一?因为我不喜欢他的道德绑架。他突然感到悲凉,觉得她的心肠够硬,都这么迁就了连一句软话都没有,仿佛千年的死树蔸再也砍不出树浆,也许离婚对我不是一件坏事。他开始想象离婚后的种种状况,想象自己离了以后自由轻松事业辉煌,而她则孤独抑郁甚至有可能工作不顺,心里不禁产生怜悯。他说嘴上越硬的人往往心里越软,我知道你善良。她觉得舒服,心仿佛被揉了一下,就像乳房被揉了一下,沉睡已久的欲望突然想翻一个身。

"你爱我吗?"她问了一个以前她经常问的问题。

他想说爱,但觉得不准确,便回答你是我最牵挂的人之一。她说这不是爱。他说爱在不同时期有不同的表现,就像服药,不同的年龄段服不同的药量。初恋是美好的,大多用来回味;热恋浓烈,用于燃烧;结婚后是平淡与琐碎,用来生活;老年是不离不弃,用于陪伴。如果你非得在结婚后找热恋的感觉,那就像在唐朝找手机,在月球上找植物。她不服气,说爱就像真理一样永恒。他说爱可以永恒但爱情不能,所有的"爱情"最终都将变成"爱",两个字先走掉一个,仿佛夫妻总得有一个先死。她沉默了,伤感了,睁大的眼睛缩小一圈,目光不再空洞,仿佛有了内容,也就是说有内容的眼睛不一定非得睁出铜铃般的效果。

"那么,你觉得我爱你吗?"她问。

他说不容置疑。她噗的一声,差点笑出声来,说你也太自恋了吧,如果我爱你为什么还要提出跟你离婚?他说这叫虐恋,心理学有一种说法,那就是你越爱一个人就越想折磨他,你越怕失去他就越想离开他,赶走关心自己的人,是害怕对方不能一直关心自己。她的眼睛又缩小一圈,目光聚集在他脸上,以至于他的面部都有了灼痛感。她说谁告诉你的,莫医生或金医生?他站起来走出去,五分钟后抱来一摞书,全部摊到床上,都是心理学方面的著作。

"为了弄清你的心理脉络,我看了整整十二本。"

"请问我的心理脉络是什么?"她像盯着知识那样盯着他。

他说小时候你曾经被抛弃过。她说放屁。他说不是传统意义上的遗弃,而是心理抛弃,只是你没意识到。你想想,每天晚上,当你躲在被窝里听到你父亲偷偷打开大门,去跟隔壁阿姨约会时你最担心的是什么?她说担心我妈知道。他说那是表面的,深层里你最担心的是你爸会不会抛弃你和你妈。这种抛弃感就像你的胎记,虽然会忘记却从来没消失。因此,你在进入亲密关系后,早年被抛弃的恐惧随时都有被唤醒的危险,只需要一个契机。她说 Shit。他说你被唤醒的契机是发现我开房不报,一旦你怀疑我出轨,便产生了被再度抛弃的恐惧,于是选择先一步离开,这样你就可以把关系的主动权握在手里,从而避免经历被再度抛弃的痛苦。她冷笑,说这不能证明我爱你,你只不过是在寻找清白感,认为自己清白,所以拥有权利,而我错怪你了,就必须继续履行妻子的义务。她指着伯特·海灵格的著作,说你到底看没看?你为什么不引用他的理论?海灵格说清白者往往是较危险的人,因为清白者心怀极度愤怒,会在关系中做出严重的破坏性行为,而有罪恶感的人通常愿意让步和补偿。别拿这些小儿科来蒙我,这些书我在读大学时都读过。他说如果用让步和补偿来反证,我应该是那个有罪恶感的人,而你则是那个自认为清白者。她一愣,承认这句他说对了,一直她都觉得他是有罪的,而自己是清白的。他说你还有一个心理动机,就是仇恨转移。你在办案时痛恨徐山川玩弄女性,痛恨他背着老婆出轨,因此你把对他的仇恨转移到了我的身上,认为我也是他那样的人。你混淆了恨的对象,其实你恨的不是我而是出轨,你对我的恨至少有一半是受案件刺激后的情绪转移。

"说得好。"语气夸张,像是讽刺,但她扭过头来张开双臂,做了一个拥抱的姿势。他俯下身,想吻她的嘴唇。她没躲避,他理解为默许,可就在他的嘴唇快要封住她的嘴唇时,她忽然把他推开,像推开不小心碰到的高压电。她说理论很玄乎,身体很诚实。

62

她说我想单独待几天。他二话没说提着行李箱便出了家门,仿佛脚不沾地,像磁悬浮那样嗖的一声飘走了,动作之敏捷好似一个二十出头的小伙。这让她想起一个人……郑志多,二十年前的那个夏天,他以同样的动作同样的速度提着她的行李箱,从新生接待处一口气走到十号女生宿舍楼,又从女生宿舍一楼一口气走到五楼503号房。

他把行李箱摆好了,她才气喘吁吁地跟上来。她说你简直在飞。他说我每天坚持跑步。她说明明行李箱有轮子,你为什么不拖着走?他撸起短袖,露出发达的结实的肱二头肌。她说你不拖着箱子走是为了跟我显摆你的力气?他说不是,我是怕把轮子拖脏了。她说你对每个新生都这么体贴吗?他说我从上午等到下午,只接一个人。她问为什么?他说因为我把你们班全体同学的照片都看过了,只有你这张照片值得我这样对待。

初恋不可避免地发生了。他高她一个年级,长得帅气,帅得就像那些帅炸了的电影里的男主角。她对他的第一印象不好,觉得他目的性强,指向性明显,所以不接他的电话,也不回他的短信。但他就像她的脑神经,仿佛随时都知道她在想什么。半夜她饿,手机忽地一声叮咚,那是他的短信:"下楼,我给你买了螺蛳粉。"他怎么知道我喜欢吃螺蛳粉?又怎么知道这时候我饿?她下楼,看见他站在一棵树下,手里捧着一团闪闪的金光,天哪,他竟然在螺蛳粉的塑料盒上贴了一层金黄色的灯,乍一看,还以为是盒子自带光环。上体能课,她练得腰酸背疼,连走路上半身都前倾,仿佛腰椎间盘突出。她想怎么样才能消除全身的酸痛?正想着,一辆跑车吱地停在她身边,开车的人是他,仿佛他是她的念头,只要一想就会出现。他把她拉到本市最贵的按摩店,请了最好的技师给她做了一次全身按摩。两个小时下来,她整个人就像被女娲重新捏了一遍,腰杆直了,腿脚不疼了,走路也麻利了。暑假,他开车带她到海边兜风;国庆长假,他带她去北方看红叶;寒假,他带她去日本北海道看雪。每一次出行他都买头等舱,住五星级宾馆,吃地方顶级美食。她在他面前渐渐沦陷,尽管她曾经骄傲得像个公主,自信得像个天才,傲慢得不食人间烟火。她在跑车上献出了初吻,在韩国首尔某著名酒店献出了初夜。他们越爱越深,彼此无时无刻不在想念,就连做梦她都在想他。许多个深夜她想他想醒了,睁开眼便看见他微笑的脸紧紧地贴在窗玻璃上,贴得鼻子都扁平了,仿佛他一直在看着她入睡。他的脸像一轮满月,或者那就是一轮满月。在他脸的四周也就是整面玻璃上,贴满了闪烁的星星。月明之夜,他把车开到郊区的东来山山顶,为她拍摄伸手摘月的照片。她想听某首歌,他就把唱这首歌的歌星请来,专门为她演唱……想到这儿,她咯咯地笑了起来,发现他和徐山川讨好沈小迎用的是一个套路,既庸俗又媚俗。她不得不承认人生大部分的愉快都得靠庸俗的行为来完成,不外乎吃吃喝喝游玩唱歌,离不开蛋糕玫瑰和蜡烛,少不了讨好赞美和照顾。反正总之,她饿了他就做她的食物,她困了他就做她的枕头,她相思了他就做她的解药。

　　大四,她生日那晚,他在她宿舍楼下的草坪上用点燃的蜡烛拼出了一个心形图案,图案中间拼出一行"冉咚咚嫁给我吧",在"嫁给我吧"的正下方摆着九百九十九朵玫瑰。看看,又媚俗了不是,但当她站在五楼的长廊上看着草坪摇曳的烛光时,尤其是看到长廊上同学们羡慕的眼神时,身心顿时涌起一阵前所未有的愉悦,包括虚荣心的满足。这场景怎么有点像吴文超受夏冰清之托为庆祝徐山川生日做的策划案?恍惚之中,她不知道是吴文超模仿了郑志多还是郑志多模仿了吴文超,抑或这种场景本来就在相互模仿?当时,她激动得全身颤抖,恨不得从五楼跳下去拥抱他亲吻他。忽然,从草坪升起一架无人机,直飞五楼长廊,悬停在她面前,这时她才看见无人机吊着一枚求婚戒指。她取下来,戴上,转身跑进楼道。一阵急促的鼓点似的脚步声在楼道里响起,就像她此刻的嘭嘭心跳。她从一楼的楼道口跑出来,冲进草坪,跃过烛光,扑进他的怀里。世界突然安静了,仿佛只剩下他俩,但世界仅仅安静了几秒钟,歌声忽地响起来,站在长廊上看热闹的同学们齐声唱起了 *I swear*:

"我发誓,当着天上的星星月亮/我发誓,如同守候你的背影/我看见你眼中闪烁的疑问/也听见你心中的忐忑不安/你可以安心,我很清楚我的脚本/在往后共度的岁月里,你只会因为喜悦而流泪/即使我偶尔会犯错/也不会让你心碎/我发誓,当着天上的星星月亮/我必在你左右/我发誓,如同守候你的背影/我必在你左右/无论风雨困厄,至死不渝/我用我每个心跳爱你/我发誓……"

她轻轻地唱了起来,仿佛回到了那个晚上,仿佛跟着整栋楼的女生在唱。但唱着唱着,她的眼眶就湿润了。

毕业后,她分配到西江区公安局工作,他子承父业做房地产生意。他们认识了五年,恋爱了四年半。在他们即将领结婚证前的那个晚上,她突然感到心虚或者说不踏实,好像这一切都是虚构。坏运气显得真实,好运气令人生疑。于是,她对他进行了一次模拟审问。她坐在书桌这边的高椅子里,他坐在书桌那边的矮椅子上。她问他,你会爱我一辈子吗?他说会。多么美好的答案,可她仍心存疑虑。她把他的矮椅子往后拉了拉,让它与书桌保持一米的距离,就像讯问室警察与疑犯的距离。她回到这边的座位,又问你会爱我一辈子吗?他说会。她想为什么有的话回答两遍之后就像撒谎?她一拍桌子,说你骗人。他吓了一跳,整个人从矮椅子上弹起又慢慢地落下,瞪大眼睛惊恐地看着她。她把台灯转过去,直射他的眼睛,再问,你会爱我一辈子吗?他从来没经历过这种审问,吓坏了,抑或认为她掌握了他的什么把柄,便支支吾吾地说我会对你负责的,会负责你一辈子。她说我不要负责,而是要你爱我一辈子。他说负责就是爱。她说一个人可以为很多人负责,但爱只有一个,就像专利独享,你所说的负责只不过是在为将来你不爱我进行铺垫。两人为此争论,越争越伤心,越争隔阂越大,四年多来被爱掩盖的一个个小别扭像气泡似的咕咚咕咚地冒出来,渐渐堆积成了大问题,仿佛一根小小的火柴引发了一场森林大火,结果谁也没有控制住局面,也许谁都不想控制局面,彼此删掉联系方式,一拍两散,发誓老死不相往来。

63

她忽然想见他,哪怕被他现在的美好生活刺激或者讽刺,她就想证明一下当年她选择离开他到底是对了还是错了?但她没有他的联系方式。她知道校友们有,可她不愿问,生怕他们嘲笑。她可以被一个人嘲笑,却不想被一群人嘲笑。当年她离开他时多少同学表面为她鼓掌,内心却暗暗骂她愚蠢。可她偏要用愚蠢来证明自己聪明,偏要相信自己能找到一个爱她一辈子的人。既然当初离开得大张旗鼓,那现在就只能悄悄地回头见,就像因与果,就像呼喊与回声,你有什么样的行为就有什么样的报答。他家的公司叫什么来着?她想了许久才想起一个似是而非的名称——新展,就在三合路127号的新展大厦内,那是一座金光闪闪的大楼,金色的玻璃,金色的墙体,一共三十层。

出发前她对自己进行了一次装修。十多年了,她还是第一次这么认真地对待自己的脸蛋、颈脖和双手,每一毫米皮肤都被小心侍候,就像应对文明城市评选那样生怕留下不文明的盲区。化妆毕,她从衣柜里翻出一条当年与他约会时穿过的牛仔裤,但任凭她怎么使劲那条裤子就是提不上来,它卡在她丰腴的臀部,就像一位爬山者因翻不过陡峭的崖壁而气喘吁吁地坐在山坡休息。必须承认自己已不是当年的自己,肉多了,坡陡了,有的部分还松弛了。没办法,只得把牛仔裤褪下去,褪下去的时候她听到哗的一声,仿佛撕掉了自己的一层皮。换上休闲装,她出发了。上午十点,是她昨天晚上预设的时间,她来到新展大厦二十八层新展公司总经理办公室。总经理是一位比她年轻的郑女士,她接待她,为她冲了一杯咖啡。当咖啡的香味弥漫之际,她忽然觉得这间办公室她好像来过,味觉视觉以及空间记忆仿佛同时被唤醒。她说你们的董事长是不是叫郑立强?她说是的。她说从前董事长是不是在这间办公室办公?她说是的。她说你是不是郑立强的女儿?她说是的。她说我想见见你的哥哥郑志多。她愕然,说我既没有哥哥也没有弟弟,不知道郑志多是谁。她不信,去公司人事部打听。他们说本公司的确姓郑,但确实没有郑什么多。

她带着疑虑与困惑约当年同宿舍的闺密朱玉芬喝茶,问她知不知道郑志多的下落?朱玉芬愣了足足两分钟,一边发愣一边观察她,一边观察她一边纳闷,说谁是郑志多?她说就是读大学时跟我谈恋爱的那位男生。她说大学四年,我俩同吃同住同学习,连上厕所都经常一路同行,没发现有人跟你恋爱呀。她说玉芬,你是不是提前直奔老年痴呆了?当年他在楼下摆蜡烛阵和玫瑰阵向我求婚,你还和整栋楼的女生一起为我们唱 *I swear*。朱玉芬摇头,越摇越觉得不对劲,越摇脸色越凝重,非常肯定地说没这回事。她说那你记不记得无人机?他用无人机把求婚戒指送到五楼的长廊,我取戒指时你就站在我身边,眼睛睁得像夜明珠,满脑子的羡慕嫉妒恨吧。朱玉芬说有没有搞错,二十年前无人机都还没流行,就是变魔术也搞不到无人机给你送戒指,我看直奔老年痴呆的是你。说完,她在冉咚咚的额头上摸了一把,仿佛要检查她的体温。冉咚咚震惊了,流行的说法是"碉堡"了,脑袋深处轰地一响,好像有一股力量由内往外撑,撑得脑袋都胖了一圈两圈三圈,撑得她四肢都发麻了。她不再说话,像踩了急刹车那样把话刹死,仿佛要用沉默来保住一点尊严。朱玉芬说你是不是受慕教授的影响开始写小说了?她无法回答,心里泛起一阵涩苦。

她悄悄去了一趟单位,在内部网搜索"郑志多",竟然没搜到这个名字。其他姓名多有重复,唯"郑志多"一个名字都没有,也就是说他不存在,连疑似存在都不可能。怎么证明一个人的存在?一直以来我都是在用指纹、鞋印、烟灰、字迹、木屑、短信、电话以及DNA等蛛丝马迹来证明。那么郑志多有指纹鞋印和DNA吗?没有,但他却比任何实体都栩栩如生,就连我的舌尖都还保留着他亲吻时的记忆。虚构的力量会有这么强大?她想问问慕达夫,便给他打了一个电话,该用户已关机。她又给慕达夫打了一个电话,该用户还是关机。她想难道慕达夫也是虚构的?会不会他也不存在?她在内部网输入"慕达夫"三个字,同时跳出好几位,其中一位的住址就是她的住址。这么说他是实体,他确实存在,那我会不会是虚构的?她在内部网输入"冉咚咚",同时跳出好几位,其中一位是她。这下她慌张的心仿佛抓住点什么,至少抓回了一点自信。

她来到荷塘小区他们的另一套房前。慕达夫在里面,直觉告诉她,但她无法保证手里的钥匙能把门扭开。既然他关机,那门就一定反锁了,这是她多年办案积累的经验。要不要先按门铃?她心里想着按门铃,钥匙却先一步插进锁孔。她总是突然袭击,这也是她多年办案养成的习惯。她的手轻轻一扭,竟然把门扭开了,原来他没反锁,是不是疏忽了或者是不在乎了？反正快要离婚了，谁都不干涉谁的生活，但她却有好奇心，就像对每个案件那样好奇。她走进客厅，地板上有一层积淀的薄尘，沙发没人坐过，茶几没人动过，屋子里弥漫着长期缺乏通风透气的那种味道。她看了厨房，主卧、次卧以及书房，还对比了上个月和现在的水电度数，它们都证明近一个月没人住在这里。那么慕达夫住在哪里？直觉告诉她，他住在贝贞那里。

64

回到西江大学校园 51 栋这个家，她推开书房的门，看见慕达夫趴在电脑桌上睡着了，被窝蜷缩在地板的一角，有一块书柜的玻璃门碎了，玻璃碴星星点点散落于地板。她叫了一声老慕，他没反应，便踮起脚后跟想进去，才发现玻璃碴比她预想的要多，她每改变一个视角就又发现几粒。没办法，她只好放下脚后跟，站在门口又叫了一声老慕，声音比刚才的大了一点。他的双肩吓得一抖，抬起头来，像被抓到了什么把柄似的看着她。他的颧骨变高了，面颊变深了，半张脸胡子拉碴。她说你什么时候回来的？他说我不一直都在家吗？她说不可能，一周前我分明看见你提着行李箱像磁悬浮列车那样嗖的一声出了家门。他说开什么玩笑，行李箱一直摆在阳台，它们还等着跟你出门旅游呢。她来到阳台，看见两只箱子，一只是她的，另一只是他的，它们像他们当初恩爱时那样肩并肩。行李箱是不是他刚放回来的？他是不是只比我提前一步回家并假装熟睡？她忽然想起英格丽·褒曼主演的惊悚电影《煤气灯下》，男主角怕暴露自己的罪行，设计了一个又一个细节企图把妻子逼疯。慕达夫会是那样的人吗？她用食指抹了一下他的行李箱，食指很不情愿地沾上了一层薄灰，她用中指抹了一下自己的行李箱，中指同样沾上了一层薄灰。两个指头被那层薄灰弄得很不爽，仿佛一件新衬衣沾上了洗不掉的油渍。手指上相似的异物感说明两只行李箱待在阳台上的时间相同，它们好久都没人碰过了，可以证明慕达夫没提着它嗖的一声出门。那么，会不会是我眼花？行李箱没出门人却出门了。

　　她回到书房门口，想他为什么不打扫地板上的碎玻璃？因为他不想让我进去，害怕干扰。她靠在门框上，说我又不是盲人，如果你一直待在家里那我为什么没看见你？他说也许你的注意力不在我身上，而且我一直待在书房，总是等到你熟睡后才出去吃饭洗澡换衣服。为了不惊扰你，我连剃须刀都不敢用，生怕它刺耳的响声会把你吵醒。她说但你用过的碗筷，你换下的衣服，冰箱里的食品多了或少了，难道我不会察觉？他说那就超出我的理解范围了，我以为你晓得，以为你不想跟我交流，没想到你竟然没觉察，也许是你太专心于别的事情，也许你只活在自己的世界里，或者你已经把我当成了你的一部分，只要这部分不喊不叫不疼痛，你就不会意识到它的存在，就像你不记得你的阑尾或胆囊。她说那你每天待在书房里都干了些啥呢？为什么要关机?

"我在做课题,累了就在地板上睡觉,醒了就接着研究,不信你看,这周我写了三万多字。"他把电脑扭过来,让她看写满了字的页面。她眯起眼睛扫了一眼,看见字里行间多次出现"乡村文化"。这确实是他一直在做的课题,她说做课题为什么要拿书柜撒气?他说抱歉,等写完这篇论文,我会叫人来把玻璃装上。她说能不能让我看看你的脚板底?他说怎么,难道你在某个案发现场看到了我的脚印?她的右手掌对着他的脚隔空上撩,他的两只脚随她的手势抬了起来。她倒吸一口凉气,说这下我终于感觉到了你的存在。他说你什么意思?她说因为我觉得痛。他低下头,把脚板翻过来,看见每只脚板上都扎着一个玻璃碴,玻璃碴旁边的血迹已经干黑。他说操,我都不知道是什么时候扎进去的。她说你没感觉到玻璃碴的存在?他说玻璃碴又不晓得痛。

她转身拿来小扫帚和小铲,开始清扫地板。他说别扫,我喜欢在上面走来走去,这样才有灵感。说着,他赤脚在地板上走了起来。她听到噗的一声,又一块玻璃碴扎进了他的肉里。他仿佛没感觉,继续走来走去。她说站住。他站住。她扫干净地板,拨出他脚板上的碎玻璃,说你脑子是不是出了问题?"怎么会呢?"他疲惫的脸上挤出一丝笑容,就像挤用完了牙膏的牙膏筒那样使劲地挤。她说你去找莫医生聊聊吧。他说我好好的,干吗要找他聊?她说好好的怎么会故意踩玻璃碴?脸怎么会瘦成猴子脸?"是吗?我已经很久没打量自己了。"他走到书柜的玻璃门前,看着里面的自己,心里一阵抗拒,就像讨厌别人那样讨厌自己,就像同情弱者那样同情自己,但他却假装幽默,说哪个卵仔长得这么帅。她说你就别硬撑了,你撑不住的。他想说不硬撑又能怎样,一家人不能两个都病了吧,但嘴里却说放心,我这么狼狈只不过是太专注于论文了。她说我焦虑是因为案件的压力,但你有什么理由焦虑?他想说你不知道吗?情绪是可以传染的,我焦虑是因为你焦虑,但嘴里却说我看了那么多书,知道怎么克服。她问怎么克服?他说把憋在心里的写出来,就像这三万字,每个字都帮我释放了压力,许多文学大师都用这种方法调整好了心态,你要不要试试?她说我跟你不同,我每天都在跟魔鬼打交道,心里必须养着一个魔鬼,我养着它是为了揣摩它,我揣摩它还能控制它,可是你不行,你那么单纯,哪驾驭得了。

他想我单纯吗?我怎么觉得比她复杂?

65

傍晚,他到理发店刮掉了胡须,把留了多年的长发剪成板寸。当长发一绺一绺地掉下时,他像看见秋天的落叶般伤感,剪刀的咔嚓声特别刺耳,甚至令人讨厌。长发是他的标识,当年的这点文艺范曾吸引过冉咚咚,但现在文艺范对她已失去磁力,干净敞亮利索才会让她感觉舒服。三年前,他就发现她把她曾经的喜欢忘得一点不剩,从她每次换枕巾便看得出来。每次换枕巾她都抱怨他睡的那张像膏药，中间一团黄，上面还沾着头发，言外之意就是一个脏字。他假装闭塞视听，把她的话当风过耳，继续用长发证明自己还是自己。可现在他不想再坚持了，因为在她面前精神抖擞比什么范都重要，否则会给她本来就沉重的心理负担再增加沉重。人心就是这么古怪，你强，她有负担，你弱，她也有负担，于是你只能不强不弱地活着。

尽管他的外观已焕然一新，但并没有引起她的足够重视，她没拿正眼看他，好像对他的头发长度以及脸上的大扫除不感兴趣。早餐时，她说你要不要请莫医生吃个饭？你们好久没见面了吧。他说等有空再讲，眼下要做课题。午餐时，她说我网购的两箱进口苹果已经到达，你是不是给莫医生送一箱？他一愣，说难道你有什么事需要莫医生帮助吗？她哼了一声，说我能有啥事？就怕你……他说我跟他的关系还没好到吃一口苹果也要分享的地步。晚饭时，她说要不我帮你预约莫医生？他头皮一紧，想一日三餐她都在说莫医生，好像莫医生是一道营养丰富的菜。他知道她什么意思却不想配合，说不约。她有些失望，说没想到你连智商也下降了。他想一个人要病到什么程度才会把对方当病人？

次日下午，她叫他陪她去购物，但她把车开到购物中心后忽然一拐，便拐上了桃源路，直奔医院地下停车场。停好车，她说上去吧。尽管他心里排斥，可他不想惹她生气，跟着她来到精神科。莫医生把她挡在门外，只让他进去。他们一落座就不约而同地笑了笑,像是打招呼又像是对这次预约感到无奈。莫医生说你的什么表现让她怀疑你有病?他本来不想说,但忽然觉得不说会损害冉咚咚的形象,于是便把自己近期的表现详细地略带夸张地说了一遍,仿佛不夸张就不足以保护冉咚咚。莫医生说要是不慎踩了几粒玻璃碴就算精神疾病,那我去哪里找正常人?这话让慕达夫的小心脏欢快地蹦跃,但为了不让冉咚咚继续担心,他请求莫医生为他开药,哪怕象征性地吃几天。莫医生说药不能乱吃。他说不吃药怎么过得了冉咚咚这一关?莫医生说我会跟她讲清楚。

慕达夫两手空空地出来,一看见冉咚咚就分外内疚,仿佛出差回来没给她带礼物那样内疚。冉咚咚问什么情况?他说似乎比谁都健康。庸医,冉咚咚说着推门而入。莫医生说你只预约了一个病人。她说请问还有谁的状况会比慕达夫的更糟糕?莫医生说你的意思是……

"给他开个处方,让他尽快好起来。"她用命令的口气,就像平时命令邵天伟那样命令。莫医生感到突兀,摇摇头:"与其说他有病,不如说你担心他有病。"

"没病怎么会砸玻璃?"她想不通。

"偶尔情绪失控,谁都会有,尤其是在委屈愤怒的时候。"

"你能保证他不会第二次委屈愤怒吗?"

"我保证。"

"可我不想发生了再来找你,我要办案,要想许多问题,没时间和精力照顾他,最好的办法就是你给开个处方。"

"开处方是最简单最偷懒最粗暴的办法,而想用处方解决一揽子问题的人都是没有耐心的人,甚至都不愿意浪费哪怕一点点时间和精力,貌似关心别人其实是关心自己。"

她被说中了,心里很不爽,一屁股坐在椅子里,仿佛要用点时间来安抚自己,也想给莫医生制造压力。两人都不说话,好像在打意念战。僵持了一会儿,莫医生说开处方可以,但我得先给他做个实验。她说刚才为什么不做?"刚才缺帮手。"说完,他把慕达夫叫进来。他用眼罩蒙上慕达夫的双眼,叫冉咚咚站到慕达夫身后。冉咚咚狐疑地看着,坐在椅子上一动不动,莫医生叫了三次她才站起来。莫医生说只要他往后倒,你就把他接住。冉咚咚没吭声,仿佛还在揣摩他的意图。莫医生说倒。慕达夫往后倒去,当他的身体倒成一撇时,冉咚咚怕他跌伤,赶快伸手托住他的背部。莫医生说很好,你的反应很快,现在你们交换角色。慕达夫脱下眼罩,递给冉咚咚。冉咚咚说非得蒙住吗?莫医生说必须蒙住。冉咚咚犹豫着戴上眼罩,慕达夫站到她身后,故意咳了两声暗示他的位置。莫医生说倒。冉咚咚忽然脱下眼罩,说地板上没有玻璃碴吧?说完,她四下张望,像勘查现场那样勘查一遍,没发现异物才把眼罩又戴上。莫医生说倒。冉咚咚的身子试着倒了几次都没倒下去。慕达夫替她着急,说倒呗。冉咚咚回头看了一眼,尽管她什么也看不见。莫医生说继续。冉咚咚的身子慢慢后倾,后倾到背部线与地板约七十度角时,她的右脚一退,整个身体飞快地站直。莫医生说OK,你的平衡能力不错。是吗?冉咚咚扯下眼罩,略感不适。

莫医生把慕达夫请出去,然后对冉咚咚说你认为我还有必要给慕达夫开处方吗?冉咚咚说开呀,干吗不开?他说为什么你不信任他?她说你怎么知道?他说从刚才的实验看出来的,你不敢往后倒是害怕他接不住你。她一哆嗦,没想到竟然掉进了如此低级的套路,却又无法否认他说出的事实,甚至产生了被人戳穿后的愤怒。她说你到底是给他看病还是给我看病?这个测试是不是你们的预谋?原来你们在合伙耍我……她急躁地徘徊,像发现凶手似的越说越激动。莫医生说了解自己比了解别人更难,如果没有镜子你永远看不到自己的屁股。"恶心。"她用力拍了一下桌子,嘭的一声,但她马上意识到自己失态,便稳住身体,稳了一会儿才慢慢坐下。坐了约莫两分钟,她说对不起,我不该把这里当讯问室。他说放松心情,注意休息,锻炼身体,但这些都比不上信任。

"可我有什么办法?我信任徐山川就不可能发现夏冰清被他强暴,我信任吴文超就查不出他与刘青的交易,只要我信任他们就永远破不了案。"

"我理解,这不是你一个人的责任,首先是他们给了你不信任感,然后你才不信任别人,但无论多么不信任,你都不能把丈夫当疑犯来怀疑,就像胡须是胡须,眉毛是眉毛,撇清了。"

"可我有什么办法？我总得找个人来释放吧。"

"相信,你才会幸福。"

哪怕是假的也要信吗？她想,但没说出来,而是忽地一笑。他想她在嘲笑,她在嘲笑真理和生活。

66

二十一点,冉咚咚带着唤雨进了次卧。唤雨躺到床上。她给她盖好被子,说闭上眼睛。唤雨闭上眼睛。她看着唤雨长长的眼睫毛和红扑扑的脸蛋,忍不住亲了亲她的额头,说晚安。唤雨调皮地睁开眼睛又飞快地闭上,也说了一声晚安。她说睡吧。唤雨调整呼吸,假装睡去,但她假装不到三分钟就真的睡着了。她羡慕唤雨这么快进入睡眠,羡慕她可以把假睡变成真睡。

从次卧出来,她坐在客厅的沙发上刷了半小时的手机,然后问慕达夫要不要为他准备夜宵？慕达夫说不用。慕达夫想她怎么突然变得这么贤惠了？她想做一个贤惠的妻子容易,但要做一个真实的妻子难上加难。想着,她起身走进浴室,用热水冲了二十多分钟。擦干身体,穿好睡衣,她进入主卧保养皮肤。她一边保养一边想我淋浴的时间越来越长了,以前是五分钟,后来是十分钟,现在每淋一次近乎三十分钟。二十三点,她强迫自己躺到床上,关灯,脑袋轰的一声忽然安静,思绪像潮水突然平息。但几秒钟之后,她便发现潮水的平息只是假象,表面波澜不惊,但有一股力量还在不停地拍打着脑壁,仿佛随时会掀起巨浪。她想"大坑案"有进展吗?刚一想,她就像掐灭烟头那样给掐灭了。不能往这个方向走,一走准会失眠。可念头越掐越旺盛,旺盛得就像被压着的小草试图顶开石板。压了一会儿,顶了一会儿,念头仿佛累了,不再顶了。她为此高兴,觉得自己还是有能力控制念头的。脑海闪过莫医生,像是自我暗示,暗示他说的"相信,你才会幸福"。我不需要暗示,也许我需要暗示。如果相信那就从相信不失眠开始吧,相信马上可以睡着,像唤雨那样三分钟进入梦乡。我能在三分钟内什么也不想吗?能不能把脑海弄成一片空白?一张白纸在脑海飘荡,飘得像电影《阿甘正传》里的那片羽毛。打住,那片羽毛虽然让画面漂亮,但每次出现都伴随着阿甘喋喋不休的讲述。羽毛飘走了,白纸回到脑海,变成一片白茫茫的雪景,忽然窜出一句歌词——你那里下雪了吗?你是谁?是邵天伟吗?千万别想邵天伟,否则又要回到"大坑案"。关闭,像关闭 Wi-Fi 那样关闭。慕达夫还在写吗?她的脑海里响起他敲打键盘的声音。要不要让他回到主卧?假如我相信他,我们的感情会不会修复如初?有人说中美关系已经回不到从前了,那我和他的关系呢?天知道,最好别想,这个方向也是禁区,一想准会把脑袋想大。那么,想点愉快的,想想那个虚构的郑志多。没出息,简直是自欺欺人。贝贞、洪安格、凌芳、父母、公婆、同学……他们在她的脑海里此起彼伏,按都按不住。掐掉,尽快掐掉。当她想到掐掉时，下意识地掐了掐大腿，痛感让她精神。她精神百倍地抵抗各种念头，它们一冒她就打，仿佛手里捏着苍蝇拍。她越打越有劲，苍蝇拍越来越重，好像这是个体力活，竟然累得胸口都出了一层细汗。她用手帕抹着胸口，想象那是一只陌生的手，这么一想，整个身体就像被人抚摸似的，划过一阵莫名其妙的快感。别兴奋，必须立即制止自己的非分之想。她竟然制止了，许多念头都被她制止了……

醒了，她以为还没睡着，但一看时间已是早晨六点。尽管她怀疑座钟出了问题，可饱满的精神状态告诉她真的一觉睡到了天亮。这是她近年来一直想做到却没有做到的事，但昨晚她做到了。为此，她强行伸了一个懒腰，仿佛庆祝自己的胜利。不宜多想，她迅速爬起来，刷牙洗脸进厨房，让连续的动作分散心思。慕达夫来到厨房想帮忙，她推开他，说写你的论文去。他进书房转了一圈又晃出来，满脑子都是糨糊。这么早别说写论文，就是写废话也写不出，生物钟告诉他现在是做早餐时间，一旦没早餐可做他就浑身不自在，每个细胞都像被绳子绑住了，只好在客厅走来走去。她说要不你再睡一会儿？他哪睡得着，朝次卧走去。她说别叫那么早，让她多睡半小时。有道理，平时他也是六点半才叫醒唤雨。无事可干，他又走进书房，坐在椅子上假装构思，但耳里全是煎鸡蛋烤面包舀稀饭削水果倒牛奶的声音。声音还是那些声音，就是距离有点远，不像过去是他碰出来的。挨到六点三十分他才走出来，餐桌上已经热气腾腾。他推开次卧的门，看见她已经把唤雨收拾得干干净净,连头发都梳好了。吃完早餐,他说还是我送唤雨吧,都习惯了。她说我送,你安心写你的论文。他起身想收拾碗筷,可她的动作比他快。当她把碗筷洗干净时,唤雨已背着书包站在门口。母女俩手拉手出去,门轻轻地关回来,生怕声音太响惊扰他的灵感。九点她回来了,手里提着一堆菜。放下菜,她一边洗衣服一边收衣服,尽量让声音保持在悄悄话的水平。家里安静极了,仿佛有了悄悄话反而显得更安静。十一点,她开始做饭,因为唤雨办了午托,午餐时只有他和她。她主动跟他聊天,但都不是聊她的工作,她好像把自己的工作给彻底忘了。这是她的故意,她在尽最大努力用理智控制自己的一言一行。她问他论文写得顺不顺利?他想有人这么侍候着能说不顺利吗?即使不顺利也得说顺利。她说好好写,写完了我们庆祝庆祝。为了她的这句庆祝,他不仅铆足劲思考还暗暗提速。十三点她上床眯会儿,半小时后起床熨衣服,拖地板,摆弄阳台上的花草。十六点她出门去接唤雨,家里顿时空落落的。虽然以前家里也空落落的,但慕达夫习惯了,不敢不愿意去认真体会,可今天因为她一直在做家务或者说一直在侍候他,他的空落落被唤醒了,哪怕只是一小时。十七点,门口响起她们的欢声笑语,但当门一打开她们的声音就立刻消失,好像刚才的欢声笑语是他的幻觉。要不是唤雨偶尔噗嗤一笑,他还真以为是幻觉。不小心,唤雨碰翻了茶几上的铜壶。她竖起手指嘘……说小点声,爸爸在写论文。十七点十分,她开始做晚餐,唤雨写作业。她在厨房和次卧之间穿梭,一边做菜一边辅导。十八点吃晚饭,一家三口有说有笑,唤雨讲了一则童话,他们负责鼓掌。十九点,她洗碗,他继续写论文,唤雨看动漫,各归其位。二十点,她监督唤雨刷牙洗澡,他进入最好的写作状态,至少在字数上有所突破。二十一点,唤雨上床了,她看着她睡去才从次卧轻轻地退出来,坐在客厅沙发上刷半小时的新闻,然后问慕达夫要不要为他准备夜宵?慕达夫说不用。说完,他想她哪像一个病人,她分明是一个贤妻良母,也许我们都误解她了。二十二点她走进浴室,这次她只冲淋了十分钟便关掉喷头,想下一次争取只冲淋五分钟。洗漱完毕,她进入主卧保养皮肤。二十三点她躺到床上,熄灯,很快就睡着了,因为身体的疲倦,也因为忙碌而获得的心理充实。

67

一周后,慕达夫的课题论文完成了,但他知道这只是字数上的完成,前三分之二的内容还算扎实,也抛出了两个新观点,却无法弥补后三分之一的仓促与苍白。后部分之所以有点飘,是因为冉咚咚对他的过度照顾。冉咚咚承担了所有的家务,让他享受了一个多星期的衣来伸手饭来张口,每天唯一的动作就是坐在书桌前写,以至于他边写边怀疑这项工作的意义,怀疑自己值不值得她如此付出?尤其是听到她说写好了还要庆祝之后,他的心就更急了。一急,他的论文主题就偏离,仿佛被戳痛的公牛横冲直撞,这让他每天上午都在纠正前一天的谬误,但下午又不可避免地犯错。他越来越相信论文不是写出来的而是纠正出来的,就像好人也不是做出来的而是改正出来的。

其实,他不想做课题,但现在大学的评价标准都是课题优先,教授们没课题等于没能力,除了科研奖拿不到高分还会影响晋升,也就是说不管你写了多少一针见血的文章,也不管你发表了多少篇改变学界认知的论文,那都不如拿课题来得实惠。于是乎,教授们像一群被赶上"课题架子"的鸭,整天"课题课题"地叫个不停,有的站不稳一头栽下去,有的想飞却翅膀不够硬。为了在架子上站稳喽,鸭子们都得学鸡,卷起带蹼的脚掌紧紧抓住杆子才不至于变成自由落体。慕达夫是四级教授,哪怕他超脱不想晋升为三级,但学院的淘汰制同样把他逼上了架子。他的强项是文学评论,可这个领域的课题他报一次失败一次,原因是他选择的评论对象虽然有实力却名气不大,当评价标准都不以实力论英雄的时候,他还在以实力来选择评论对象。他不愿意妥协,哪怕妥协自己也不妥协文学标准。所以他拿课题基本上都是打擦边球,要么有关少数民族题材,要么有关古代服饰研究,要么有关乡村文化。这些课题都不是他的强项,却比他的强项课题好对付。比如眼下这个课题,他只是随手一填就拿到了,拿到时他觉得挺幽默,就像当初他填这个选题那样幽默。

他在城里生在城里长在城里读,不要说乡村文化就连乡村他都不熟悉。学院里有近半数的同事出生于乡村,虽然他们经常为课题唉声叹气,却从来不申报关于乡村的课题。先前他皱紧眉头也想不明白,但当他带着研究生去乡村调研一两次后,就明白他们不申报这类课题是害怕下乡,因为乡下的调研实在是太难了,怪不得他能捡漏。可调研四五次之后,他想他们也许不是害怕下乡,而是对他们熟知的乡村已没有了想象,与妻子对丈夫或丈夫对妻子没有想象是一个道理。在他没调研前的想象里,乡村是沈从文笔下的乡村,不但风景美丽而且民风淳朴,弄不好还能遇上《边城》里"翠翠"那样的小姑娘。可随着调研的深入,他终于明白乡村不是文字里的标本而是正在变化的活体,变化最大的是人口少了,年轻人都进城打工挣钱去了。看着那些荒芜或坍塌的老建筑、挂着锁头的新建水泥房以及积满灰尘的公共设施,他不得不感叹人口迁移给乡村带来的影响。人口少了活力就没了,仿佛作品没有读者,产品没有买家,文化的需要和供应链在不知不觉中切断。如今的乡村基本上由留守老人和儿童代言,连他们自己都不知道需要什么样的文化,于是,一个教授或者说城市居住者便给他们总结概括和建议,这样的药方有意义吗?虽然他也质疑,但为了结题他必须建立起自己的角度,并相信自己的角度具有前瞻性,因此在敲上最后一个句号的时候,他还是像每次写完论文那样兴奋不已。

他习惯性地叫了一声咚咚,以为她会闻声而来,坐在他的大腿上听他讲一遍立意,或听他朗读某个精彩段落。热恋时她总是这样,结婚后偶尔这样,但近五年来她已经不这样了,他叫她仅仅是保留一份幻想。果然,屋外没有响应,他看了看时间,二十点,她在监督唤雨洗澡,既听不到他的呼叫也没有时间理睬他。于是,他按捺住兴奋,决定推迟发布这一消息。推迟到什么时候?他想最佳时机应该是二十二点四十分,这时她已经洗完澡,正在卧室里保养皮肤。他认为她说的"写完了我们庆祝庆祝"是指过一次久违的夫妻生活,因为过去他们就是这样庆祝的。美滋滋地想着,他虽然按住了那个兴奋却没按住这个兴奋,兴奋就像点燃的炮仗哗哗叭叭地炸了起来,让他的身体提前进入状态,并有了生机勃勃的反应。趁她还没出来,他赶紧钻到另一间浴室洗澡,一边洗一边想前一次过夫妻生活的时间,但他怎么也想不起来,太久了,就像在想某个历史事件。

  他准时扭开主卧的门,看见她坐在床边往身上涂护肤品,席梦思一闪一闪的仿佛在故意挑逗,也像在为他的下一步工作预热。他想现在进来真是明智,好多事情能够办成靠的就是选对时间。她虽然看见他进来了,但姿势并没有改变,涂了护肤品的手仍然在颈部和胸部搓揉。他径直走到她面前,说亲爱的,我的论文写完了。"是吗?祝贺。"她微笑着抬起头,手停在左胸,仿佛突然听到了一首神圣的歌曲那样屏气凝神。他张开双臂想拥抱她。她忽地站起来,从他正在合围的手臂里钻出去,走到梳妆台前才站住。他说难道你不想庆祝一下吗?她说明天晚上,你得给我一点时间准备。"为什么不是今晚?"他合拢的手臂悬在空中,好像搂住了她似的,嘴巴还对着怀里的空气喷喷地吻了一下。她下意识地用手护住脸蛋,说我的庆祝地点不在这里。

"那在什么地方?"

"明天你就知道了。"

"可今晚会显得很漫长,要不我们先排练排练?"他想难道她要选地方玩情调吗?

"排练个头。"说完,她打开门做了一个请他出去的手势。

他翻起白眼,抱着那团空气走出去,直到她把门关上了他才放下双手,用力地甩着,仿佛要甩掉愤怒。

68

他的等待从她出门那一刻开始。吃完早餐,她就带着唤雨出门了,出门前她说下午我会来接你。他想她会把地点选在什么地方?大概率会是五星级宾馆,但愿她别选蓝湖大酒店。上午他把论文改了一遍,中午睡了一个午觉,下午开始在衣帽间挑衣服。我竟然也挑衣服?他一边挑一边批评自己,一边批评自己一边在镜子前试穿。他试了一件又一件,每件似乎都不理想,仿佛第一次相亲那么苛刻。最后他挑了一套西服,就差打领带了。西服是他多年前为了参加国际会议而买的,只穿一次便挂在衣柜里,原因是他受不了西服的约束,穿上它两边肩膀仿佛贴了伤湿止痛膏,随时都感觉到肩膀的存在,而且两只手臂的活动幅度也不能大,一大就会被扯回来,可是现在,他却主动选择它。他把西服熨了一遍,每个皱褶每个起伏或凹坑都熨平了。十六点十分,他穿上西服在客厅里走来走去,一是想适应服装对自己的控制,二是缓解等待中的焦虑。他发现自己已经不会跟冉咚咚打交道了,每句话每个动作每个要求都不像过去那样脱口而出,而总是要在脑海里打几个筋斗才小心翼翼地说出来,连语调重音语气都不对,自己听着都觉得别扭。

十七点,他接到她的短信:"五分钟后到达。"他赶紧下楼,站在路边等她。她把车开到他面前,他钻进副驾位,看见她也穿了一套西服,真是不谋而合。那么,她在哪里换的服装?他想,出门时她穿的可是风衣。他知道她在两个地方备有衣服,一是单位,一是荷塘小区自家那套房子。这么说她选择的地点是另一个家里,也不错,虽然没有高档宾馆浪漫却让人心里踏实。三十分钟后,他们到达荷塘小区十五栋,停好车,两人高高兴兴地进了电梯。电梯里没人,他急不可待地伸手拍了拍她的臀部。她把他的手打开,说你不知道电梯里有摄像头吗?他说我又没摸别人,管他什么摄像头。叮的一声,电梯停在十一楼,他们走出来。他又拍了拍她的臀部,这次她没反感,似乎默许了。但当她掏出钥匙打开家门后,他才明白他的判断错得离谱,原来她说的庆祝不是他想的庆祝。满屋的喧哗像一股强气流冲出门来,差点把他推倒。唤雨、父母以及岳父母站在客厅,笑盈盈地看着他们。餐桌摆满了菜,每个位置上都放着酒杯。

众人落座。他一看就知道主菜是她做的,配菜分别出自母亲和岳母之手,白酒是岳父带来的,红酒是父亲带的。他想好久没跟家人聚了,确实需要一次这样的庆祝,心里泛起一丝感动。他不是被她感动,而是被这一群人感动,他们就像一团温暖的气体包裹着他,就像大气层保护地球那样保护着他,尽管平时很少看见他们。他想举杯致辞,但她抢在他前面举起红酒杯,说今天主要是祝贺达夫完成了课题。大家欢呼,碰杯声和祝贺声响成一片,好像他获得了"长江学者特聘教授"似的。他忽然想醉,于是频频以敬酒的名义敬自己。很快他就迷糊了,周围的声音渐渐变成了块状团块糨糊状。不知过了多久,冉咚咚说要不要拍张合影?大家响应,纷纷站立,但慕达夫已醉得站不起来了。一双手扶起他的左膀,另一双手抓起他的右臂。他被扶到C位,大家以他为中心依次排列,但谁来拍照成了问题。冉咚咚说她来拍。父亲不同意,说你不能缺席,还是我来拍吧。岳父说亲家,你也不能缺席,我是记者我来拍吧。大家谦让着争论着,好像谁拍谁就出局了似的。冉咚咚说安静。客厅里忽然没了声音。冉咚咚说每人轮流拍一张,大家不都在照片上了吗?说完,她先拍了一张,然后再换其他人拍。只有慕达夫和唤雨没有出列,他们一个眼花手晃,一个还不会拍照。

慕达夫醒来已是次日九点,他发现自己睡在主卧的双人床上,竟然变成了整张床的主人。这不是冉咚咚的空间吗,我怎么把它占领了?但一看窗帘,他才想起这是荷塘小区的家。他爬起来,看见餐厅和客厅打扫得干干净净,厨房的杯盘碗盏摆得整整齐齐,说明昨天晚上冉咚咚收拾好这一切才离去。除了冉咚咚,没人知道他昨晚为什么要喝醉。从进门的那一刻起,他就知道他们的婚姻已走到了尽头。过去她请家人聚会都是在西江大学的那个家里,那边既宽敞又方便,但昨晚她为什么要在这里请?因为她想让亲人们过来帮他暖暖场子,让他适应这里,所以她的祝贺有两层意思:一层是祝贺他做完课题,一层是祝贺他乔迁新居。别人听不出来他听得出来,她也是知道他听出来了才没有阻止他喝醉。按协议现在他可以不跟她办离婚手续,除非她把"大坑案"破了。破了案才办离婚,这是她自己写在合同上的,当时她信心满满以为案件很快就能侦破,没想到越查案件越复杂,直到现在她都不知道凶手在哪里。仅凭这一条,他就可以把她拖得又累又烦,但是,他不想做卡列宁那样的人。当年他读托尔斯泰的小说《安娜·卡列尼娜》时,对卡列宁故意不跟安娜办离婚手续耿耿于怀,没想到现在他也得面临这一难题。

手机叮咚,他拿起来一看,是她发过来的一张合影。他依稀记得昨晚拍了好几张,但她只发了她拍的这一张。这一张里没有她,也就是说她主动出局了,她再也不愿意出现在这个家庭的合影里了。他拨通电话,问她在哪里?她说楼下。他下楼,看见她坐在他的车子里。他说为什么开我的车?她说我不敢保证我的情绪不失控,关键时刻还是男人开比较安全。说完,她下车,绕过去坐到副驾位。他坐到驾驶位,说你要不要再考虑考虑?她说我考虑得都可以倒背如流了。他说有的婚姻是用来过日子的,有的婚姻是用来示范的,以前我觉得"过日子"重要,现在我认为"示范"更具社会意义,如果连我们都不守护了,那婚姻的信仰就会坍塌。她说但是,没有爱情的婚姻是可耻的。他说很遗憾,这个世界上根本就没有你想要的那种"婚后情"。她说我相信有,就像你相信无。

他们来到西江区婚姻登记处,在等待区等待,谁都不说话,仿佛该说的都说了,仿佛谁说话谁掉份。直到工作人员叫了他们的名字,他们才站起来,走到离婚登记处办了手续。虽然他们的脑海都曾闪过十一年前在此领证的甜蜜情景,但很快他们就把回忆强行关闭,尽最大努力让脑袋保持空白。保持空白是需要毅力的,稍一松懈往事就会奔涌而至,瞬间把脑海淹没。他们好像在比赛潜水憋气,看谁能让空白保持得久一点更久一点,使自己看上去显得比对方更冷静,更不在乎,更没心没肺。她知道如果不爱了就别心软,谁心软谁受到的伤害就越大,而他也明白越脆弱越需要伪装。

出了大厅,她说如果你回家的话我就搭个顺路车。他想婚都离了,家还能叫家吗?但他没有纠正,空白的脑海顿时百感交集,连鼻子都一阵阵发酸,仿佛十一年时间是拿来浪费的,曾经的生活画面前所未有地清晰。他的心里忽然涌起一股悲壮感,在朝停车场走去时竟然想走出自豪感,但当他一头钻进轿车时,孤独感、被抛弃感和委屈感相约袭来,他禁不住伏在方向盘上失声痛哭。可他不能哭得太久,否则会引起她的怀疑。三分钟后,他抹干眼泪,把车开出来停到她身边。她习惯性地打开前车门,但在上车的一刹那忽然把车门关上,捏过门把的手仿佛被烫了一下,不经意地甩了甩。她犹豫着,甚至扭头遥望远处的出租车。他按了一声喇叭。她打开后车门,像一个陌生人似的坐在后排,不喜不悲,不卑不亢,脸上没有任何表情,好像刚刚处理完一件公务。可是,车行两公里后她的脑海就决堤了。她说你为什么不坚持?他说坚持什么?她说坚持不离。

"不是你说要离的吗?"他窝了一肚子的火气。

"其实,我一直希望你坚持,从提出离婚的那一刻起。我希望你不要在协议上签字,可你不仅签了,签的时候还甩了一个飞笔,好像挺潇洒,好像彻底解脱了。别人离婚要么一哭二闹三上吊,可你一招都没用,生怕一用就像买股票被套牢似的。无论是生活或者工作你一直都在使用逆反心理,但唯独在跟我离婚这件事情上你不逆反。我知道你并不在乎我们的婚姻,虽然你口口声声说不想离,但潜意识却在搭顺路车,就坡下驴,既能顺利把婚离了又不用背负道德责任,既能假装痛苦地摆脱旧爱又能暗暗高兴地投奔新欢。好一个慕达夫,原来你一直在跟我将计就计。"

他气得用力踩了一脚刹车。嘭的一声,汽车被追尾了,一股冲力从后背传导至前胸。

第九章 疚 爱

69

初春,校园里的树大多数还是绿色,不绿的最多也就一层浅黄,偶尔几处淡红,那是特别敏感的植物品种或缠在树上的藤蔓。冬天不掉的绿叶现在正疯狂地掉落,而新的叶芽又迫不及待地挂上枝头,每一根树条上仿佛同时出现生死。季节蠢蠢欲动,冉咚咚的心里也蠢蠢欲动,就想找个地方疗养。她首先想到的是埃里,她为自己首先想到这个地方惊讶了好几分钟,是因为那里的风景美丽吗?她当然愿意把原因归结为风景,这样心情会感到舒畅至少没有压力。尽管她不停地给自己心理暗示这是唯一答案,再不济也是第一答案,但却摁不住第二答案的抗议,干扰。因此她不再坚持,让第二答案成功地占了上风,那就是去观察刘青和卜之兰,希望从他们那里找到办案的突破口。出发前,她又看了一遍对刘青的所有讯问录像,发现他每次回答问题时眉毛总会微微上扬,好像在表达他的轻视不屑和反感。他的眉毛频繁上扬与面部的毫无表情,巩固了冉咚咚对他撒谎的判断。她一直认为他在撒谎,却苦于拿不到证据。

时间虽是初春,但地处高原的埃里天气一如冬天,山上的树还没长出叶片,褐色的草坡偶尔还会起霜,小河隔三岔五地结冰,天还是那么蓝,水还是那么清亮。刘青和卜之兰养的牛羊猪鸡全都收进了密封的圈里,每天喂它们三顿饲料。他们搭的大棚里种着蔬菜,蔬菜和肉食品继续在网上销售。为加工肉食品,他们在县城建了小型屠宰场和加工厂,聘请了十几位当地农民为他们工作。这天下午,刘青正在牛圈里喂饲料,忽然听到汽车进村的响声,这不是卜之兰的皮卡车声音,也不是村长的吉普车的声音,更不是隔壁阿树的国产轿车的声音,于是跑出牛圈张望,看见一辆越野车停在他家对面的村长家门口。两年前,村长家开了民宿,夏秋两季会有三三两两的旅客来住,可冬天到初春这段时间基本没有客人。车门打开,刘青看见冉咚咚从车里钻出来,村长帮她从后备厢搬下行李。冉咚咚对着驾驶室摇摇手,越野车开走了,她和村长提着拉着行李走进家门。刘青想山寒水冷的,她来干什么?

开始,村民们认为她是来旅游的。当天傍晚,当落霞的余晖洒满山谷的时候,她穿着蓝色的羽绒服,戴着一条橙色的围巾,沿小河走了一圈,见谁都笑眯眯地打招呼,还进刘青和卜之兰家喝了一杯茶,聊了一会儿天。但两日之后,村民们认为她是来度假的,因为每天上午九点,当太阳的光线落在屋顶时,她就泡一壶茶,坐在三楼临河的阳台上读书。

她在读杜鲁门·卡波特的非虚构小说《冷血》，这是她第三次阅读了。第一次阅读是慕达夫向她推荐的，当时他们刚认识。第二次阅读是在"大坑案"发生后一周，她想从书里找找破案的灵感。现在，她坐在远离城市的乡村里阅读，除了对克拉特一家四口遇害依然深表同情之外，还对凶手因四十多美元而大开杀戒产生联想。四十多美元，即便在上个世纪五十年代的美国乡村也不算什么钱，但如果是一万元人民币放在今天的中国乡村，它还是有一定吸引力的。卜之兰一年前盘下阿都的这栋旧房子，才花了一万块钱，也就是说一万元在偏远的乡村可以买一栋旧房。刘青从吴文超手里拿到的十万元现金中，一万元去向不明，尽管他说这一笔钱给了夏冰清，但她始终不信。

又过两天，村民们认为她是来扶贫的，因为每天下午她都参加劳动，有时跟村长一家去坡上拉干草，有时跟刘青一家去喂牛羊，有时跟阿树一家去大棚里摘蔬菜，或帮阿光家锯柴火，看见谁家有活干她都会帮一把。但渐渐地，村民们发现他们都猜错了。不知道谁说她是警察，锯柴那天阿光跟她核实，她说没错。于是，村民们开始猜警察来这里干什么？要么追踪罪犯要么调查案件要么抓捕犯人。那么，犯人是谁？首先被猜的人是刘青和卜之兰，他们是外来人口，底细村民们都不知道，而且两个月前他们还在夜里被警方悄悄带走过，十天后才放回来。说法越来越坚定，有人拍着胸脯说我用脑袋担保，她就是冲着他们来的，否则她不会住在他们家对面，甚至有人说看见冉咚咚拿着望远镜观察刘青和卜之兰的一举一动,传言甚嚣尘上。一天夜里,村长问你是来盯梢刘青的吗?她不答。村长说大家都这么传,弄得人心惶惶,如果你是来抓坏人的应该跟我通通气,怎么讲我也是基层组织的领导,有事没必要瞒着我。她还是不答,吓得村长的后背发冷,以为她是纪委派来暗中调查他的。为了消除自己的心理暗示或者说恐惧,村长也跟着大家说她是来抓犯人的。

村民们与刘青和卜之兰的关系发生了微妙变化:先是躲闪,远远看见他们便绕道;其次敬而远之,再也不打招呼不串门了;再次避之唯恐不及,看见他们扭头就跑,好几次阿光都把鞋子跑掉了。没有谁让村民们这么做,也没有谁出来证实冉咚咚就是来抓刘青或卜之兰的,但村民对待他们的态度却出奇的一致,仿佛所有的人都接到了秘密指令,不约而同地做出统一的行动。冉咚咚没料到会出现这样的局面,想这是不是就是瑞士心理学家荣格提出的"集体无意识",既是遗传保留的无数同类型经验在心理最深层积淀的人类普遍精神,又是人类原始意识的回响。这是不是也是乡村的传统伦理,惩恶扬善,哪怕善恶还有待确定,难道乡村的"集体无意识"也有直觉?它能提前嗅出危险?刘青和卜之兰被村民们孤立了,虽然他们一如既往地给邻居们送菜送肉,但菜和肉都被退了回来,挂在他们家门前的竹竿上,像一封封绝交信。

孤立即惩罚,卜之兰最先有了反应。深夜,她在床上翻来覆去再也睡不踏实了。她问刘青,冉咚咚来干什么?刘青说我不知道,也许是来度假的吧?

"你是真迟钝还是假迟钝?像她这种身份的怎么会选择这么个山旮旯来度假?而且还是大冷天的。度假怎么会是一个人?你会一个人去度假而不带上我吗?我问过村长,她真的带了望远镜,在除了草地就是森林的埃里,她带望远镜来干什么?难道她是来观察动物的?可她又不是动物学家。你得多留个心眼,她不会无缘无故地来,一定事出有因。"

"你哪来那么多灵感?睡觉吧。"

"她来了半个月,进我们家聊天一共十二次,几乎每天都来,跟我们一起干活八次,无论是进屋聊天或是跟我们干活,次数都稳居埃里村第一。你想过为什么吗?"

"她不是跟我们熟悉吗?"

"她跟村长那么熟,也才帮他家干了五次活。她跟阿光聊得那么开心,只帮他家干了四次。她跟阿树学唱山歌,但只帮他家干了两次。两次,多么可怜的数字,可她却帮我们家干了八次。我不认为她是因为喜欢牛呀羊呀什么的,才多帮我们家干活,虽然每次喂饲料时她都给它们取好听的名字。我认为她给牲畜们取好听的名字是为了掩人耳目,真正的目的是想近距离了解我们,观察我们。现在全村人都不吃我们家送的菜和肉了,只有她没有拒绝,每次都笑纳。像她这种讲原则的人,每次收下菜和肉都应该付钱的,可她每次都不付钱,连要不要付钱问都不问一声,这又是为什么?"

"本来我们就是送给她的,再说她帮我们干活,我们也没付工钱。"

"错,在全村人都孤立我们的时候只有她没孤立,为什么?因为她怕打草惊蛇。你到山上割了那么多草,也见过蛇,打草惊蛇你不会不知道吧……"

她有理有据滔滔不绝地说着。刘青翻了一个身,睡着了。他不是假装睡着而是真睡,因为白天他碎了一卡车的草料,身体极其疲倦。但卜之兰身体虽然疲倦,脑海却异常活跃。她想也许刘青有什么事瞒着我,我无条件地相信他会不会是一个错误?我对他的纵容会不会变成窝藏?村民们说的是不是谣言?可无风不起浪。她漫无边际地想着,刘青忽然惊坐起来,问谁是蛇谁是蛇?她吓了一跳,说你怎么了?他说没,没什么,只不过是做了一个噩梦。

此刻,冉咚咚也还没有入睡,她正躺在床上看书,突然收到慕达夫发来的一张照片。照片上是一截断墙,墙壁是白的,上面用黑墨写了几句诗:"故乡,像一个巨大的鸟巢静静地站立/许多小鸟在春天从鸟巢里飞出去/到冬季又伤痕累累地飞回来——吴真谋"。冉咚咚回复:"你在什么地方拍的?"慕达夫回:"洛城县三把村,我的课题论文不够完满,带学生下乡继续调研。"她回:"研究乡村文化你得研究乡村集体无意识。"他回:"侦破案件最好先读读这首诗。"她立刻上网搜索阅读这首名叫《故乡》的诗,脑海顿时一片空白,尤其是这两行:"有的一只手臂回来,另外一只没有回来/有的五个手指回来,另外五个没有回来",让她想起夏冰清那只被割掉的手。

70

慕达夫去洛城县调研之前见了贝贞一面,是贝贞约他的,贝贞说长篇小说修改完毕,希望见面聊聊。贝贞定时间:下午三时。慕达夫定地点:锦园书吧。他们彼此客气,连约见都要AA制,一个出地点一个出时间。慕达夫定这个地方是有意为之,十三年前,他跟冉咚咚第一次约会就在这里,也是这个靠窗的位子,仿佛一切都没改变,改变的只是对面坐着的人。十三年来,他从不约别的女性在这个书吧见面,更别说坐这个位置,这是他为冉咚咚一人保留的,是他们之间的秘密以及甜蜜所在。但是今天他破例了,他想试试在他的心灵空间里能不能容忍别的女性闯入?比如贝贞。

昨晚,贝贞修改完成了以她和洪安格生活为素材的长篇小说,现在正兴奋地讲述着,讲得脸都通红了,仿佛正在讲述的不是她的作品而是世界名著。慕达夫想集中精力听,但环境迫使他的注意力一次次跑偏,脑海不时闪现他与冉咚咚第一次见面时的情景,以至于他怀疑自己不是想来跟贝贞聊天,而是想来缅怀,因为害怕缅怀会陷入伤感,便把贝贞顺带约上,以期在自己伤感时用贝贞来填空,来安慰。简直就是心理绑架,他这么一想,就飞快地骂自己不厚道,好像骂慢了会没有效果。骂完,他还觉得内疚,觉得把贝贞放在一个她并不知情的环境里是一种冒犯,但问题是他又不想改变现状,于是只能弥补,弥补的唯一办法就是集中精力听她讲述。贝贞说她已最后确定这部长篇小说的书名,叫《敏感族》,男主人公叫安木,从她前夫洪安格的名字中拆解而来,女主人公叫冬贞,由她的和冉咚咚的名字组合而成,破坏这个家庭婚姻的第三者叫吴亚萌,与现在跟洪安格结婚的伍亚濛谐音。慕达夫不满意她这样给作品中的人物取名字,认为她这样做是污辱文学,把高尚的精神劳动沦落为低级趣味的情感宣泄。她说喊,本来我就没有那么高尚的目标,我写作就是想宣泄不满和委屈,假如当初不用这些名字,我连写作的动力都没有。完稿后,我也曾想把他们的名字替换掉,但他们就像家人似的跟随我几个月,名字一换我就不认识他们了,我对他们已经产生了不可分割的感情。

"那至少把冬贞这个名字改掉。"他不满意她把冉咚咚扯进来,更不满意那个叫冬贞的女人跟一个名叫莫达虎的学者发生婚外情。"莫达虎"不就暗指"慕达夫"吗?但这条不满意他没有说出来,因为这条线要是抽走,整个小说的结构就会歪斜甚至垮塌,这对贝贞的心理打击将是原子弹级别的,况且莫达虎还是她的心灵寄托。她经常说写小说可以抚慰她的心灵,但写小说只是一个笼统的说法,真正能抚慰她心灵的还是她塑造的人物。

"你为什么如此在乎人物的名字?没想到一个文学教授竟然想改变小说的虚构性质?"她非常生气,仿佛不仅仅是为了小说,"你老婆又不是皇帝,我干吗要避讳她的名字?如果说小说家还有一点点权力的话,那取名字就是我的权力之一。"

她说得没毛病。他只能另外挑刺:"小说的结尾不好,冬贞竟然把安木和吴亚萌谋害了,没有温暖,过于血腥。"

"这也是写作者的权力,不这么写不足以解我心头之恨。"

"你只顾你的权力,你考虑过读者的感受吗?为什么你成不了一流作家?因为你太任性了。好的作家不是想写什么就写什么,而是懂得不写什么。"他说得有些激动,好像作品中被谋害的是他。

"那么,请你告诉我,这个小说该如何结尾?"她尊重他的激动。

"前次我不是跟你讨论过了吗?让他们重归于好,让冬贞回到安木的身边。"

"那吴亚萌呢?她都已经跟安木结婚了,我该怎么安排她?"

"让她爱上别人,爱上比安木更优秀的男人,这样既不让她悲惨又能让安木受到惩罚。"

"哪有那么多优秀的男人让她去爱?你以为找个优秀的男人像捡树叶那么容易吗?"她撇嘴冷笑,"这么多年来,我一直以为我平庸,你优秀,但今天听你这么构思,我怎么觉得你比我还平庸呢?是生活让你变蠢的还是冉咚咚让你变蠢的?如果按你的想法写结尾,我觉得这部小说可以不要了。慕达夫,你那可爱的逆向思维呢?你的桀骜不驯和叛逆精神呢?都他妈跑到哪儿去了?"

他惭愧地低下头,不得不承认自己确实平庸了,就像一块尖角的石头,在人生的河流里滚着滚着就不知不觉地变成了一枚滑不溜丢的鹅卵石。但是,他不想认输,不是不想跟生活认输,而是不想跟贝贞认输。他说你不知道平庸的魅力,它貌似糟蹋你,其实是保护你,它让你惭愧却又让你舒服自在有安全感,你时时刻刻都想逃避它,但它却在暗中一直保护你,它是你摔倒时接住你的双手,也是你脱颖而出时的衬托,它是我们逃避不了的基因,是我们意识不到的"集体无意识",我东突西撞这么多年,直到现在才明白甘于平庸的人才是英雄,过好平庸的生活才是真正的浪漫。说完,他松了一口气,仿佛卸下了一副重担抑或撕下了面具,他觉得这些年在她面前端着装着实在是太累了。贝贞略略一惊,觉得他讲得有道理。她想什么是专家?这就是,即使他把黑的说成白的也能一套一套的。但她就像她小说里的那群敏感者,怀疑他说的不是发自内心,也许他不是真的在为小说结尾考虑,而是想用小说的结尾提醒我回到洪安格身边,目的就是把我从他身边赶走。

在书吧吃了简餐,贝贞邀请他去她的住处。他没有拒绝,这让她有些意外。上车后,他们都不说话,仿佛一说话就会惊飞他们的计划,好像他们已想到一块去了。到了目的地,他让贝贞先下,自己找停车位。停好车,他上楼,走进贝贞的租屋。贝贞正在洗澡,稀里哗啦的水声让他略感紧张。很快贝贞洗好了,光着身子走出来,掀开被窝钻进去,显得那么自然得体,好像他们已经住在一起好久了。现在该轮到他洗了,贝贞靠在枕头上看过来,用目光催促。他忽然感到不适,甚至觉得羞耻。他的羞耻不是来自可能发生的肉体接触,而是来自他要光着身子在她面前走进去再走出来。除了冉咚咚,他从来没有光着身子在别的异性面前走来走去,更何况贝贞的两只眼睛就像两台炯炯有神的摄像机。他想叫她别看,可他开不了口,生怕自己表现得没有她从容老练。他暗自希望她别过脸去,但小说家的好奇让她的眼睛一眨不眨,仿佛在提前享受一顿美餐。他退缩了,也许并不是因为羞耻,也许羞耻只是一个似是而非的借口。

"你在等什么?"贝贞期待地。

"我不想伤害你。"他回避她的目光。

"什么叫不想伤害?"她下意识地拉起被子,盖住双肩。

他说我没法给你婚姻。她说我跟你要婚姻了吗?他说我也没法给你责任。她说我跟你要责任了吗?他说只要发生关系,责任就会自动生成,到那时你不再是你,我不再是我,连友谊恐怕都保不住。

"既然想得这么周到,那你为什么要来?"

"对不起,我想试着逾越,但突然发现做不到,我不仅误解了你,也误解了自己。"

"滚。"她从来没这么生气过,也从来没对他这么失望过。

他仿佛听到了命令也仿佛得到了解脱,飞快地站起来,飞快地走出去,生怕走慢了她和他都会改变主意。回到车里,他想我到底害怕什么?除了害怕伤害贝贞也害怕伤害冉咚咚,因为我守住这道底线就是守住冉咚咚的理想。

71

仅仅一星期,卜之兰就瘦了十斤。她睡不好觉,整天出虚汗,听到脚步声或狗叫声心里就发慌,有时一阵山风也会把她吓得大跳。刘青说我都不怕,你怕什么?她说我怕失去你。说这话时,她想起了她的另一段感情。两年前,她表面上是来山里做农产品生意,而内心里却是在逃避过去,是想躲在这个偏远的地方疗伤。但是疗着疗着,她就疗出了寂寞,就疗出了她对刘青的深深内疚。读大学时她跟刘青秀了那么多恩爱,其实都是秀给另一个人看的。虽然她也爱刘青,可她更爱那个人,她是在通过爱刘青来爱那个人,而这一切刘青都蒙在鼓里。在她跟那个人快乐相处的日子里,她假装把刘青给忘了,开始是忘记一分钟,后来忘记一小时,再后来忘记一天一周一月一年,忘记的时间越来越长,直到只要不愿意就可以不想起。但是,当她被那个人抛弃之后,刘青立刻在她心里复活,他的好和她的内疚同时涌上心头。内疚唤醒她深埋的爱意,于是一年前她在网上主动联系刘青,一是想给他感情弥补,二是想找一个人来解决寂寞,高大上的说法是陪伴。她以为刘青会记恨她,没想到他竟然来了。六月一日傍晚,当他出现在昆明火车站出口的那一刻，她的眼里噙满了感激的热泪。她发誓从此好好珍惜，别再把他弄丢了，但越想珍惜就越怕失去。经历了抛弃别人、被人抛弃以及疼爱三个阶段后，她变成了一个高度敏感型的人。

看着卜之兰消瘦，出虚汗，失眠，刘青急得偷偷撞墙却也帮不上忙，强行带她到县医院做了一次体检。医生查不出病因，问她到底哪儿不舒服？她说我也不知道，也许是太累了，也许是天气太冷了，也许是胃病，也许是例假不正常，也许是怀孕了……她说了无数个"也许"，就是不说她不舒服的真正原因。刘青知道她担心什么，在宾馆为她开了一间房，说你就住在这里，想住多久住多久，最好住到冉咚咚离开了再回去。她觉得这是个好办法，便点头同意了。刘青一个人回到埃里，但第二天早晨他还没起床就听到了轻轻的拍门声，开门一看，原来是卜之兰。她说本想不见不烦，却没想到脑子里全是我们家的牛羊猪鸡，昨晚一秒钟也没睡着。他一边心疼她一边反感她施加的压力，忽然产生了逃避的念头。他说如果我离开了，你会好起来吗？她说离不离开不是问题，问题是我们犯没犯罪？我要是不爱你，你犯不犯罪也不是问题，问题是我已经成为你的一部分，你的罪也是我的罪，我的罪也是你的罪，我们好像变成一个人了。他说你凭什么断定我有罪？她说我不晓得，反正一看见冉咚咚我就紧张焦虑，就觉得夏冰清是我害死的，我都不认识夏冰清，为什么会有这种想法？说完，她突然哭起来，好像谁欺负她似的越哭越伤心。他把她紧紧搂在怀里，仿佛搂紧了就能给她能量。她瑟瑟发抖，嘟囔："我有罪……"刘青想真是功亏一篑，我顶住了冉咚咚凌芳和邵天伟的轮番讯问，却顶不住爱人的眼泪。

下午，刘青穿戴整齐，带着简单的行李走进村长家，敲开了冉咚咚的房门，说我要交代。冉咚咚等的就是这一刻，奇迹终于出现。刘青说夏冰清找我办移民手续的那段时间，A移民中介公司所在的那幢大楼正在装修外墙，外墙的瓷砖部分脱落，民工们要先把瓷砖全部铲掉，然后再刷油漆……冉咚咚想他为什么不结巴了？怎么一点都不结巴？连紧张感都没有，好像在跟我拉家常似的。他说那天，大约十点钟，夏冰清找我谈移民的事。我们正低头看合同，忽然传来拍打声，我们都吓了一跳，看见一位民工站在脚手架上拍打我们正对着的玻璃窗，手里比画着。我没看明白。他脱下安全帽，从帽子里掏出一包香烟，抽出一支叼在嘴里，做了一个点火的动作。这下我看明白了，他是想借火。我打开玻璃窗，拿起桌上的打火机，伸手把他嘴里的香烟点燃。他吸了一口，说声谢谢，继续铲外墙的瓷砖。我是个烟民，每天都会从十一楼坐电梯下去到室外抽几次烟。本大楼抽烟有固定地点，在一楼大门外左边的走廊，那里摆着一个铁制的桶，桶顶有个铁碗，专门用于装烟头。烟民三三两两地围着那个铁桶抽烟，一批抽完了，另一批又来。装修期间，民工们也凑到桶边来抽。真巧，我在这里遇到了跟我借火的民工。他说他叫易春阳，喜欢写诗，说着他把他写的几首诗递给我，说是请我指教。我说我不懂诗。他说那就随便看看,看完扔掉。后来跟烟民们交流,我才晓得他见谁都发诗,仿佛在寻找知己或者伯乐。

　　回到办公室,我拿出他的诗来读,其中一首印象深刻,题目叫《抚摸》:"每次抚摸我\你都会把双手搓热\虽然你的手和我的一样粗糙\却融化了我的皮肤\我融化了\你的手也融化了\于是,我在空气里找你"。冉咚咚想这诗真挖心,应该发给慕达夫看看。刘青说虽然我不懂诗,但被打动了,想下次见面一定送他几包好烟。可我一直没碰上他,直到五月三十一日晚,真是天意。那天晚上八点,我到公司拿钱,吴文超给我的现金都锁在办公室的柜子里。当我把钱装进双肩包后,两腿却像钉在了地板上。我坐下来,点了一支烟,这是进公司以来我第一次在办公室抽烟。我想如果就这样跑了,那吴文超会怎么看我?骗子,他一定会把我当骗子。我很在乎别人特别是朋友亲人对我的看法,哪怕到了埃里也在乎。我需要钱,又不想被吴文超当骗子,这个难题把我拦住了。正愁着,我忽然听到拍窗声,差点吓尿。拍窗的是易春阳,他站在窗外的脚手架上,像前次那样做了一个借火的手势。我推开窗,递给他打火机。他点燃烟,把火机递进来。我说你拿着吧。他说公司规定,上了脚手架就不能带火种。这时我才回过神,他在加班,为了赶进度,每天晚上他们都要加班。他说我的诗歌你看了吗?是不是很low?我对他竖起大拇指,说天才。他仿佛是为了报答,说你的女朋友很漂亮。他把夏冰清当成了我的女朋友,我忽然有了一个想法,像灵感那样来得猝不及防。我说虽然她漂亮,却给我带来了许多麻烦,我有老婆有孩子,但她却要闹着跟我结婚。他说让她不闹就行了。我说怎么能让她不闹?他说办法多得很。我说你有什么办法?他笑而不答,就像吹牛皮被揭穿的那种表情。我说给你一万元,你帮我搞定,让她别再来烦我。他睁大眼睛,像看着一笔巨款似的看着我,说你是在逗我开心吗?我说做生意我是认真的。冉咚咚想他们都把做这件事当成做生意,徐海涛是这么说的,吴文超也是这么说的,每个人都说得轻描淡写,好像夏冰清的命是一件商品。他说我从包里取了一万块给他,同时把夏冰清用于办理移民手续的照片和手机号码也给了他。他呆住了,我也呆住了。他呆住也许是觉得钱来得太快,我呆住是惊讶自己为什么会相信陌生人?冉咚咚想办这事,难道你还能找熟人吗?他说易春阳嘴唇一抖,嘴唇被烟头烫着了。我说不好意思,这事有点唐突。他吐掉烟头,说我到哪里找她?我说她住在半山小区。他说明白。我说你可以给她写诗,但不能使用武力。他说明白。说完明白他就滑下去,连班都不加了。冉咚咚本想核实,但怕吓着他,决定把他押回本市后再问。他说我这么做完全是为了安慰自己,就像突然发财的人捐款,求的是个心安,也想今后吴文超追责时有个交代,至于委托易春阳搞定夏冰清这件事,我压根儿不抱任何幻想。冉咚咚没忍住,说你当时想没想到易春阳会去杀害夏冰清?他说没想到,在我的经验里,不会有谁为一万块钱去杀人。冉咚咚说那你为什么要白白送他一万块钱?他说我想他也许会去威胁夏冰清,也许会有别的办法,哪怕他去威胁一下,我也觉得对吴文超有了交代。万一他威胁出了效果,那我就算完成了吴文超交给的任务。

冉咚咚和刘青坐着村长的吉普车离开埃里。路上,冉咚咚想刘青的罪感既是卜之兰逼出来的,也是村民们逼出来的。由于村庄的生活高度透明,每个人的为人都被他人监督和评价,于是传统伦理才得以保留并执行,就像大自然的自我净化,埃里村也在净化这里的每一个人。

72

冉咚咚坐在这边靠窗的位置,当地警察小姜和刘青坐在过道的那边。一声哨响,动车离开了昆明站。有那么几秒钟,冉咚咚敏感地捕捉到自己身上产生的一股后拽力,就像有人轻轻地拽了一下她的裤脚。她知道拽她的不是别人,因为这次回程她的心情复杂,既有找到了破案线索的前冲力,又有害怕面对家人的后拽力。过去,无论她在哪里出差,回程时心里都有准确的导航,那就是"家",就是唤雨和慕达夫住着的地方。可这次,"家"的位置混乱了,可以是父母住的地方,也可以是西江大学五十一栋2202号房,还可以是慕达夫所在的荷塘小区十五栋1101号(假如唤雨待在那里的话)。她不想回父母住着的那个家,因为一回去满耳都是他们深刻的责备,也不想回西江大学五十一栋,因为屋子里没人,估计家具都生了灰尘,更不可能去慕达夫那里。想来想去,她唯一想去的是办公室。自从王副局长让她休养后,她就不去办公室了,但现在她觉得有资格回去了,而且也有能力重新投入侦破工作了。昨天,当刘青的供词证明了她的推理时,她的焦虑感随之缓解,心里就像冰河解冻。

车窗外,草是枯的,树是秃的,河流的水位线还在低处,所有的生机还埋在地下或暗藏在空气里,等待时机爆发。她忽然想起邵天伟,甚至有点想念他。三年前,他从荷塘派出所调到西江分局刑侦队跟随她办案。开始他叫她冉副队长,后来叫咚师傅,再后来叫冉姐,而她开始叫他邵天伟,之后叫天伟,再之后叫他喂。她第一次叫他"喂"的时候,他以为她叫他"伟",羞得满脸像涂了一层红漆。她说喂,你想多了,我叫的是口字旁的"喂"。他尴尬地把头埋在臂弯里,两分钟后才抬起来。他长得帅,乖巧,手脚麻利。每次有人帮他介绍对象,他都会把对象带到她的办公室,美其名曰让领导把把关。出于女人对女人的天生敏感,每次她都认真打量,但每次的意见都是挺好的,挺般配。这么表态一是发自内心地希望他们配对成功,二是她知道他的婚姻轮不到她来把关,所以并不上心。可每次她肯定对方后他都会否定,不是说人家不够聪明,就是说人家不是丹凤眼,或者手臂太粗,上半身与下半身的比例不协调,抑或皮肤不够细腻,手指不够纤细。他每评价别人一次她就不舒服一次,但她并不明确为什么不舒服,也许是觉得他要求太高了,也许是觉得他不尊重别人。可是听他评价多了,她忽然发现他挑剔别人来来回回就那么几点,而这几点恰恰又是她的优点,比如她自认为不傻,眼睛恰巧丹凤,手臂不粗腿够长,皮肤细腻手指纤细。而她的弱项,他却从不挑剔,比如胸部不够庞大,下巴不够尖长,臀部不够后翘等等。也就是说,他把她当成了择偶标准。虽然她觉得这是一种荣誉,但同时也是一种负担,于是提醒他,上帝不可能为你私人定制,你要的女性这个世界上没有。他说有,我看见过。她假装没听懂,说按你的标准恐怕你很难找到对象。他说宁缺毋滥。

她以为他仅仅是把她当作择偶标准,但两年前她发现他的另外一层意思。一天下午,她召集队里的几个人到她办公室讨论案情。散会后,有一件外套落在了椅子靠背上。那是邵天伟刚才坐的位置,她拿起外套想给他送过去,可就在她提起外套的瞬间左边内袋滑出一个钱包,钱包掉在地板上时张开了,里面装着一张她的照片。他竟然在装亲人或恋人照片的地方装了我的照片?她的心尖一颤,既有愉悦感幸福感同时又有被冒犯感,恨不得马上把他叫过来谈谈。可她站了一会儿,忽然冷静下来,把钱包塞进他外套的右边内袋。她想只要把钱包换个口袋,他就会知道我发现了照片。但她犹豫片刻,又把钱包掏出来塞回左边的内袋。她这么做是不想伤害他的自尊,也是不想在办案过程中影响他的情绪。她刚把外套放回到椅背上,他就气喘吁吁地跑进来,说冉姐,我的外套忘你这里了。那一刻,她看见他的脸唰地红到了脖子根。她说是吗?仿佛这时才发现屋里还有一件外套。他说幸好没落在别的地方。她说你检查检查，看少没少什么贵重物品？他说我的外套没装东西。说完，他拿起外套走了。她发现他拿外套的手紧紧地捏着左边内袋，捏得钱包的轮廓都显了出来。

次日上午，冉咚咚刚到办公室，邵天伟就走进来，把一个信封放到她面前。她问这是什么意思？他说前次父母进城催婚，为安慰他们，我就拿你的照片给他们看，说你是我正在恋爱的对象。他们提出见见未来的儿媳妇，我说刚挖地基就想看楼房，哪有那么快。他们信了，但我却忘记把相片从钱包里取出来。她说没想到我的相片还能帮你骗人，你拿出来不就行了吗，为什么要告诉我？他羞涩地低下头，说这事不向你坦白交代，就像头上长了虱子又痒又不好看，我用了你的肖像却没付版权费，心里虚得像个小偷。她嗨了一声，表示谅解，觉得他够坦诚。她就喜欢他这种坦诚的人，说没事，如果需要你还可以使用我的肖像。她把装着相片的信封还回来。他拒接，说不敢不敢，用一次就OK了。她知道他很尊重她，从来不给她添麻烦，也从来不在言语上占她半句便宜，哪怕在办案过程中他们不可避免地有肢体接触，但总是一触即闪，仿佛他的膀子、双手以及其他部位都懂得害羞似的。他在她面前一直害羞，说错话办错事都会脸红。一想起他的脸红，她的心里竟浮起一丝欢喜。当车窗外的风景不值一看时，她的注意力转向了内心，是不是也可以说是因为她的注意力转向了内心，窗外的风景才变得不值一看？一路上，她都在回忆和"喂"共事的点点滴滴,仿佛别的回忆都不愿意回忆,抑或是想用对他的回忆来压制别的回忆。回忆越来越清晰,从前忽略的细节和对话现在都争先恐后地跳出来,好像专门来讨好她似的。现在她可以做出肯定的判断——他暗恋她,可过去她即使有这个念头心里也从不承认。可见,某些事或某些人只要换时间和换地点体会,心里便产生截然相反的化学反应,就像同一件衣服冬天穿和夏天穿皮肤的感受会迥然不同。

回到办公室,冉咚咚没想到里面藏着一个人。那个人喊了一声妈妈就猛扑过来。她把她紧紧抱住,问谁让你来的?唤雨说邵叔叔把我接过来的。这时她才看见办公桌上摆着一束鲜花,以百合、康乃馨为主,玫瑰为辅,满天星点缀。地板、办公桌和椅子一尘不染,就连窗帘都拆下来洗过。电脑的鼠标和鼠标垫换成了心形的,鼠标是黑色,垫子是粉红色,上面都印着笑脸。她的心情顿时舒畅起来,就像初恋般舒畅。

73

讯问完刘青,冉咚咚等一行四人直奔易春阳的老家。那地方叫易村,坐落在离省城四百多公里的一个缓坡,村后是高山,村下是白虹河。全村九十户人家,三分之二的人姓易,以种养为生,种稻谷种玉米种水果种蔬菜,养羊养猪养鸡鸭养鱼。平地仅限于沿河一带,每家每年种出的稻谷只够口粮,因此他们需要在坡地种植玉米来补充牲畜和家禽的饲料。养殖不是规模性的,看各户劳力情况,有的家养十几只羊三五头猪若干家禽,有的家没能力养牲畜就只养家禽。近年政府加大扶贫力度,修了一条连接山外的四级公路,但进来的人少,出去的人多,年轻人基本都外出打工了。

易春阳的父母都是农民,最远去过县城。易父说易春阳已经两年多没回家了,八个月来没看到这个野仔的一分钱,手机也打不通,好像他是从石头缝里蹦出来的,连爹妈都不认了。以前他不是这样的,每个月都往家里汇钱,或三百或五百不等,最多一次还汇过一千。说到一千元时,易父自豪地竖起一根手指,好像那根手指就是现金。据查,一千元易春阳仅仅汇过一次,是去年六月十日从省城长亭路某银行汇出的。这个时间是刘青付钱给他后的第十天,也是夏冰清遇害前的五天。冉咚咚想这一千元就是从刘青付给他的一万元中抽出来的,他留九千元跑路,也许已经逃到外省了。专案组在本村和邻村走访,调查了两天,没有发现易春阳回村的迹象。他们一边走访一边张贴悬赏通告,易父请求冉咚咚在他家门口也贴一张。冉咚咚说不贴在你家门口是不想让你们伤心。他说求你,免得我们想他的时候还要跑到别家去看。冉咚咚犹豫了一下,就在他家门板上端端正正地贴了一张。从悬赏通告贴上的那一刻起,易父和易母便抬头久久地凝视,仿佛看久了他们的儿子会开口说话。

易春阳在海南省三江市金牛街被抓,是两个月之后。当时他坐在邮局前的台阶上啃吃一个冷馒头,头发既长又脏,衣服破烂油腻。一名外卖小哥发现他长得像通缉犯,但不敢确认,便到金牛派出所报警。两名警察来到他身边,围着他转了两圈。他说别看了,我就是你们要抓的人。说完,他两手往前一伸,等待手铐降临。两天后,他被押回来了,王副局长指定冉咚咚负责讯问。

易春阳说第二天,就是他把钱给我的第二天,我到半山小区的大门口找夏冰清,等了两天才看见她从门口出来,被一辆高级轿车接走。我骑摩托车跟踪,但跟到一半就跟丢了。摩托车是跟工头借的,借一天给他三十元,油费自理。我没有驾驶证,驾驶技术是在闲空时跟工头学的。又过了两天,下午四点多,夏冰清在大门打了一辆出租车,这次我像磁铁一样跟着她,没跟丢。她在蓝湖东门下车,然后走进公园,沿着湖边的木栈道来到树林前,爬上湖边那块大石头,站在上面足足发了一个多小时的呆。当时太阳已落到楼那么高,她的影子拉得像长竹竿那么长。我看着她的背影,觉得像电视剧里想要轻生的那些女主角的背影。她一定是有什么想不开的事,要不然不会一动不动地站那么久,也许她想往湖里跳,只是下不了决心。她站了一个多小时,从石头上下来,走了。她走了,我没有走,而是望着那块石头发呆,想她会不会再来?她爱上了别人却不能跟别人结婚一定很痛苦吧?

"说重点,重点说去年六月十五号那天你都做了些什么?"冉咚咚打断他。

他说每天下午,我都到湖边守株待兔,像等女朋友那样等她,希望有机会跟她接触。可是我等了一个星期,她都没有出现。我知道这样等是等不到结果的,但我又想这样等,希望结果从天上掉下来。没有付出,哪会有结果,明知道没结果还在傻等,原因是我想退出,想把钱还给老板,也曾想到卷款潜逃。可是我不敢跑,我是个讲信用的人,从来没骗过谁,更何况他那么尊重我。他给我借火,帮我点烟,夸我诗歌写得好,付我一大笔钱,长这么大谁对我这么好过?就连我爹妈都没对我这么好过。有的事情不经想,一想我就被他感动了,马上又去找工头借摩托车,像一只狗蹲在半山小区大门口等骨头,尽管一点把握都没有。

蹲到六月十五日下午五点半,我又看见她出来了。她打了一辆出租车,我悄悄跟上,一直跟到蓝湖大酒店门前。她下了车,进了酒店,在大堂的咖啡店买了吃的喝的,坐了一个多小时。晚上七点多钟,她从酒店里出来,往左边的步行道走去。走到那块石头边,她停住了,呆呆地望着湖面,我好像感受到了她的痛苦。树林这边的栈道因为没灯,夜晚不太有人敢走。我想机会来了,就拿起栈道上的一块木板,敲了一下她的后脑勺,就像小时候我爹用指关节敲我的脑壳那样敲,既恨铁不成钢又想棍棒出好人。没想到她的身体那么不经敲,一摇一晃就扑到水里。我怕她痛,怕她冷,扑通一声跳下去,紧紧地抱着她,一直抱到她不动了才松手。

"那块用来敲她的木板呢?"

他说我把它放到栈道原来的位置上了,放之前我怕它脏,就用泥巴和水搓洗了十几遍,然后套进枕木上的螺钉,用手扭紧。这块板是我在湖边等她的那几天看上的,它离那块大石头有二十米远。栈道上的木板都用螺钉固定,而我看上的这块螺钉已经松了。当她站在石头旁发呆时,我用手扭开松了的螺钉,把木板取下来,拿着它轻手轻脚地走过去。也许是因为发呆,她没发现我;也许她发现了只是没在意,以为我是散步的;也许她想解脱,希望我帮帮她,所以一直站在那里等我。

"接下来,你做了些什么?"

他说的和冉咚咚当初推测的一模一样。怕被人发现,他把她拖到巨石下,坐在水里等。等到半夜,湖边没人了,他从一只游船上偷来两个救生圈,他套一个,夏冰清套一个。他拖着夏冰清从巨石游到西江口,又在西江逆流游了一公里,然后用岸边的茅草绾住夏冰清的头发,把她固定在草丛中。冉咚咚指了指角落,说你从游船上偷的是不是这两个救生圈?他扭头看去,角落里摆着两个写有"蓝湖6号"的救生圈,这是案发后二十天冉咚咚派人从下游罗叶村找回来的。他说样子是这个样子,但我不记得是不是我用过的那两个,我把她拖到那片草丛后就把救生圈脱下,丢进江里了。她说你为什么要转移尸体?他说怕你们发现得太早,我没时间离开。她问为什么要把她的手砍掉?他愣住了,仿佛想不起或找不到原因。她伸出右手在他面前晃了晃,说为什么要砍她的手?他说不知道,当时脑子里忽然响起一个"砍"的声音,像一道命令必须执行,可砍断后我吓出一身冷汗。"手呢?""我扔江里了。""你用什么工具砍的?""一把这么长的水果刀。"他比画一下,大约一尺来长。"刀呢?""丢进江里了。"仿佛"江"是他的收纳柜,是他的万能答案。

"这人你认识吗?"她拿出刘青的照片。

"就是给我一万块钱的那个人。"

"他叫什么名字?"

"不知道,我叫他骗子。"

"为什么叫他骗子?"

"他说一万块只是定金,只要我把事情搞定,再到窗口来跟他拿九万块。他怕我不相信,拉开提包让我看里面的钱,有七八坨。但我完成任务后,爬上脚手架去找他,他已经不在那里了,坐在他位置上的那个人说他辞职了。"

"他跟你说过用什么方法搞定夏冰清吗?"

"除了让她消失,还能有别的办法吗?"他看着她,仿佛在征求她的意见,也像是第一次思考这个问题。

"我需要你回答的是他告没告诉你用什么方法搞定夏冰清?"

他歪了一会儿脑袋:"没有,他只说让我搞定,别让她来烦他。"

"他说过让你去杀害夏冰清吗?"

"虽然他没说过要我去杀她,但我认为他就是这个意思,要不然他怎么会找我?我就是个干脏活累活的。"

讯问完毕,易春阳去指认现场。他在栈道上找到了那块击打夏冰清的木板,并用手扭开螺钉。但那块板他清洗得及时干净,加之十个月的日晒雨淋,现在上面已没有任何作案信息。他说从巨石下出发时还看见夏冰清身上斜挎着小包,但到了西江边她身上的小包就不见了,也就是说夏冰清的随身包可能掉进了湖里。偌大的湖面,三公里的水上行程,要打捞出一个小包基本不可能。他找到了他用茅草绾住夏冰清头发的地点,但草枯了又绿,现在的草已不是去年的草。他指着江面说刀和手都扔进去了。江水又深又宽,冉咚咚请人打捞三天,除了打捞起一辆自行车,一些奇形怪状的石头和沉木,没有找到那把水果刀。

74

唯一找到的物证是栈道上的那块木板,虽然木质与残留在夏冰清后脑勺的碎屑吻合,但木板上并没有易春阳或夏冰清的 DNA,仅凭供词和这块木板就能认定易春阳是凶手吗?冉咚咚觉得证据不够充分,心有不甘,决定再突击讯问易春阳。

易春阳说该坦白的都坦白了,再也没什么补充了,说完便闭紧嘴巴。他沉默了三个多小时,冉咚咚想放弃,觉得按现有证据给他定罪也没问题,但她偏偏是个完美主义者,不想留下任何遗憾。她拿起他的诗歌,读了起来:"每次抚摸我/你都会把双手搓热/虽然你的手和我的一样粗糙/却融化了我的皮肤/我融化了/你的手也融化了/于是,我在空气里找你"。他微闭的双眼慢慢睁开,整张脸都放光。冉咚咚忽然想起慕达夫跟她说过的一些创作理论,比如:不管作家写什么最终都是写自己;又比如:借景抒情、托物言志,作品是现实的回响、心灵的投射;再比如"桌子"这个词是能指,"具体的桌子"是能指的所指等等。一旦展开联想,她就认为这首诗与易春阳切掉夏冰清的手有关。她说你在空气里找到她了吗?"谢浅草。"他的嘴里轻轻吐出三个字。

"你能说说谢浅草吗?"

他说谢浅草是我高中同学,长得好漂亮,弯弯的眉毛,水汪汪的眼睛,皮肤嫩得一掐就出水。她跟我坐一张课桌,其他同学都会在课桌中间画一道分界线,但她从来不画,我的手可以滑到她的地盘,她的手可以来我这边做客。她不愧是校长的女儿,有涵养,不歧视,不嫌弃我是农村的。我怕她的涵养是装出来的,就考验她,故意三四天不换衣服。同学们看见我远远地躲开,生怕我身上的气味把他们熏晕,可她不怕,说我的身上有一种大自然的清香,就像野地里的草和鲜花那样香气扑鼻。我怀疑她说的是反话,继续考验她,上课时我把双脚从球鞋里抽出来,一股类似于豆豉的味道腾空而起,熏得邻桌都捂住了鼻子,可她却假装没有闻到,给足了我面子。那时候我只买了一双球鞋,如果一洗就得打赤脚,直到鞋子晒干了才有得穿。一天下午课间,她不小心打翻墨水瓶,把我晾在课桌下的球鞋染黑了。等我回到课桌边,她不停地道歉,说要赔我一双新的。同学们起哄,叫她马上赔。她提着我的脏鞋出去,半个小时后提着一双新鞋进来。我一看是名牌,心想这回赚大了。没想到三天后她把我那双鞋也提回来了,鞋洗得干干净净,她说她用刷子刷了一个多小时才把上面的污渍刷干净。邻座的同学告诉我,墨水瓶是她故意打翻的,由于我的鞋子太脏太臭,她早就想买一双新鞋给我,但怕伤我自尊,就用了赔的方式。

为了弄清楚她是爱上我还是同情我,我继续考验她,办法就是高考时故意做错题,故意漏题,特别是数学和英语,我只做了一半,相当于打了五折。交卷时我像英雄被敌人押赴刑场那样昂首挺胸,心里涌起阵阵悲壮。这是一步险棋,我不惜拿命运来赌博,就是想证明她爱不爱我。我一次次考验她,就像考验社会,考验生活,考验朋友,考验亲人,没办法,我考验上瘾了。暑假,我到学校查分数,一走进教务处就看见她坐在里头,笑眯眯的,好像是专门在这里等我,好像已经等好几天了。她把手伸过来紧紧地握住我的手,说恭喜恭喜。她说恭喜时我吓了一跳,以为我的计划没有得逞,但我只听她说了两句,心里马上踏实。她说自古雄才多磨难,从来纨绔少伟男,比尔·盖茨也没读完大学,但丝毫不影响他成为世界首富,蒲松龄考了几十年连个举人都没考上,但丝毫不影响他写出《聊斋志异》。我问她考上哪里?她说省城师范大学。我想考验她的时候到了。她说虽然你没考上,但丝毫不影响我们的感情。她不是说友谊而是说感情,这下我才确证她爱上我了。

她在省城读大学,我在省城打工。一天傍晚,我和几百号工友正蹲在工地吃晚饭,那是我们最幸福的时刻。几百号人,全都蹲着,每人捧着一个大碗,黑压压的一片,吧唧吧唧的嚼食声响彻云霄。忽然,来了一位漂亮的姑娘,大家的嘴巴都不动了,整个工地安静下来。姑娘冲着人群喊:"易春阳……"听到喊声我才回过神,原来是谢浅草。我站起来,她走过来,工友们挪开一条道,当她走到我面前时他们全都敲响了饭碗,齐声喊道:"吻一个,吻一个。"我羞得脸热心跳,恨不得当场蒸发。可她落落大方,竟然在我脸上响响地亲了一口。工友们顿时欢呼,敲碗声此起彼伏,好像那个吻不仅是吻我还吻了他们。她拉着我的手从人群中走出去,就像电影明星手拉手走红地毯那样走。

这之后,我有空就到校园去看她。有时她在上课,我就站在窗外等。每次等待都会有一只纸飞机从窗口飞出来,盘旋,落到我面前。我捡起拆开,次次都有惊喜:"你等我多少秒,我就爱你多少秒,一秒等于一百年。""亲爱的,我坐在第三排,不许你看别的女同学。""窗口就像一幅画,你站在画的中间。"读着她写的那些格言警句,我的等待变得短暂甜蜜。下课铃一响,第一个冲出来的总是她,她远远地张开双臂,冲到我面前就是一个熊抱,也不管老师和同学们异样的目光。她才不在乎别人的目光,请我到食堂吃饭,带我进教室听课,跟我手拉手在校园散步,一遇见熟人就故意亲我,生怕别人不知道我是她的男朋友。

她喜欢我的诗歌,我写一首她读一首,读给她的老师和同学们听,凡是听她朗读过的人都说诗写得好。我每天都写,哪怕在脚手架上抹灰或在别人家里铺砖,我也在脑海里写,在梦里写,全是写给她的。我写她乌黑的头发、明亮的眼睛、湿润的嘴唇、挺拔的乳房、苗条的身材和温柔的双手,尤其是她的双手我写得最多,有时把它比作春风,有时把它比作水蛇,有时它像火焰般炽热,有时它像流水般温柔。她的手不仅在现实中抚摸我,也在诗歌中抚摸,现实中它抚摸我的胸膛,诗歌里它抚摸我的心脏,我被它抚摸得像冰雪那样融化了不下几百次。终于,我写够了三百首。写三百首是受《唐诗三百首》的启发,我认为整个唐代都才三百首留下来,一个人无论如何也不能超过一个朝代,这就叫敬畏。我把《赠谢浅草三百首》送给她,她找了几家出版社,没有愿意出版的。她说这么好的诗不能埋没了。她设计好封面,找了一家街道小型印刷厂,请求厂长帮忙。厂长是个诗歌爱好者,他翻了翻诗集,点了点头,同意免费提供纸张,但必须等工人下班后我们自己找人去印。她到车间跟班两天,学会了印刷。晚上,工人们下班了,她带着我去车间摆弄那些机器。看着手抄本变成一页一页的铅字,我激动得害怕,害怕得发抖,好像这是一种罪恶。我正发着抖,盒里的纸没了。她关掉机器去添纸,没想到机器忽然转动,把她的右手卷了进去,整个手掌活活被卷没。

我明明看见她把开关拨了上去,但机器为什么会突然转动?我想不通,想得脑袋都快爆炸了。从那以后我经常出现幻觉,觉得开关是我不小心碰下来的。我越想越内疚,越内疚越觉得亏欠她,就跟她说全世界最漂亮的女人是没有手的女人。她问是谁？我说你，还有维纳斯。她的脸上浮现了久违的笑容，说你愿意娶维纳斯做老婆吗？我说愿意。她说可没有手终究不方便，现在我配不上你了。第二天她消失了，我联系不上她，就到女生宿舍去找，室友说她退学了，给我留了一件礼物。我撕开她留给我的纸盒，里面是一尊维纳斯铜像。我打电话到她家找她，她爸接的，她爸很生气，说我没有这么个女儿。堂堂一校之长，竟然不认自己的女儿，原因不外乎：一是他讨厌女儿爱上了不该爱的人，二是他不愿意接受女儿断手这一残酷的事实。

"谢浅草的手粗糙吗？"冉咚咚问。

"不粗糙，她是校长的女儿，没干过粗活。"

"可你在诗里写她的手和你的手一样粗糙。"

"虚构的，你会相信抚摸我的手是柔软的吗？即使是的，写出来也显得不真实吧。"

"夏冰清的手呢？"

"丢江里了。"

75

冉咚咚补充调查，发现易春阳说的谢浅草并不存在。他就读的高中，校长确实姓谢，但他的女儿叫谢如玉。谢如玉现在省城一所中学教书，她说易春阳确实是我的同班同学，但我没跟他坐过一桌，也没跟他谈过恋爱，更没送过他球鞋。印象中，他比较邋遢，头发留得长，衣服穿得颓废。

他那双球鞋,每次走进教室都呱哒呱哒地响,同学们一听见响声都用手掌在鼻子前扇来扇去,好像要扇掉什么气味。他不喜欢说话,喜欢发呆,经常呆呆地看着窗外,有时老师叫了许多声他才回过头来。不过他有写作天赋,语文老师常常念他的作文。他的成绩一般,尤其是数学和英语几乎是班上倒数第一。每次考试,都是他第一个交卷,他没考上大学。高中毕业后我跟他没有任何联系,他不会到大学里来找我吧?反正我是没有看见过他。

易春阳邻座的男同学叫朱括,现在省城做酒店管理。他说谢如玉的证言有偏差,要么是故意说谎,要么是无意识的选择性遗忘。易春阳暗恋谢如玉是我们班公开的秘密,他曾经偷偷给她写过一封情书。情书她没打开,也没退给他,而是交给了班主任。班主任没找他个别谈话,而是打开情书在讲台上朗读。班主任就是我们的语文老师,他的本意既是想警告一下早恋的同学,也是想炫耀一下易春阳的写作才华,但却深深地扎伤了易春阳的自尊。班主任每读一句,同学们就爆笑一次,易春阳的头就往下低一点点。结果情书读完,易春阳的头已经低到了裤裆,身子弯得像蜷缩的穿山甲。班主任说学校不允许早恋,但不得不承认这位同学的情书写得有水平。情书里有许多好句子,我都忘了,其中一句我记忆深刻,谈恋爱时还引用了——"如果不曾被人爱得死去活来,那你的美貌就是廉价的。"从此后,同学们都叫易春阳"死去活来",他变得少言寡语,整天咬牙切齿,像恨叛徒那样恨谢如玉。

易春阳提到的街道小型印刷厂叫彩虹印刷厂,坐落在文新路四十八号,厂长姓袁。当冉咚咚把易春阳的照片递给他看时,他指了指马路对面,说那栋楼就是易春阳参与修建的。冉咚咚扭头看去,那是一栋三十层高的写字楼,白墙蓝玻,在阳光照射下熠熠生辉。大楼已投入使用,门前停着一排长长的豪车,穿西服打领带的人们进进出出。袁厂长说两年前,易春阳在对面的工地干活,下班后常来找吴浅草聊天。吴浅草是我厂收发员兼来访登记员,之前她是一名印刷工人,因为一次印刷事故她的右手被机器卷没了。易春阳每次来都穿得干干净净,要么西装,要么衬衣,还抹头油,一点也看不出是从建筑工地出来的。虽然他经常来,但吴浅草好像不兴奋。他写了好多诗,每首都献给吴浅草。我跟他说要献就献一本,只要肯出印刷费我们厂可以帮他印。他问了问印刷价格,说可惜钱包不够胀。

吴浅草说前年四月二十一号下午,我收到一个快递,打开一看是一座十厘米高的维纳斯铜像,铜像下面压着一张字条,字条上写着邮寄者姓名和手机号码,外加一句:"世界上最美的女人是没有手的女人。"我既开心又感动,就给那个名叫易春阳的打了一个电话,问他怎么知道我的手残了?他说他看得见我,我赶紧挂断电话,以为他是跟踪我的变态。第二天傍晚我听到有人敲窗,问他找谁?他说我叫易春阳。他穿得整洁干净,看上去不像坏人,我就叫他进来坐坐。他说他在对面的工地干活,楼房建到二楼时就在脚手架上看见我了。我谢谢他的礼物,请他吃快餐。他感谢我的快餐,反请我看电影。我感谢他请我看电影,改天又请他吃快餐。他感谢我的快餐,请我去公园里划船。请来请去,我们成了朋友。一次看电影他突然想吻我,我推开他,说只能做朋友,不能做恋人。他问为什么?我说不为什么。他说长这么大还没吻过任何女人。我的心一下就软了,觉得他挺可怜,允许他吻一下脸蛋,讲好了就一下。他守信用,真的只飞快地吻了一下,之后便不停地舔着嘴唇,直到电影看完了还在舔。他给我写了好多诗,我虽然看得不是全懂,但知道他爱我。我怕他爱上我,也怕我爱上他,就有意跟他疏远,故意不接他的电话,尽量找理由不出去跟他耍。他想不通,三天两头就来问我为什么?难道我配不上你吗?我把右肢递到他面前,说你能帮我装上一只假手吗?我妹妹在读高中,马上就要读大学了,你能帮助我供她读完大学吗?还有我的父母,他们都需要我供养,你供养得起吗?我不是不想爱你,是爱不起你。他像被敲了一记闷棍,发呆,走神,久久不说话,但一说话就把我吓坏了。他说我会给你一座大楼。我说在哪里?他指着对面说这栋。我说那不是你的,也不是我的。他说我会给你一只手。我说手呢?他举起裁纸刀割自己的右手,我吼他,把刀夺过来,他吓得瘫坐在地上,好像一辈子都不想站起来了。他的行为越来越怪,有时他到窗边来看我一眼,连招呼都不打转身就走,有时他到屋里坐上半天,一句话都不说。

最后来看我是去年春节后,他说这边的工程包括装修全部做完了,要转到下一个工地,下一个工地离这里很远,也不知道有没有时间回来看我。临走时,他希望我送他一个纪念品,方便今后想念我的时候拿出来看看。我拉开抽屉翻开小包,都找不到合适的纪念品。他指着桌上那尊维纳斯铜像,说能不能把它送给我?我说可以,这本来就是你的。他说你真幽默,我什么时候送过你铜像了?当时我就想他的脑子是不是出了问题,怎么连送我铜像都忘记了?我用报纸包好铜像,装进一个塑料袋,递给他。他说了声拜拜,走了,之后我再也没见过他。

综合证人证言,冉咚咚得出结论:一、谢浅草是易春阳的幻觉,她是谢如玉和吴浅草的合体;二、他的幻觉跟现实有出入,大部分是反的;三、他有"被爱妄想症"。冉咚咚想第三点我也曾有过,但我发现得及时,很快就把那个虚构的郑志多强行驱逐出脑。其实有一点"被爱妄想症"不是坏事,就像有一点阿Q的"精神胜利法"不是坏事一样,它们都具有安神补脑利于睡眠之功效,关键在于如何掌握这个"度",太痴迷就不能自拔。她把谢如玉的照片拿给易春阳看,他摇摇头,说不认识。她把吴浅草的照片拿给他看,他顿时眉开眼笑,说这是谢浅草。她纠正说她叫吴浅草,你答应过要给她一只手。他一怔,说我已经给她了。她说吴浅草没有收到。他说我放到她的窗台下了。

易春阳被押到彩虹印刷厂来访登记处,登记处的窗侧有个花坛,花坛里的花开得正艳。冉咚咚问你到底把手放到哪里了?易春阳指着一簇怒放的玫瑰。邵天伟拿着铁铲小心地挖掘,忽然当的一声,铁铲碰到了那尊维纳斯铜像。

冉咚咚戴上手套,蹲下去,扒开铜像旁的泥土,看见一只惨白的完整的右手趴在泥土里,准确地说是右手指骨,就像一只扇在大地上的掌印。她百感交集,忽然想哭,为死者为自己为众生,但她使了一下劲,把奔涌而至的感性强行憋住。

76

下班后,邵天伟邀请冉咚咚共进晚餐。冉咚咚问他请客的理由。他说庆祝破案。她同意了,坐上他的车。他把她拉到水长廊餐厅停车场,她的心里咯噔,怎么会是这里?这是她和慕达夫过去常来的地方,他们在此庆祝过慕唤雨的生日、慕达夫评上教授和她破获重大案件等等,凡有高兴事需要庆祝他们都喜欢选择这里,哪怕她买到中意的衣服或他发表论文。冉咚咚问为什么选择这家?邵天伟说有什么不妥吗?如果你不喜欢我们就换地方。她推门下车,尽量掩饰内心的不悦,相信他的选择是巧合而非刻意,但当他把她领到九号包厢时,她的认知立刻反转了,不是巧合,因为上次庆祝她和慕达夫也是这个包间。那么,他为什么要这样安排?显然,他知道我离婚了,而且很有可能慕达夫跟他说过这地方。难道他想用我熟悉的环境来考验我?考验我能不能坦然地面对过去或挣没挣脱慕达夫的羁绊?如果是出于考验,那说明他对我是有企图的。眼下,至少此刻,她对他的企图不仅不反感反而充满期待,况且,她也想自我考验考验。于是她坐下,透过落地玻看着过去看了无数遍的地形、水面、花草和树木,一股浓浓的亲切感或者说怀旧感直逼而来,考验开始了,亲切感怀旧感正在努力地干扰她对他的期待。她说之前你来过这里吗?他说没来过,是网友推荐的。她信了,连她自己都不知道为什么信了。这话要是换一个人来说,比如慕达夫,她一百个不信。

　　他点了她爱吃的菜,而且净点贵的,两人边吃边聊。他一会儿给她夹菜,一会儿给她续酒,一会儿给她递热毛巾,虽然表现得很积极,但肢体语言却略显局促。她想过去凡是庆祝,第一个想到的人是慕达夫,然而现在跟我庆祝的却是邵天伟,这种改变竟然没有违和感,甚至还充满了暧昧的诱惑。他比我小十岁,现任法国总统马克龙比他的妻子布丽古特小二十四岁,他们早就证明了爱情没有年龄界限。他低头吃着,仿佛是为了掩饰尴尬。她看着他,好像在评估一件作品或判断某个方案的可行性。他的脸热辣辣的,似乎是被她看热的。他想要是再不抬头,我的脸就要被她看焦了。他说冉姐,我好佩服你,佩服得都想献上我的膝盖。她知道"献上膝盖"是网络语,意思是崇拜,相当于"跪了",但同时她想到了一个动作,就是求爱时的单膝跪下,那也可以叫作"献上膝盖"。她不敢多想,说其实我很失败。他说在我眼里你就是神一样的存在,你不仅让刘青供出了易春阳,还在几个月前准确地推理出凶手作案的步骤和细节。

　　"可是我离婚了。"她说,好像故意比惨。

　　但在他听来这一句并不是惨,而是暗示,暗示他可以追求她。他深情地看着,她深情地看着,两人的头部不约而同地往中间一凑,嘴巴就凑到了一起。她已经好久没体会到这种战栗了,时而把自己忘情地交给他,时而又害怕把自己彻底地交给他,忘情时是那么愉悦和幸福,犹豫时是那么紧张和害怕,她从来没经历过既紧张又害怕的吻,原来这么香这么软还这么甜,每个神经末梢都有响应,整个人飘离了大地,失去重力,仿佛变成云或空气,仿佛糖一般融化,已不存在。吻了许久,她才重新活了过来。他说嫁给我吧。她嗯嗯地应着,说你爱我吗?他说爱。她说我要的是爱我一辈子。他说我一辈子爱你。他们的嘴又交织在一起,仿佛要把刚才说话浪费的那几秒钟补回来,仿佛报复性消费。

其实,他早就知道她离婚了,但他没有捅破这层窗户纸。四个月前的某天晚上,慕达夫约他喝酒,地点就是水长廊餐厅九号厢。当他推门而入时,桌上已摆好了酒菜,慕达夫劈头盖脸就是一句:"我和你冉姐离了。"好像他们离婚是他造成似的。他既惊讶又惭愧,惊讶的是他们那般配为什么要离?惭愧的是他终于获得了一次爱她的机会。他本能地想给慕达夫几句安慰,但他想到的每一句都显得虚伪。"喝吧。"他率先拿起酒杯,仿佛需要安慰的是他。慕达夫说我知道你喜欢她,甚至可能是爱她。他说你的结论从何而来?慕达夫说前段时间,我无意中看到你发给她的短信,字里行间充满了爱怜,你知道我对文字比较敏感。他"嗨"了一声,像认可又像否定。慕达夫说我跟她谈了两年恋爱,共同生活了十一年,没有拒绝过她的任何一个要求,包括离婚。他说你恨她吗?慕达夫说想恨,却恨不起来,我没有理由去恨一个病人。她长期承受着巨大的压力,有焦虑症和猜疑症,离婚是她想甩掉压力的一种表现,因为她知道她的焦虑和猜疑已经伤害到她所爱的人。他说我不觉得她有病,她思路清晰,推理严密,态度和蔼,为人友善。

"你能看到她的好,所以她喜欢你,也正是因为你,她才跟我离。"

"怎么可能?我跟她清清白白。"

"不信你问她,这个傻妞,竟然相信永恒的爱情,永恒是什么?是永远,恒久,无止境,你能给她这么久的爱情吗?但愿吧。如果她爱上你,我放心,如果她爱不上你那她就得回头。她只会在你和我之间选一个,你代表幻想,我代表现实,我之所以同意离婚,就是想给她一次重新选择的机会。"

最后这一句让邵天伟产生了疑难,也让他纠结了四个多月。他觉得那天的晚宴是鸿门宴,表面上慕达夫在说冉咚咚,而实际上却是在给他挖坑。慕达夫抛出的"二选一"理论,其目的就是想让他背负夺人之爱的骂名,假如他和冉咚咚相爱的话。那晚,慕达夫喝了好多酒,说了许多话,不仅说了他和冉咚咚的恋爱过程,还介绍了冉咚咚的业余爱好、品位与口味,弄得像"刘备托孤"似的。但慕达夫说得越多,邵天伟就越感到自卑,觉得自己根本给不了冉咚咚那样的生活和那样的浪漫,显然,慕达夫不是来"托孤"的,而是来阻止我爱冉咚咚的。可邵天伟不想认输,今晚故意把冉咚咚约到这里,他想在慕达夫炫耀爱情的地方获得她的爱情。

冉咚咚发现他走神,问他想什么?他一激灵,舔了舔嘴唇,说我在回忆刚才的味道。她说这餐厅是不是慕达夫告诉你的?他本能地摇头,犹豫着要不要把慕达夫请他喝酒的事告诉她?她说如果你有压力,那我们就到此为止,就算一次相互施舍,彼此感念。他说请问压力是什么?她觉得他好可爱好天真好幽默,就在他的脸蛋上轻轻捏了一下,捏得他的脖子根都红了。

77

虽然抓到了凶手,但冉咚咚却不满足,因为按现在所获得的证据,所有当事人都找得到脱罪的理由。徐山川说他只是借钱给徐海涛买房,并不知道徐海涛找吴文超摆平夏冰清这件事。徐海涛说他找吴文超,是让他别让夏冰清骚扰徐山川,而不是叫他杀人。吴文超说他找刘青合作,是让他帮夏冰清办理移民手续或带她私奔,却没有叫他去行凶。刘青说他找易春阳是让他搞定夏冰清,搞定不等于谋害。而易春阳尽管承认谋杀,但精神科莫医生及另外两位权威专家鉴定他患间歇性精神疾病,律师正准备为他作无罪辩护。冉咚咚想本案就像多米诺骨牌,第一个推牌的人是徐山川。她特别想让徐山川认罪,服判,但他拒不承认他曾叫徐海涛去谋害夏冰清,甚至说连半点暗示都没有。

夏父夏母联系冉咚咚,说既然凶手已经确认,想去看看夏冰清,同时把她的后事办了。冉咚咚把他们带到殡仪馆告别厅,经过整形化妆的夏冰清躺在玻璃棺材里,身上盖着锦被。夏父夏母看了一眼,直接扑到棺材上痛哭。他们边哭边拍打玻璃,仿佛要把夏冰清拍醒。忽然,棺材里响起咚咚咚的敲击声,他们吓着了,飞快地从棺材上闪开,以为出现了幻听,但夏冰清的声音立即传来:"喂,有人吗?喂……"这时他们才明白,冉咚咚把夏冰清的那段录音放棺材里了。夏冰清:"这里好黑呀,放我出去,放我出去。"间隔三秒钟。"我听到有人在笑。"安静两秒。"别把我留在这个盒子里,我好害怕。"又是咚咚咚的敲击,接着:"喂喂,我不喜欢这个地方,没人知道我死了。"片刻。"让我出去,我要和大家待在一起。"间断。"哎……我逃不掉了,逃不掉了,再见吧,再见……"

　　冉咚咚说这是夏冰清的特殊告别方式,我听了无数遍才听懂,她很勇敢,敢于调侃死亡。夏父说这不是她被人强暴时录下来的吗?冉咚咚说开始我以为是,后来我发现不是,录音就是为棺材准备的,她在玩幽默。夏父夏母的心里五味杂陈,如果说他们之前的悲伤只是悲伤,那现在的悲伤却加入了酸楚悲凉伤感无奈自责。她的死亡不再是单纯的死亡,而是掺和了她的人生态度。他们不再痛哭,只是啜泣,好像啜泣才配得上她幽默的人生观。直到这时,他们才知道他们并不了解她,而之前他们却自信地认为他们是最了解她的人。真是一场误会,就像她误会地来到人世,误会地成为他们的女儿。冉咚咚怕他们支持不住,搬来两张椅子让他们坐下。他们抑制住声音，像意外怀孕似的心惊胆战，又像是夏冰清睡着了，生怕把她吵醒。他们静静地陪着，希望她多睡一会儿，再多睡一会儿。

易春阳从看守所带话出来，说想见冉咚咚一面。冉咚咚提审他。他说我不同意律师为我作无罪辩护，我没有精神病，如果我是精神病患者，作案时不可能考虑得那么周到。我跟踪她没被发现，说明我有跟踪能力。我把栈道上的木块当凶器，是害怕带凶器被附近的摄像头拍到。我晓得回避摄像头，证明我不糊涂。我用泥沙和水反复清洗行凶后的木块，是担心在上面留下指纹和血迹。我懂得转移作案现场，巧妙地使用救生圈，怎么可能是精神病？不是吹牛皮，我比你们谁都清醒。冉咚咚打断他，说我知道你的意思了，你还有什么要求？他说能不能让我见见受害人的父母？冉咚咚说为什么要见他们？他说我想献上我的膝盖，给他们磕几个响头，我想跟他们说一声对不起。冉咚咚联系夏父夏母，他们说不见不见，让这个坏蛋去死吧。

冉咚咚想这么多人参与了作案，但现在却只有一个间歇性精神错乱者承认犯罪，这严重挑战了她的道德以及她所理解的正义。她不想放弃，决定从沈小迎处寻找突破。为保护隐私，她约沈小迎在一家咖啡馆的包间里单独见面。她说你还记得我们的约定吗？沈小迎有点蒙，问什么约定？她说我曾经问你真的不计较徐山川在外面玩弄异性？你说早已云淡风轻。我说就像坐跷跷板，你不可能任由他把你跷到天上去，你能把你这一头压下来让跷跷板保持平衡，心里一定有个巨大的秘密,只是我暂时还没发觉。你说那你去发觉吧。我说总有一天会真相大白。沈小迎说记起来了,当时你开车送我,是在路过蓝湖大桥时说的。她说真是好记性,其实这个巨大的秘密我早就发现了,因为觉得跟案件无关,所以我一直为你保密。沈小迎略显紧张,但强装镇静,说你发现了什么?她说我可以不讲出来,有些事只要不讲出来那就相当于没有发生,或许这更利于你的心理建设,不过有个前提,你必须提供徐山川谋害夏冰清的证据。她说我没证据。

"你再想想,我可以等你几分钟。"冉咚咚说。

"没有就是没有,你等多少分钟也等不来。"沈小迎说。

"这位你认识吗?"冉咚咚掏出一张肌肉男的照片,摆在沈小迎面前。

沈小迎一瞥:"认识,我的健身教练。"

"徐山川知道你跟教练的那些事吗?比如你去他的住处,比如你们开房。"

"我跟徐山川有过约定,私生活互不干涉。"

"那么这个秘密呢,徐山川知不知道?"冉咚咚掏出沈小迎女儿的照片,摆到教练照片的旁边,"女儿的血型与徐山川的不匹配,据我们了解,你在进产房前就找医生把女儿的出生卡提前填好了。如果徐山川知道女儿不是他亲生的,他还会跟你互不干涉吗?"

沈小迎低头不语,仿佛在回忆往事。其实她一直在暗暗报复徐山川,只是表面上像个"佛系",装得什么都不在乎。她问你为什么要调查我女儿？冉咚咚说因为我想从你这里拿到徐山川的证据。她说你怎么知道我有证据？冉咚咚说我们从徐山川的车上搜到过窃听器，但那个窃听器不是我们放的，你一直在监视他。沈小迎犹豫了一会儿，从手提包里掏出一个U盘，说你要的是不是这个？冉咚咚把U盘插到电脑上听了一遍，问这段对话的地点和时间？沈小迎说地点在我们家别墅地下室雪茄屋，时间是夏冰清找我谈判后的一个月。

有了U盘，冉咚咚再次讯问徐山川。徐山川嘴硬，说该说的都说了，态度恶劣得好像冉咚咚在浪费他的时间。冉咚咚让邵天伟播放录音，响起徐山川与徐海涛的对话："叔，那事还做不做？""做，不做会很麻烦，她一直在告我强奸，而且还留有我的证据。""我找过人了，他们说做掉得两百万。""钱是问题吗？问题是我不能直接转给你，你得想个理由。""借行不行？就算我借来买房子。""说好了，两百万，借给你买房，要是出了岔子你自己承担，从现在起我什么都不知道。""晓得。我好，好不到你；你好，我才跟着好。"

徐山川一边听一边软，渐渐地软得像个水袋瘫在椅子上，仿佛一戳就破。冉咚咚说你还想狡辩吗？他恨得咬牙切齿，说早知道沈小迎监听我，出卖我，那我做掉的就是她而不是夏冰清。我想过跟她离婚，娶夏冰清为妻，但看在孩子的分上我没有离，我当初怎么会爱上这么一个狠人？冉咚咚说祸福无门，唯人自招。善恶之报，如影随形。

78

"大坑案"正式告破,专案组成员休假三天。冉咚咚除了接送唤雨上学,其余时间都待在家里。邵天伟请求登门拜访,她没同意,说需要安静安静。但邵天伟想趁热打铁,让他们的感情迅速升级,不是发甜言蜜语,就是发告白视频。她偶尔回复一两句,大部分时间都保持静默。她静默是因为在评估,评估邵天伟,评估自己,评估即将面临的求婚。可她评估的效率极低,每当触及敏感或核心部分就开小差,打瞌睡,靠做家务和辅导唤雨做作业来逃避。她不敢打开真实心理层,就像考古学家不敢打开重要的墓穴,生怕文物氧化、碎烂。她不仅不敢打开,还通过否认(否认自己离婚是因为邵天伟)、压抑(拒绝与邵天伟上床)、合理化(每个人都有追求爱情的权利)、置换(加倍地爱女儿)、投射(在办案的极端压力下难免会误伤家人)、反向形成(吸取徐山川为欲望付出惨痛代价的教训)、过度补偿(敏感的素质是破获"大坑案"的关键,甚至还应该感谢猜疑)、抵消(牺牲小家为正义)、认同(哪一个英雄不经历磨难)、升华(对"大坑案"进行文字复盘,提炼经验)等方法,启动了自我防御机制。

一天晚上,冉咚咚问唤雨长大了想做什么?唤雨说当警察。"为什么想当警察?""因为警察可以问别人好多问题。"她没想到唤雨羡慕的竟然是"问话",可见孩子对话语权有多么渴望。"妈妈现在就让你当警察。"说着,她把唤雨放到高椅子上,自己坐在对面的矮椅子里,母女俩一高一矮对视着。她说慕警察,可以开始了吧?唤雨板起脸:"姓名?""冉咚咚。""年龄?""四十一岁。""家庭成员?""女儿慕唤雨,父亲冉不墨,母亲林春花……"她在犹豫也在试探要不要报上慕达夫。唤雨着急了:"还有爸爸呢?""……爸爸慕达夫。"她巧妙地回避了"丈夫"一词。唤雨一拍桌:"说,你都干了什么坏事?"她磕巴了,吓住了,本想回答"我没干坏事",但看着唤雨严肃可爱的表情却说不出口,生怕回答不当被唤雨当成骗子。过去都是她发问,问家人问朋友问犯人,问得别人心惊肉跳却从不考虑被问者的感受,现在轮到自己回答了,才发现回答是一件如此令人牙痛的事。她从来没这么犹豫过,唤雨等得不耐烦了:"你为什么不回答?""因为我不明白你说的干坏事是指什么坏事。""不做作业,不勤洗手,不认真听老师讲课。"她如释重负,但唤雨马上补充:"还有惹爸妈生气,你是不是惹爸爸生气了?""没有呀。""那为什么爸爸每次送我回家都不上楼?""因为他要写论文,怕我们打扰。""你喜欢爸爸吗?""喜欢呀。"唤雨露出天真的笑容,但冉咚咚却因为撒谎而感到口腔发麻,仿佛那些虚假的字词都是麻药。

周五快下班时,邵天伟到冉咚咚办公室汇报工作,顺便邀请她共进晚餐。冉咚咚发现他说话卡壳,不是紧张而是激动。她问晚餐地点?他说六十六楼云中漫步餐厅。她说为什么要去那么高的地方?"想给你一个惊喜。"他吞吞吐吐。她猜出了八九分,知道年轻人都喜欢到"云中漫步"搞浪漫的求婚仪式。他以为她默许了,转身欲走。她说要去六十六层,你必须先让我过一关。"过什么关?"他不明白。她说下班后找我。

下班后,她把他带到家里。她掏出钥匙,打开书房门。他惊呆了,书房竟然被她布置成了一间讯问室。他问为什么,她说我喜欢在这样的环境里思考,喜欢在这里自问自答。说着,她锁上房门,坐到嫌疑人坐的椅子上,说我想接受挑战,受我女儿的启发。他问挑战什么?她说我想弄明白是这张椅子让人说出真话还是提问者让人说出真话。关于我们之间的任何问题,你都可以问,越尖锐越好。他深呼吸,坐到平时警察坐的位置,盯着她,带点小小的调戏,盯得她都回避他的目光了才开始发问:"你爱我吗?"要是换个时间地点,也许"爱"字会脱口而出,反正也无法验证它的纯度,从世人嘴里飘出来的这个"爱"字,不知道温暖了多少人也欺骗了多少人,甚至有的人在说出来的同时就已经否定了它的意义。但现在她却不敢回答,是害怕这个环境还是对这个字尊重?是因为坐在被怀疑者的位置,还是敬畏自己多年来从事的这份工作?是不是还包括对提问者的提防以及对自己询问或讯问过的人的模仿?

"冉咚咚,我在问你呢?"他发现她走神,敲了敲桌子。

"你不应该先问这个问题,这样问会把问题一下问死,"她终于找到了解脱的办法,那就是她是他师傅这个身份,"我们办案,必须先从最容易回答的问题问起,先问细节,过程,然后再问最关键的,以免造成证人的不合作。"

"可是今天我只想问最关键的。"他没有屈服于权威效应。

她想不好对付,认真思考一会儿才回答:"爱。"他有一丝感动,但同时也有一丝怀疑,因为坐在那个位置上的人为了自保,经常会说假话。他打开射灯,照着她美丽成熟气质出众的脸庞。她抬头挺胸,但灯光太刺眼,没坚持多久便低下头。他说这阵子你为什么回避我?她说我很纠结。他说吻都吻了有什么好纠结的?她说我比你先老,当我老的时候你还爱我吗?我这么做会不会伤害女儿?是慕达夫先背叛我还是我先背叛他?我能保证爱你一辈子吗?我可不可以不结婚?叭的一声,他把射灯关了。她揉了揉眼睛,好久才适应环境。他说你还没准备好。她说是的。他说我可以等,除了你,我谁都不爱。她一阵感动,同时也产生一丝怀疑,因为有时为了得到真实的情报,坐在那个位置上的人也不得不在语言上使用策略。

虽然这一关她没有过,但心情好多了,至少她敢于主动敞开心扉,并主动卸载部分自我防御,这是心理向好的预兆。她忽然增添了勇气,想见见慕达夫。离婚后,她一直怕见他,但现在她主动约他。周末下午四点,她与慕达夫在锦园书吧见面。一落座,她就问为什么你认为我跟你离婚是因为邵天伟?难道不是因为你出轨吗?他微微一笑,说当我想要达到某种目的时,往往会给自己找一个冠冕堂皇的理由,你也会这样。其实,你早就喜欢邵天伟了,只不过是因为道德约束你才把这份感情压住。你越喜欢他就对我越不满意,你越相信他就越不相信我。所以,你一直在寻找机会离开我,当机会一旦出现你就无限放大。事实上,你怀疑我出轨也仅仅是怀疑,并没有足够的证据。我要是想劈腿,不会比写一篇论文难,但直到今天我都没背叛你,尽管我们已经不是夫妻。

"太感人了,不幸的是我对'大坑案'的所有怀疑都被印证了,因此,我对你的怀疑也可以被反证。"

"别以为你破了几个案件就能勘破人性,就能归类概括总结人类的所有感情,这可能吗?你接触到的犯人只不过是有限的几个心理病态标本,他们怎么能代表全人类?感情远比案件复杂,就像心灵远比天空宽广。"

"可勘破你慕达夫,我还是有足够的把握。"

"就算是吧,但你能勘破你自己吗?"

她想这才是问题的症结。她确实喜欢邵天伟,从他报到的那天起她就暗暗喜欢他,当她发现他的钱夹子里夹着她的照片时,她就确证了他也喜欢她。也正是从那时起,她对慕达夫越来越不满意,甚至恨不得他犯点错误,比如出轨什么的,然后好找理由跟他离婚。没想到剧本真按她的潜意识上演,他在宾馆开房被她发现了。于是她揪住他不放,层层深挖他的心理,从伪装层挖到真实层再挖到伤痛层,让他几近崩溃。说真的,没几个人的心理经得起这样的深挖,包括她自己。因此,她觉得对他太狠了。在邵天伟没有吻她之前,她以为她有道理或者说她建构了一种道理,但在邵天伟吻了她之后,她忽然发现道理崩塌了,心里涌起一股对慕达夫的深深内疚。她没想到由内疚产生的"疚爱"会这么强大,就像吴文超的父母因内疚而想安排他逃跑,卜之兰因内疚而重新联系刘青,刘青因内疚而投案自首,易春阳因内疚而想要给夏冰清的父母磕头。

"你在想什么?"他问。

"想自己,你还爱我吗?"她问。

"爱。"他回答。

2020 年 12 月 29 日写毕
2021 年 03 月 03 日改毕

后 记

　　四年前的春天,我构思这个小说并开始写它,以为乘着一股冲劲儿会很快把它完成。但是,只写了几千字我便遇到了阻力,才发现写这个题材我还没准备好。从家庭或从案件写起？这确实是一个问题,它折磨了我好一阵子。于是我不得不写了两个开头,试图二选一。我认为有两个开头对得起这个小说了,却不料这仅仅是开头的开头。从2017年初春到2019年夏末,我都在写这个小说的开头,一边写一边否定,一边否定一边思考,好像患了"五千字梗阻",即每次开头写到五千字左右,就怀疑这不是最好的开头,便习惯性地想要从头再来,以至于怀疑意大利作家卡尔维诺的《寒冬夜行人》不是他故意要那样写,而是因为写不下去了才不停地只写开头部分。当然,他有漂亮的借口:"我很想写一部实质上只不过是'引言'的小说,它自始至终保持着作品开始部分所具有的那种潜力,以及始终未能落到实处的那种期待。"可是,我找不到借口,而且我还不能重复别人的借口。

　　下笔如此之难,是因为对小说涉及的两个领域(推理和心理)比较陌生。之前,我从来没碰过推理,也从来没有把心理学知识用于小说创作,但这次我想试一试。显然,这两方面的经验和知识储备都不够。2017年下学期,新加坡南洋理工大学聘请我为驻校作家,我在校园里一边写小说的开头一边构思,一边构思一边利用空余时间阅读和聆听心理学方面的知识。学习心理学对我是一次拓展,虽然那半年小说创作的进度略等于零,可我的一些观点却发生了微妙的改变,尤其对他人对自己都有了比从前稍微准确一点的认识。内心的调整,让我写人物时多了一份理解,特别是对人物的复杂性有了更多的包容。多年前写《后悔录》时,我就有意识地向人物内心开掘,并做过一些努力,但这一次我想做得更彻底。认知别人也许不那么难,而最难的是认知自己。小说中的人物在认知自己,作者通过写人物得到自我认知。我们虚构如此多的情节和细节,不就是为了一个崭新的"认知"吗?世界上每天都有奇事发生,和奇事比起来,作家们不仅写得不够快,而且还写得不够稀奇。因此,奇事于我已无太多吸引力,而对心灵的探寻却依然让我着迷。

卡夫卡说:"巴尔扎克带着一根手杖,上面有这样一句格言:'我冲破每个障碍',而我的格言宁肯这样:'每一个障碍都使我屈服'。"这是卡夫卡的自我心理暗示,他认为自己是个弱者,没有巴尔扎克那么强悍。有人喜欢巴尔扎克,有人喜欢卡夫卡,写作者都在找自己的同类。两种心态如果自我认识不足,都可能给写作带来负面影响。强者的写作心态会被自我捧杀，容易让写作变得简单粗暴；弱者的写作心态容易自我沉沦，会让写作变得犹疑徘徊。但每一种心态的形成都不是天生的，它跟家庭、现实和经历均有关系。我一直是弱者心态，犹疑徘徊如影随形，甚至经常怀疑写作的意义。为了克服这种心理，我在写作过程中重读了四部经典名著，一方面是吸取这些作品的创作经验，另一方面是通过阅读它们树立信心。由于过多的自我怀疑，我身体里形成了写作的自我预警，每天超过一千字便会停下来重读，找错误缺点，补细节。有时写着写着突然不想写了，停下来思考两天，发现排斥的原因要么是人物把握不够准确，要么是情节推进不对。总之，一旦产生排斥情绪，我就知道困难降临，必须让障碍屈服。卡夫卡的写作心态有利于作品构思，巴尔扎克的写作心态有利于小说的推进。

在2021年的钟声敲响之前，我完成了小说的初稿，之后又用了四十天的时间对拙作进行修改、校正。创作期间，我曾就刑侦方面的一些细节请教过一位刑侦专家，就心理咨询方面的某些知识请教过金熙女士，也曾请身边的好友、同事和学生帮忙校对，在此一并表示感谢。感谢单位、家人和朋友对我写作的支持，感谢《人民文学》杂志发表该小说，感谢人民文学出版社接纳此书。

2021年3月22日

Echo